지하로부터의 수기

도스토예프스키 지음
백준현 옮김

작가와비평

[일 러 두 기]

1. 러시아어 자음의 한글 표기는 원어발음을 최대한 충실히 전달하기 위해 к, т, п 자음이 된소리(ㄲ, ㄸ, ㅃ)로 발음되는 경우와 연자음화, 무성음화의 경우를 모두 반영하여 표기하였음. 단, '도스토예프스키'와 같이 거센소리(ㅋ, ㅌ, ㅍ)로의 표기가 관용적으로 굳어진 경우들에는 그대로 표기하였음.
2. 각주 내에 '(원주)'라고 표기되어 있는 것은 원작에 있는 것이며, 그 외의 것은 모두 번역자가 작성한 것임.
3. 원작에 있는 각주의 경우에도 단순히 외국어에 대한 러시아어 번역이었던 경우에는 해당 외국어 옆에 괄호를 사용하여 우리말 번역을 병기하는 방식을 택하였음.
4. 원작에서의 단락이 상당히 길고 내용이 다소 난해한 경우에는 독자들의 독서 편의와 이해도 증진을 위해, 단락의 흐름을 저해하지 않는 한도 내에서 해당 단락을 다시 몇 개의 소단락으로 구분하여 번역한 곳이 있음. 러시아어 원작과 대조하면서 읽으실 독자들은 이 점을 고려해주시기 바람.
5. 이 번역서의 원전으로는 레닌그라드(현재의 뻬쩨르부르그)의 ≪나우까(Наука)≫ 출판사가 발행한 도스토예프스키 전집(총 30권) 중 5권(1973년)을 사용하였음.
(Достоевский, Ф. М. Полное собрание сочинений. Ленинград: Наука, 1973. т.5)

역자 서문

　1864년에 발표된 『지하로부터의 수기(Записки из подполья)』는 1845년부터 1880년까지 이어진 도스토예프스키의 창작 활동에 있어 시기적으로 대략 중간쯤에 속하며, 내용적으로는 그의 창작 활동의 '전환점'이라고 평가되는 작품이다. 1860년대의 러시아는 그 이전 시대 고전주의와 낭만주의의 잔재, 당시 공고화되고 있던 사실주의, 그리고 산업혁명으로 인해 급속히 확대된 서구 합리주의와 물질문명의 강력한 영향이 공존하던 땅이었다. 사상적 경향들의 이러한 혼재로 인해 올바른 삶의 기준은 무엇인가에 대한 혼란스러운 토론의 장이 생겨나게 되었으며, 이로 인해 정치, 사회, 철학의 측면에서의 다양한 주제들은 서로 간에 갈등과 경쟁의 관계 속에 놓이게 되었다. 이 작품『지하로부터의 수기』는 그러한 담론의 장 속에서 '인간 삶의 본질은 무엇인가'라는 주제와 관련해 하나의 획을 그은 중요한 문화적 현상으로 받아들일 수 있다.
　우리는 인간의 내면에서 파생되어 나오는 본능, 충동, 욕망, 의지 등을 언급하면서 그것들을 보다 조화롭게 이끌어갈 수 있는 것으로서 합리와 이성을 흔히 언급한다. 서양 근대철학에 바탕을 두고 있는 합리와 이성이라는 개념은 실상 지금까지도 인류의 물질문명을 올바르게 발전시켜 나갈 수 있는 두 축으로 꼽히고 있는 것이 사실이다. 그러나 젊은 시절 한때 사회주의의 합리적 유물론을 신봉했던 도스토예프스키는 시베리아 유형의 경험을 통해 자신의 생각을 근본적으로 변화시키게 된다. 인간에게는 합리와 이성에 우선하여 인간을 기계가 아닌 '인간 자체'로서 서게 할 수 있는 비합리와 비이성의 세계가 보다 더 중요할 수 있다는 생각이 그것이었다. 즉, 합리와 이성이 인간으로 하여금 물질문명을 따라가게 만들어주는 도구라면, 비합리와 비이성은 그 물질문명에 종속되지 않게 만드는 역설적인 도구로 비춰졌던 것이다.

이 작품에서 도스토예프스키는 이렇듯 당대의 합리주의와 물질문명을 상징하는 것으로서 '2×2=4'라는 수학의 명제와 '수정궁'이라는 화려한 건물을 설정한 후, 그것들의 압박으로부터 놓여나 인간으로서의 주체성을 유지하려는 어떤 인물을 '지하의 인간'이라는 상징적 개념 속에 형상화하였다. 그는 인간은 자신에게 가장 이득이 되는 것을 추구해야 한다는 합리적 대명제를 무시하고 오히려 그것에 역행하는 행동을 할 때 자신이 살아있다는 느낌을 받을 수 있다고 주장하는 독특한 인간이다. 아니, 독특함을 넘어서 기이한 인간이라 해야 할 것이다. 자신의 삶의 태도를 밀고나가는 과정에서 타인들과 무수한 갈등을 빚은 후 그는 스스로 자신의 지하 세계로 들어갔지만, 그 와중에도 '합리와 이성이라는 좁은 틀'에 갇혀 사는 타인들에 대해서는 여전히 비판적이면서도 오만한 태도를 취한다.

여기서 역설적인 것은, 이렇듯 오만한 인간이 '수기'라는 형식을 통해 독자와 대화하면서 동시에 자신의 생각을 세상에 알리고자 했다는 것이다. 이것은 일견 세상과 담을 쌓은 듯한 그의 내면에 실상은 세상과 부대끼며 살았던 예전의 삶에 대한 그리움이 존재하고 있다는 방증이기도 하다. 이것을 직접 증명하기라도 하듯이 이 작품의 2부는 그가 젊은 시절 겪었던 에피소드를 극히 진솔하게 그려내고 있다.

따라서 결국 이때의 문제는, 그의 삶의 방식이 그 자신에게, 그리고 타인들에게 행복하고도 만족스러운 결과를 가져다주었느냐는 것이 될 것이다. 합리와 이성이라는 틀에 기계처럼 종속되지 않는 인간만의 특성으로서 도스토예프스키가 비합리와 비이성의 세계를 열어 보인 것은 맞지만, 그것이 인간에게 반드시 긍정적인 결실만을 가져올 것인지는 또 다른 진솔한 탐구의 대상이 되어야 한다. 만일 그렇게 하지 않는다면 이 작품은 인간의 삶을 진지하게 다룬 문학작품이 아니라, 작가가 집착하는 교조적인 사상적 지침서에 불과할 수도 있기 때문이다.

다소 난해한 1부의 내용을 차분히 읽어 이해하면, 2부에서는 주인공-화자의 모습을 통해 진지하게 드러나는 도스토예프스키의 생각을 점차로 읽어나갈 수 있을 것이다. 합리와 이성이라는 안정적인 틀, 비합리와 비이성이라는 자유로운 세계, 이 둘 중에서 진정 어느 것이 인간을 더 인간답게 만들 수 있는지는 어쩌면 이 작품을 읽는 독자 여러분 각자의 판단에 맡겨야 할 문제일 수도 있겠다.

2017년 2월

백준현

목차

역자 서문 ——— 3

1부 지하 ——— 9
2부 진눈깨비에 관하여 ——— 75

작품 해설 ——— 219
작가 연보 ——— 233

1부 지하

(원주) 물론 여기서 수기의 작가도, 그리고 「수기」 자체도 지어낸 것이다. 그럼에도 불구하고 우리 사회가 형성되어진 전체적인 상황들을 고려해본다면, 이 수기를 쓴 사람과 같은 인물들은 우리 사회 속에 존재할 가능성이 있을뿐더러 반드시 존재할 수밖에 없게끔 되어 있다. 나는 최근에 나타난 성격들 중의 하나를 대중이 볼 수 있도록 기존의 방식보다 좀 더 분명하게 제시하고 싶었다. 이 사람은 여전히 살아남은 세대의 대표자 중 한 명이다. 〈지하〉라고 제목이 붙여진 이번 1부에서 이 인물은 자기 자신과 자신의 견해들을 소개하고 있으며, 우리의 환경 속에서 자신과 같은 인물이 생겨난, 또 생겨났어야만 하는 이유를 밝히고 싶어 하는 듯하다. 다음 2부에서는 이 인물의 삶에서 일어났던 몇 가지 일에 대한 진짜 수기가 나올 것이다.

지하

1.

　　　　나는 병든 인간이다…. 나는 악에 받쳐 사는 인간이다. 매력적으로 보일 구석이라곤 하나도 없는 인간이다. 내 생각엔 아마 간이 좋지 않은 듯하다. 하지만 난 내 병에 대해선 쥐뿔도 아는 게 없을뿐더러 사실 어디가 아픈지도 잘 모르겠다. 나는 치료를 받고 있지 않으며 치료를 받아본 적도 전혀 없다. 의학과 의사들을 존경하기는 해도 말이다. 게다가 난 아직까지도 극도로 미신적이다. 뭐, 의학이라는 것을 존경할 정도로까지 미신적이라는 뜻이다(나는 미신적이 되지 않을 정도로 충분히 교육받았지만 그래도 미신적이다). 다 집어치우고, 내가 치료를 받고 싶지 않은 것은 다름 아닌 심술이 나서이다. 아마 당신들은 이런 태도를 이해하지 못할 것이다. 뭐 어쩌겠소만, 나는 이런 태도를 이해한다. 물론 이 경우 나의 심술로 대체 누구를 괴롭힐 수 있는지 설명은 못하겠다. 내가 의사들에게 치료를 받지 않는다고 해서 그것으로 그들을 '엿 먹일' 수 있는 것은 아니라는 점은 아주 잘 알고 있다. 이런 짓을 계속해봤자 다른 누구도 아닌 나 자신만 피해를 볼 것이라는 점은 내가 누구보다도 더 잘 안다는 뜻이다. 하지만 그럼에도 불구하고 내가 치료를 받지 않는다면, 그건 바로 심술이 나서이다. 간이 아프다면, 더 심하게 아프도록 내버려 두지 뭐!

나는 이미 오래 동안, 한 20년쯤 이렇게 살고 있다. 지금 나는 마흔 살이다. 예전엔 관리 생활을 했지만 지금은 일을 안 한다. 나는 심술궂은 관리였다. 거칠게 굴었고 그 속에서 만족을 찾곤 했다. 사실 난 뇌물을 받지 않았으니까, 그런 걸로라도 자신에 대한 보상을 찾아야만 했다(시답잖은 익살이군. 하지만 지우진 않겠다. 이걸 쓸 때는 꽤 재치 있게 들릴 거라고 생각을 했는데, 이제 와서 보니 꼴사납게 우쭐거리고 싶었을 따름이란 걸 내 자신이 느낀다. 하지만 일부러라도 지우지 않겠다!). 내가 앉아 있던 책상 앞으로 민원인들이 뭔가를 물으러 다가올 때면 나는 그들에게 이를 뿌드득 갈아 댔고, 그래서 누군가의 마음을 상하게 하는 데 성공하면 말할 수 없는 쾌감을 느끼곤 했다. 이 일은 거의 언제나 성공했다. 그들은 대개 겁쟁이였는데, 민원인들이야 원래 그렇지 않은가. 그런데 폼 좀 잡고 다니는 자들 중에서 내가 유독 참아낼 수 없는 장교가 하나 있었다. 그는 절대로 고분고분 굴지 않았고, 혐오감이 생길 정도로 장검을 절그럭거렸다. 그 장검 때문에 나는 그 자와 1년 반 동안 전쟁을 벌였다. 결국엔 내가 승리했다. 그 자가 절그럭거리는 짓을 그만 둔 것이다. 어찌 되었건 이건 내가 아직 젊었을 때 일어난 일이었다.

  하지만 여러분, 당신들은 내 심술의 핵심이 무엇인지 알겠는가? 내가 심술을 부렸던 진짜 이유는, 울화통이 터질 것 같은 순간에도 마음속으로는 내가 심술을 부릴 만한 인간이 못 될뿐더러 앙심을 품을 만한 인간조차도 될 수 없기에 결국 쓸데없이 참새들이나 놀라게 하는 것으로 위안을 삼고 있다는 점을 매순간 창피하게 자각했기 때문이었다. 이런 게 심술의 진짜 원인이 되었으니 참으로 추악하지 않은가. 나란 인간은 입에 거품을 문 채 화가 나 있을 때도 무슨 인형이라도 하나 가져다주든가 설탕을 탄 차라도 대접받으면 아마도 이내 누그러지거나 심지어 마음속 깊이까지 감동할 것이다. 하지만 그러고 나서 나중에는 틀림없이 내 자신에게 이를 갈아붙일 것이고, 수치스러움 때문에 몇 달이고 불면증에 시달릴 것이다. 나는 늘 이런 식으로 살아왔다.

  아까 내가 자신에 대해 심술궂은 관리였다고 말한 것은 거짓말이다. 이것도 심술이 나서 거짓말을 한 것이다. 나는 민원인들과 그 장교를 대상으로 그냥 장난을 친 것뿐이며, 본질적으로는 전혀 심술궂은 사람이 될 수 없는 인간이었다. 그와는 정반대되는 요소들이 나의 내면에 엄청나게 많이 존재한다는 사실을 나는 매순간 의식하고 있었다. 나는 그것들, 즉 그 정반대되는 요소들이 나의 내면에서 생생하게 들끓고 있는 것을 느끼고 있었던 것이다. 나는 그것들이 일생 동안 내 속에서 들끓으며 저 바깥으로 나가게 해달라고 애원하는 것을 알고 있었지만 내보내지 않았다. 일부러 내보내지 않았던 것이다. 그러자 그것들은 수치심이 들 정도로까지 나를 괴롭혔다. 경련이 일어날 정도로까지 나를 몰아세웠기에 나는 마침내 그 녀석들에게 신물이 났다. 정말 지긋지긋했다! 이쯤 말하고 보니, 내가 당신들 앞에 무언가를 뉘우치고 용서를 빌 것처럼 보이겠지…? 당신들은 분명히 그렇게 생각하고 있을 것이다…. 하지만 그렇게 생각한다 할지라도 그건 내가 알 바 아니라는 점은 확실히 해둔다.

나는 심술궂은 인간은 말할 것도 없고 그 어떤 것도 될 수 없는 인간이었다. 심술궂은 인간도, 선량한 인간도, 비열한 인간도, 정직한 인간도, 영웅도, 벌레도, 그 어떤 것도 될 수 없었던 것이다. 그래서 지금까지도 이렇게 방구석에 처박혀 살면서 '현명한 인간이 진지하게 무언가가 되는 경우는 절대 없다', '무언가가 될 수 있는 것은 바보들뿐이다'라는 심술궂으며 아무 짝에도 쓸모없는 위안의 말로 내 자신을 약 올리고 있을 뿐이다. 그렇다. 19세기의 현명한 인간이라면 그의 의무이자 정신적으로도 우선 갖추어야 할 자질이 있다. 그것은 '성격이 없는' 존재여야 한다는 것이다. 이와는 반대로 성격이 있는 인간, 혹은 활동을 좋아하는 인간들은 우선 생각의 범위가 좁은 존재들일 수밖에 없다. 이것이 나의 40년 된 확신이다. 나는 지금 마흔 살인데, 사실 마흔이라면 한평생이나 마찬가지다. 정말 엄청 늙었다는 뜻이다. 40년 이상을 산다는 것은 추잡하고 저속하며 비도덕적인 짓이다. 진실하고 솔직하게 대답해보라. 대체 누가 40년 이상을 살고 있다는 말인가? 누가 그렇게 사는지 내가 말해주지. 바보들과 무뢰한들이다! 나는 모든 노인들, 이 모든 존경받는 노인들, 백발이 성성하고 향기를 내뿜는 이 모든 노인들을 똑바로 바라보며 이 말을 해줄 것이다! 온 세상에 대고 그렇게 말할 것이다! 내겐 그렇게 말할 권리가 있다. 내 자신도 예순 살까지 살 것이기 때문이다. 일흔 살까지도 살겠다! 여든 살까지도 살고 말겠다…! 잠깐만! 숨 좀 돌리자….

당신들은 아마도 내가 당신들을 웃기고 싶어서 이런다고 생각하겠지? 그것 또한 잘못된 생각이다. 나는 당신들이 생각하는, 혹은 생각할지도 모를 그런 명랑한 사람이 전혀 아니다. 하지만 당신들이 나의 이 모든 수다에 화가 나서(화가 났을 거라는 느낌이 이미 들고 있다) 나한테 도대체 뭐하는 놈이냐고 물을 생각이라면, 이렇게 대답해주겠다. 나는 일개 8등관이다. 나는 먹고 살기 위해 (오직 이 이유 때문에) 관리 생활을 했다. 그러다가 작년에 먼 친척 한 명이 내게 6천 루블을 유산으로 남겨주자 즉시 퇴직을 하고 방구석에 틀어박혔다. 그 전에도 이 방구석에서 살기는 했지만 이제는 완전히 틀어박힌 것이다. 내 방은 너저분하고 흉물스러우며 도시의 끝자락에 있다. 나의 하녀는 시골뜨기 늙은 아낙인데, 멍청하고 심술궂은데다가 몸에서 항상 고약한 냄새가 난다. 뻬쩨르부르그의 기후가 나에게는 해로우며 나의 보잘것없는 주머니 사정을 봐서도 여기서 살기는 무척 힘들 것이라고들 얘기한다. 그런 건 나도 다 안다. 이 모든 경험 많고 대단히 현명한 충고자들과, 내 말을 들으며 고개를 끄덕거려주는 사람들보다 내가 더 잘 안다는 말이다. 하지만 난 뻬쩨르부르그에 남아 있다. 앞으로도 떠나지 않을 것이다! 왜 떠나지 않을 것이냐면… 에잇! 사실 떠나든 안 떠나든 아무려나 마찬가지가 아닌가.
 그건 그렇다 치고, 품위 있는 사람이 최고의 만족감을 가지고 할 수 있는 이야기 주제는 무엇일까?
 답: 자기 자신에 대한 것.
 그렇다면 나도 자신에 대한 이야기를 하겠다.

2.

　　　　　　　여러분, 당신들이 듣고 싶든 그렇지 않든, 내가 지금부터 하고자 하는 얘기는 내가 왜 벌레조차도 될 수 없었는가에 관한 것이다. 당신들에게 엄숙하게 말할 수 있는 건, 나 자신이 벌레가 되고 싶었던 적이 많았다는 점이다. 하지만 난 그렇게 될 만한 자격조차도 갖추지 못했다. 여러분, 맹세하건대 너무 많이 의식하는 것은 병이다. 진짜 병이고 완벽한 병이다. 사람의 일상생활을 위해서는 평범한 정도의 의식으로도 너무나 충분하다. 다시 말해, 불행한 우리 19세기에 태어난 것에 더해 지구상에서 가장 추상적이며 인위적인 도시(도시에도 인위적으로 만들어진 것들과 그렇지 않은 것들이 존재한다)인 뻬쩨르부르그에서 살게 된 이중의 불행까지 떠안은 진보적인 인간이 있다고 상정했을 때, 그의 몫으로 부여된 의식의 절반 혹은 4분의 1이면 충분하다는 뜻이다. 다른 예로 말해보자면, 이른 바 본능에 따라 행동하는 인간들과 활동을 좋아하는 인간들이 품고 사는 의식의 양 정도면 아주 충분하다는 뜻이다. 장담하건대, 당신들은 내가 활동을 좋아하는 사람들을 재치 있는 말로 비꼬기 위해 이 모든 것들을 뽐내면서 쓰고 있다고 생각할 것이며, 더 나아가 내가 앞서의 그 장교 녀석처럼 형편없는 취향을 뽐내며 장검을 절그럭거리듯 쓰고 있다고도 생각할 것이다. 하지만 여러분, 도대체 어떤 자가 자신의 병을 가지고 허세를 떨며 더 나아가 뽐내기까지 할 수 있다는 말인가?

그런데 내가 지금 대체 왜 이런 소리를 하는 걸까? 모두가 이런 식으로 행동하고 있으며, 다들 자신의 병을 가지고 허세를 떨고 있는데 말이다. 아마 내가 누구보다도 더 심하다는 것이 문제일 순 있겠지. 나의 반박 방식 자체가 좌충우돌이므로 더 이상의 논쟁은 하지 말자. 하지만 어쨌든 너무 많이 의식하는 것은 물론이거니와 온갖 종류의 의식은 그 자체로서 질병이라는 점을 나는 굳게 확신한다. 이게 나의 변함없는 생각이다. 여하튼 이 문제도 잠시 제쳐두자.

일단 내게 다음의 문제에 대해 답을 해달라. 한때 우리가 흔히 말하던 '모든 아름답고 숭고한 것'[1]을 내가 극히 세부적인 측면까지 충분히 인식할 수 있는 태세가 되어 있던 그때, 맞다. 바로

---

1) 18세기와 19세기 초까지 고전주의와 낭만주의 미학에서 중요시했던 개념들로, 이 용어들의 기원은 영국의 에드먼드 버크(Edmund Burke, 1720~1797)와 독일의 칸트(Immanuel Kant, 1724~1804)가 공히 사용했던 '장엄하고 아름다운 것(Sublime and beautiful)'에 그 기원을 두고 있다고 할 수 있다. 1810~20년대 러시아 낭만주의 시대에 본격적으로 퍼져나가기 시작한 이 두 가지 미학적 가치에 대해서는 이 작품에서 여러 번 언급되고 있는데, 이것은 이 작품의 주인공-화자가 젊은 시절 한 때 가졌던 열정 중의 하나로 나타나기도 한다.

그때 내가 그것들을 인식하지 못하고, 마치 일부러 그렇게 정해져 있기라도 한 듯, 오히려 볼썽사나운 짓들을 저지르곤 했던 이유는 대체 무엇일까? 한 마디로 말해서, 아마도 다들 그런 짓들을 저지른다고는 하지만, 어쨌든 하필이면 그런 짓들을 저지르면 절대 안 된다고 내가 확실하게 의식하고 있던 바로 그 순간에, 마치 일부러 그렇게 정해져 있기라도 한 듯, 오히려 그런 짓들을 하고 싶다는 생각이 내게 떠오르곤 했던 이유가 무엇이냐는 말이다. 선(善), 그리고 이 모든 '아름답고 숭고한 것'을 더 많이 의식할수록 나는 오히려 진흙탕 속으로 더 깊이 빠져 들어가다가 결국에는 그 속에 더 완벽하게 틀어박히는 상태가 되었던 것이다.

그런데 여기서 중요한 점은 이 모든 일들이 나의 내면에서 우연이 아닌, 마치 그렇게 되었어야만 하는 필연인 것처럼 발생했다는 것이다. 이것이 질병이나 타락이 전혀 아니라 마치 나의 가장 정상적인 상태인 것처럼 느껴지게 되자 이러한 타락과 싸우고자 하는 욕망도 마침내 내게서 사라졌다. 나는 이것이 정말로 나의 정상적인 상태일 수 있다고 믿을 뻔한 지경에까지 이르렀다(어쩌면 실제로 그렇게 믿었는지도 모르겠다). 이런 일이 생긴 처음, 최초의 단계에서 내가 그러한 투쟁 속에서 얼마나 많은 고통을 겪었던가! 다른 사람들에게는 이런 일이 생길 거라곤 믿지 않았기에 나는 일생 동안 이것을 내 속에 비밀처럼 숨겨 왔다. 나는 수치스러웠다(아마 지금도 수치스러워하는 것 같다). 수치스러움의 정도가 극에 이르다보니 그것에서 어떤 비밀스럽고도 비정상적이며 야비한 쾌감을 느끼는 일마저 있었다. 뻬쩨르부르그의 어떤 지독히도 추악한 밤에 내 방구석으로 돌아오면서 '오늘도 또다시 추악한 짓을 저질렀다', '저지른 일은 다시 되돌릴 수 없는 법이다'라는 점을 강렬하게 의식하다 보면 내가 저지른 일에 대해 남모르게 마음속으로 내 자신에게 이가 갈리고 또 갈리곤 했다. 그렇게 내 자신을 괴롭히고 고통스럽게 하다 보면 쓰라림이 마침내 어떤 치욕적이고 저주스러운 달콤함으로 바뀌고 결국에는 결정적이고 진지한 쾌감으로까지 바뀌었던 것이다! 그렇다. 쾌감, 쾌감으로 변했던 것이다! 이게 나의 변함없는 생각이다.

내가 이런 얘기를 시작한 건 확실히 알고 싶은 게 늘 있었기 때문이다. '다른 사람들도 이런 쾌감을 느끼곤 할까?'가 그것이다. 이 쾌감이 무엇인지 내가 설명해주겠다. 이때의 쾌감은 자신의 굴욕감을 너무나도 분명히 의식하는 것, 바로 그것에서 나오는 쾌감이었다. 그 굴욕감이란 자신이 막다른 벽에 다다랐다는 점을, 추악하기는 하지만 달리 어떤 방도가 없다는 점을, 이미 다른 출구는 없고 자신이 다른 사람으로 되는 것도 불가능하다는 점을, 설사 어떤 다른 존재로 변할 시간과 믿음이 남아 있다 할지라도 아마 자기 자신이 그런 변화를 원치 않을 것이라는 점을, 또한 설사 원한다고 해도 실제로는 변할 수 있는 존재가 없을 것이므로 결국은 아무것도 하지 않을 것이라는 점을 스스로 느끼기에 생기는 굴욕감이다.

그리고 중요하면서도 최종적인 결론은, 굴욕감과 쾌감의 이 모든 양상들이 강렬한 의식의 정상적이고도 근본적인 법칙들, 특히 그 법칙들의 직접적인 결과인 타성에 젖은 태도에 의해서 발생한다는 점이다. 따라서 이 경우 사람은 무엇으로도 변화하지 못하는 것은 물론이요, 정말 아무것도 할 수 없는 법이다. 예를 들어, 강렬한 의식의 결과로서 나타나는 현상은, 만일 누군가 이미 자신이 실제로 비열한 놈이라고 느끼고 있다면, "맞아, 난 비열한 놈이야!"라고 말하면서 마치 그렇게 말하는 게 자신에게 위안이라도 된다는 듯한 태도를 일부러 취한다는 것이다.

하지만 이 정도로 해두자…. 에이, 쓸데없는 소리를 마구 지껄여 놓긴 했는데 뭘 제대로 설명하기나 한 건가…? 이런 종류의 쾌감이 어떻게 설명될 수 있겠는가? 하지만 난 내 경우의 예를 들어 설명을 하겠다! 내가 펜을 손에 잡은 것도 그 이유 때문이니까….

예를 들어 나는 자존심이 엄청나게 강하다. 나는 꼽추나 난쟁이처럼 의심이 많고 모욕감도 쉽게 느끼는 성격이다. 하지만 만일 누군가 나의 따귀를 때린다면 아마도 오히려 그것 때문에 기쁨까지도 느꼈을 순간들이 정말로 존재했다. 진지하게 말하는 건데, 나는 그 경우에도 일종의 쾌감을 찾아낼 수 있었을 것이다. 물론 절망의 쾌감 말이다. 그런데 이 절망이라는 녀석 속에 가장 강렬한 쾌감이 존재하며, 자신이 탈출구 없는 상황에 봉착해 있다는 것을 아주 분명하게 인식할 때는 그 쾌감이 더욱 강렬하다. 이럴 때 따귀라도 한 대 맞으면 곧바로 자신이 처참히 짓뭉개졌다는 의식에 짓눌릴 것이다.

중요한 건, 아무리 이 생각 저 생각해봐도 어쨌거나 모든 일에서 가장 큰 잘못이 있는 건 항상 나라는 결론이 도출된다는 것이다. 이때 무엇보다도 더 모욕적인 것은, 나 자신은 아무런 잘못도 없는데도, 말하자면 자연의 법칙에 따라 내가 죄를 떠안게 된다는 점이다. 그렇게 되고 마는 건, 첫째, 내가 내 주위의 모든 이들보다 더 현명하기 때문이다(나는 늘 내 자신이 주위의 모든 사람들보다 더 현명하다고 생각해 왔는데, 당신들이 믿을지 모르겠지만, 그런 생각을 한다는 게 간혹 창피하기도 했다. 어쨌든 나는 평생 동안 사람들의 눈을 똑바로 쳐다볼 수가 없었고 대신 딴 데를 바라보곤 했다). 둘째, 내 안에 관대함이 존재한다 할지라도 그것이 아무 소용없다는 것을 깨달으면 짜증스러움만 더 커질 것이고, 그럼 또 다시 내가 죄인인 것이다. 사실 내가 관대하다 한들 그것을 통해 내가 할 수 있는 일은 아무것도 없었을 것이다. 내게 모욕을 가한 자는 자연의 법칙에 의거해 나를 때렸을 것이니 이 경우에 자연의 법칙을 용서할 수는 없을 테고, 자연의 법칙이라 할지라도 어쨌든 기분 나쁜 건 마찬가지이기 때문에 그걸 잊을 수도 없다. 그러니 용서할 수도, 잊을 수도 없는 것이다. 셋째, 설령 내가 완전히 좀스러워져서 나를 모욕한 자에게 보복을 할 생각을 품게 되더라도 나는 절대로 누구에게도 복수를 하지 못할 것이다. 혹시 그렇게 할 능력이 있다 할지라도 무언가를 할 결단을 내리지 못할 것이 분명하기 때문이다. 어째서 결단을 내리지 못할까? 이 점에 대해선 몇 마디 더 하고 싶다.

3.

　　　　　　보복을 할 줄 알고 대체로 자기의 뜻을 밀고 나갈 줄 아는 사람들의 경우, 그들은 어떻게 그렇게 할 수 있는 걸까? 실제로 보더라도 일단 복수심이란 감정에 사로잡히기만 하면 그 시간 동안 그들의 전(全) 존재 속에는 그것 이외의 다른 감정은 남아 있지 않게 된다. 이런 양반은 성난 황소처럼 뿔을 아래로 내리깐 채 목표를 향해 곧장 돌진하는데, 벽이 나와야지만 그를 멈춰 세울 수가 있다(그런데 이런 양반들, 즉 본능에 따라 행동하는 인간들과 활동을 좋아하는 인간들은 벽 앞에 서면 진정으로 굴복하고 만다. 우리처럼 생각만 하고 따라서 아무것도 해내지 못하는 자들과는 달리 그들에게 있어 벽이란 방향 전환의 계기는 아니다. 또한 그들에게 벽이란 가던 길을 돌아서게 만드는 핑계거리도 되지 않는다. 핑계라는 개념으로 보자면, 우리 같은 사람들은 핑계 자체는 믿지 않아도 그것을 사용할 기회가 오면 아주 기뻐하기 마련인데 말이다. 아니, 그들은 정말로 진정으로 벽 앞에 멈춰 굴복해 버리는 것이다. 벽은 그들의 마음을 진정시켜 주고 도덕적인 해결책을 제시해주며 최종적이고 어쩌면 신비적이기까지 한 무언가를 가지고 있다…. 하지만 벽에 관해서는 나중에 얘기하기로 하자).

　뭐랄까, 나는 사실 이렇듯 본능에 따라 행동하는 인간이야말로 진짜 인간, 정상적인 인간이라고 생각하는데, 상냥한 어머니인 자연이 자상한 마음으로 인간을 지상에 낳으면서 보고 싶어 했던 것도 이러한 모습의 인간이다. 나는 이런 인간을 보면 속이 뒤틀릴 정도로 부럽다. 이런 인간은 우둔하기 마련인데, 이 점에 관해서는 여러분들과 입씨름하고 싶은 생각이 없지만, 어쩌면 정상적인 인간은 실제로 우둔해야 하는 것이 아닐까? 어찌 알겠는가? '우둔하면서 정상적인 인간', 어쩌면 이것은 아주 아름다운 일일 수도 있다. 내가 이런 생각에 더욱 더 확신을 가지게 된 건 이유가 있어서이다. 예를 들어 '정상적인 인간'의 반대 항목, 즉 자연의 품이 아니라 증류기에서 태어난 듯한(여러분, 이건 거의 신비주의적인 생각이기는 하지만 나는 그럴 가능성도 있다고 생각해본다) '강렬한 의식을 가진 인간'을 보기로 하자. 이러한 증류기 인간은 자신의 반대 항목인 정상적인 인간 앞에서 완전히 굴복해 버리는 나머지 오히려 그토록 강렬한 의식을 가진 상태에서 양심적인 태도로 자기 자신을 인간이 아닌 생쥐로 간주해 버리는 것이다. '내가 비록 강렬하게 의식하는 생쥐라 할지라도 어쨌든 생쥐인 것은 분명하고, 그에 비해 나의 반대편에 있는 것은 실제 인간이므로….' 뭐 이런 식이다. 그리고 중요한 건, 그가 스스로 자신을 생쥐로 간주한다는 점이다. 누가 그러라고 부탁하지도 않는데 말이다. 이게 중요한 점이다.

이제 이 생쥐가 어떻게 행동하는지 살펴보자. 예를 들어 이 생쥐 역시 모욕감을 느껴(거의 항상 모욕감을 느끼며 살기는 하지만) 복수를 원한다고 가정해보자. 이때 이 녀석의 내면에는 l'homme de la nature et de la vèritè(자연과 진리의 인간)[2]이 가질 수 있는

---

[2] 장 자크 루소(Jean-Jacques Rousseau, 1712~1778)의 『고백록』서문에는 "자연과

것보다 훨씬 더 많은 악의가 쌓일 것이다. 또한 자기를 모욕한 자에게 똑같은 악으로 복수해주겠다는 추악하고도 저열한 욕망 역시 자연과 진리의 인간의 경우에서보다 훨씬 더 추악하게 끓어오를 것이다. 자연과 진리의 인간은 자신의 타고난 어리석음 때문에 자신의 복수를 정의로운 행동이라고 아주 단순하게 생각해 버리는 반면에, 생쥐는 자신의 강렬한 의식 탓에 복수가 정의로운 행동이라는 생각을 차마 인정하지 못하기 때문이다.

그러다가 마침내 일 자체, 즉 복수의 실행에까지 도달한다. 불행한 생쥐는 처음에 있던 하나의 추악한 것 이외에도 엄청나게 많은 여타의 추악한 것들을 이미 의문과 의혹의 형태로 자신의 주변에 잔뜩 쌓아 놓게 되었다. 엄청난 수의 다른 의문들을 하나의 의문에 덧붙이다 보니, 생쥐의 주위에는 어쩔 수 없이 어떤 치명적인 더러운 액체와 악취 나는 오물들이 쌓이게 된다. 그것은 생쥐 자신의 의혹과 흥분으로 이루어진 것이기도 하지만, 최종적으로 본다면 본능에 따라 사는 사람들이 생쥐에게 뱉어낸 침, 즉 재판관과 독재자의 모습으로 생쥐 주위에 나타나 찢어지게 큰 목소리로 생쥐를 깔깔거리며 비웃어대는 자들이 생쥐에게 뱉어낸 침으로 이루어진 것이기도 하다. 물론 이제 생쥐가 할 수 있는 것이라곤 주위의 모든 것을 향해 자신의 작은 앞발을 휘저

그것의 모든 진리를 토대로 똑같이 그려진, 지금도 그리고 아마 앞으로도 영원히 존재할 어떤 사람의 유일한 초상화가 여기 있다"라는 말이 나온다. 자연 그대로의 삶을 살아가는 소위 '자연인'에 대한 이 글귀의 핵심부를 도스토예프스키는 여기서 모욕감을 느낀 생쥐와 관련하여 사용함으로써 루소의 생각에 대한 반박의 뉘앙스를 풍자적으로 표현하고 있다.

은 후 자기 자신도 믿지 않는 억지 미소를 지어 보이고는 창피스럽게 자신의 쥐구멍 속으로 기어들어가는 것뿐이다.

우리의 모욕 받고 짓이겨지고 조롱받은 생쥐는 그곳, 더럽고도 악취 나는 자신의 지하에서 그 즉시로 차갑고도 독기 어린, 그리고 더욱 중요하게도, 영원히 지속될 증오심 속으로 침잠한다. 그 후에는 40년 동안 계속해서, 자신이 받은 모욕을 가장 수치스러운 세부 사항까지 떠올릴 것이다. 그럴 때마다 생쥐는 매번 더욱 더 수치스러운 세부 사항들을 스스로 덧붙이고, 한편으로는 스스로 만들어낸 상상을 통해 악독하게 자기 자신을 약 올리고 화나게까지 한다. 생쥐는 자신의 상상을 스스로 부끄러워하겠지만 어쨌거나 모든 일을 회상하고 모든 것을 되짚어볼 것이며, 한편으로는 자신에게 불리한 황당한 일들까지 왕창 지어내 생각을 해보기까지 할 것이다. 그런 일들도 발생할 수 있었지 않았겠느냐는 핑계를 대면서 말이다. 그러고는 아무것도 용서하려 들지 않을 것이다.

생쥐는 아마 복수를 시작하기는 하겠지만 그것도 왠지 이따금씩만, 좀스럽게, 난로 뒤에서, 남들 모르게 할 것이다. 그러면서도 생쥐는 자신에게 복수의 권리가 있는지, 복수가 성공할지에 대한 믿음도 가지지 못할 것이고, 복수하려고 온 힘을 다해 시도해봤자 복수 상대보다 자기 자신이 백 배는 더 고통 받을 것이며 오히려 상대는 눈 깜박도 하지 않을 것이라는 점 역시 미리 알고 있을 것이다. 죽음을 목전에 둔 상태에서 생쥐는 또다시 모든 것을 회상할 것이다. 그때까지 계속 쌓여온 것들이 이자처럼 붙은 상태에서, 그리고….

하지만 이 차갑고도 끔찍스러운 절반의 절망과 절반의 믿음 속에, 비통함으로 인해 40년 동안 자기 자신을 의식적으로 지하에 생매장한 것 속에, 이렇듯 강렬하게 창조되었지만 부분적으로는 의심스러워도 어쨌든 출구가 없어진 자신의 상황 속에, 만족되지 못하고 내면으로 침잠된 욕망의 이 모든 독기 속에, 영원히 결정을 내렸다 싶어도 잠시 후면 또다시 후회가 밀려오는 이 모든 망설임의 열병 속에, 이 모든 것들 속에 내가 말했던 이상한 쾌감의 진수가 존재하는 것이다. 이 쾌감은 너무나 섬세하며, 때로는 인간의 의식으로 이해되지 않을 정도이기에, 다소나마 둔한 사람들, 혹은 신경이 튼튼한 사람들조차도 그것에 존재하는 단 하나의 특성도 이해하지 못할 것이다.

이 점에 대해 당신들은 이를 드러내고 웃으며 다음과 같이 자신의 생각을 덧붙일 수도 있을 것이다. "아마 따귀를 한 번도 맞아 보지 않은 사람들도 역시 이해하지 못할 거요." 당신들이 이런 식으로 정중하게 말하며 나에게 상기시키고자 하는 건, 아마 나는 따귀를 맞은 경험이 있으니까 이런 일에 대해 전문가인 것처럼 말하는 게 아닌가 하는 것이겠지. 당신들이 그렇게 생각하리라고 장담한다. 하지만 여러분, 진정하시라. 당신들이 어떻게 생각하든 나는 전혀 상관하지 않지만, 나는 따귀 같은 건 맞아본 일이 없다. 어쩌면 살아오면서 내가 다른 사람들의 따귀를 때려본 적이 거의 없음을 스스로 후회하고 있는지는 모르겠다. 하지만 이 정도로 됐다. 당신들이 엄청나게 재미있어 할 이 주제에 대해서는 더 이상 아무 말 않겠다.

앞서 말한 바 있는, 쾌감의 섬세함을 이해하지 못하는 튼튼한 신경을 가진 사람들에 대해서 차분하게 이야기를 이어가겠다. 어떤 특별한 경우를 만나면 이 양반들은 마치 황소처럼 큰 목소리로 울부짖는다. 마치 그렇게 하는 것이 자신들에게 엄청난 명예를 가져다주듯이 말이다. 하지만 내가 앞서 말한 대로 그들은 불가능 앞에서는 즉시 양순해진다.

불가능이란 곧 돌로 된 벽이라는 뜻이겠지? 어떤 돌벽 말인가? 뭐, 당연히 자연의 법칙들, 자연과학의 결론들, 수학 등을 말하는 것이다. 가령 당신이 원숭이로부터 나왔다는 것이 입증된다면, 전혀 얼굴을 찌푸릴 필요 없이 그대로 받아들여라. 또한 당신 몸의 지방질 한 방울이 당신과 비슷한 십만 명 사람들의 목숨보다 더 귀중함에 틀림없으며, 이러한 결론이 이른바 모든 선행, 의무, 그 외의 헛소리와 편견들의 최종적 해답이라는 것이 입증된다면, 별 수 없이 받아들여라. '2×2'가 수학의 법칙인 것처럼 말이다.

이런 생각에 대해 당신 자신이 시험 삼아 한 번 이의를 제기해보라. 그러면 사람들이 당신에게 소리칠 것이다. "거 무슨 말을, 당신은 반기를 들 수 없소. 이건 '2×2=4'와 같은 거란 말이요! 자연은 당신에게 허락을 구하는 게 아니오. 자연은 당신의 소망이 뭔지, 자연의 법칙이 당신 마음에 드는지 안 드는지 따위에는 관심이 없소. 당신은 자연을 있는 그대로 받아들여야 하며, 따라서 그것의 모든 결론까지도 받아들여야 할 의무가 있소. 벽은 어디까지나 벽인 것이고…, 그 외 등등, 그 외 등등."

하느님 맙소사. 이런 법칙들과 '2×2=4'라는 게 왠지 내 마음에 들지 않는다면, 자연의 법칙과 대수학이라는 것이 나와 뭔 상관이라는 말인가? 물론 벽을 뚫을 힘이 실제로도 내게 전무하다면 이마를 앞세워 그것을 뚫어내려고 하지는 않을 것이다. 하지만 내 앞에 돌벽이 있는데 단지 그걸 뚫을 힘이 모자란다는 이유 하나만으로 내가 벽과 타협하는 일 역시 없을 것이다.

이런 돌벽이 진실로 위안거리가 되고 진실로 평화를 위한 어떤 말이라도 담고 있는 것처럼 보이는 이유는 단 하나, 그것이 '2×2=4'와 같기 때문이다. 오, 이야말로 어리석음 중의 어리석음이다! 모든 것을 이해하는 것, 모든 불가능성들과 돌벽들을 명확히 의식하는 편이 훨씬 낫다. 만일 타협하는 것이 역겹다면, 차라리 이 불가능성들과 돌벽들 중 어느 것과도 타협하지 않는 것이 훨씬 낫다는 뜻이다. 물론 완전히 불가피한 논리적 생각들의 결합을 통해 가장 혐오스러운 결론에 도달할 수도 있다. 이번에도 역시 죄가 없다는 것이 너무나 분명함에도 불구하고 마치 돌벽에 대해서조차 자신이 무언가 죄를 짓고 있다는 끝없이 지속되는 주제 말이다. 그러다가 결국 말없이 무기력하게 이를 갈며 방탕한 모습으로 타성 속에 빠져드는데, 그러면 여러 가지 생각이 떠오르게 된다. 성질을 부리려 해도 그럴 상대자도 없구나, 성질을 부릴 건수도 없고 어쩌면 앞으로도 전혀 없겠구나, 이건 카드 판에서 눈속임으로 패를 슬쩍 바꿔서 사기 치는 것이나 마찬가지구나, 이런 생각들 말이다. 누가 문제인지, 무엇이 문제인지 통 알 수 없게 된다. 하지만 이렇듯 뭐가 뭔지 모르겠는 속임수 같은 상황에도 불구하고 당신은 어쨌거나 아파한다. 상황을 이해 못할수록 당신의 아픔은 더 심해진다.

4.

"하—하—하! 그렇게 말하는 걸 보니 당신은 치통 속에서도 쾌감을 찾으려 하겠군!" 당신들은 웃음을 터뜨리며 내게 이렇게 소리칠 것이다.

그럼 나는 이렇게 대답해줄 것이다.

"그게 어쨌다는 거요? 쾌감은 치통 속에도 있는 법이요. 나는 한 달 내내 이가 아파본 적이 있기에 그 사실을 알고 있소. 물론 치통의 경우에는 말없이 성질을 내는 게 아니라 신음소리를 내게 되겠지. 하지만 이건 솔직한 신음이 아니라 앙심을 품은 신음인데, 바로 이 앙심 속에 모든 문제의 요점이 있는 거요. 이 신음은 고통 받는 자의 쾌감을 표현해주지. 신음을 하면서 쾌감을 느끼지 못한다면 그는 신음소리를 내려하지도 않겠지. 여러분, 이건 좋은 예가 될 테니 이쪽으로 계속 얘기를 풀어가 보겠소.

이 신음 속에는, 첫째로, 알면서 인정하기에는 너무나 굴욕적인 인간 고통의 무목적성이 표현되어 있소. 이건 자연의 합법성이 표현된 것이라고도 할 수 있소. 당신들은 물론 그런 것에는 아무 관심도 없다고 말하겠지만 그럼에도 불구하고 어쨌든 그것으로 인해 고통을 받고 있단 말이오. 자연이라는 녀석은 전혀 그렇지 않은데 말이오. 둘째로는, 적은 존재하지도 않는데 자신만 고통 받고 있다는 의식도 표현되고 있소. 이건 어떤 의식이냐 하면, 바겐하임 같은 의사들이 무진장 많다 해도 당신들은 완전히 자기 치아의 노예가 되어 있을 뿐이라는 의식이오. 말하자면 이건, 누군가 나서 준다면 당신들의 치통이 멈추겠지만, 안 나선다면 아직 석 달은 더 아플 것이라는 의식이기도 하지. 끝으로, 당신들이 이런 사실에 여전히 동의하지 않고 계속 반항을 한다면, 결국 스스로 자신을 위로하는 차원에서 남는 방법은 오직 하나, 즉 자신을 채찍질하거나 주먹으로 벽을 더 아프게 치는 수밖에 없으며 그 외엔 뾰족한 수가 없다는 의식도 표현되어 있소.

자, 이렇듯 피범벅이 된 모욕감들과 누구로부터 나온 것인지도 모르겠는 비웃음들로 인해 결국 쾌감이 발생하는 것인데 그것이 가끔은 극도의 관능적 쾌감에 이르기도 하지. 여러분, 부탁하건데, 치통을 앓는 19세기 교양인이 내는 신음소리에 언제든 한 번 귀를 기울여 보시오. 통증이 시작된 지 이틀이나 삼일 돼서 이미 첫 날과는 다르게 신음하기 시작한 날, 즉 그냥 이가 아파서라거나 아니면 여느 거친 농사꾼처럼 내는 신음소리가 아닌, 발전이라는 개념과 유럽의 문명에 감동을 받은 사람처럼, 요새 말하듯이 '대지와 민중의 원칙들을 저버린' 사람처럼 신음할 때 귀를 기울여 보란 말이오. 그의 신음은 무슨 추잡하고도 불쾌하며 앙심이 맺힌 것 같은 소리가 되어 몇 날 동안이나 밤낮으로 계속된다. 사실 그 자신도 그렇게 신음해봤자 자신에게 아무 득 될 것이 없다는 점을 알고 있기는 하다. 그래 봤자 쓸데없이 자기 자신과 남들의 마음을 상하게 하고 화를 돋울 뿐이라는 점을 그 자신이 누구보다도 잘 알고 있다는 뜻이다. 그는 자신이 성실하게 대해 온 주위 사람들과 자신의 가족까지도 이미 혐오감을 가지고 그의 소리를 듣고 있으며 그를 조금도 믿지 않는다는 것도 안다. 또한 그들의 속마음, 즉 그가 덜덜 소리나 괴상한 소리를 내지 않고 더 단순하게 신음할 수도 있지만 심술이 나고 앙심이 생겨서 저토록 장난질을 치고 있다고 생각한다는 점까지도 안다.

바로 이러한 모든 의식과 치욕 속에 관능적 쾌감이 존재하는 것이오. '나는 당신들을 성가시게 만들고 기분을 상하게 만들고 집 안의 가족 모두를 잠도 못 자게 만들고 있단 말이야. 그러니 당신들도 자지 말고 매순간 내가 치통을 앓고 있다는 것을 느끼란 말이야. 예전엔 나도 당신들에게 영웅으로 보이고 싶었지만 이젠 영웅이 아니라 그냥 혐오스러운 인간이자 개차반에 불과해. 뭐, 그러면 어때! 나는 당신들이 나의 정체를 파악해서 정말 기뻐. 나의 비열한 신음소리를 듣고 있자니 끔찍한 기분이겠지? 뭐, 계속 그런 식으로 끔찍하게 생각해도 돼. 이제부턴 더욱 끔찍하게 덜덜거리는 소리를 내줄 테니까….'

여러분, 이래도 이해하지 못하겠소? 이러한 관능적 쾌감의 모든 섬세한 부분들까지 이해하려면 심오한 정신적 발전과 의식의 깊이를 갖추어야 하오! 당신들 지금 비웃는 거요? 대단히 기쁘군. 여러분, 나의 농담들은 물론 품위가 떨어지고 들쑥날쑥하며 앞뒤도 안 맞고 자신에 대한 신뢰까지도 결여되어 있소. 하지만 이건 내가 내 자신을 존중하지 않기 때문인 걸 어쩌겠소. 의식이라는 걸 가지고 있는 자가 조금이라도 자기 자신을 존중한다는 게 가당키나 하겠소?"

5.

　　　　　　자기 비하를 하면서 그 감정 속에서까지 쾌감을 찾으려 했던 인간이 과연 자기 자신을 존중할 수 있을까? 정말 그럴 수 있겠는가? 내가 이런 말을 하는 건 무척이나 감상적인 어떤 참회의 심정에서가 아니다. 나는 정말 "아빠, 죄송해요, 앞으론 안 그럴게요." 따위의 말은 입 밖으로 내지도 못할 성격이었는데, 그건 그런 말을 할 능력이 없어서가 아니라, 반대로 그런 말을 할 능력이 너무 넘쳤다는 바로 그 이유 때문일 것이다. 그것도 어떤 방식이었냐 하면, 내가 눈곱만큼도 잘못한 것이 없는 경우에도 마치 일부러 그러는 것처럼 그런 상황에 빠져들곤 했다는 것이다. 이것이야말로 가장 추악한 짓이었다. 그럴 때마다 나는 매번 또다시 마음속 깊이 감동하여 참회하면서 눈물을 쏟곤 했다. 그건 조금도 연극이 아니었지만 어쨌든 나 자신을 속였던 건 분명하다. 그럴 때면 내 마음은 엉망진창이 되곤 했다…. 자연의 법칙이라는 것이 어쨌거나 나를 꾸준히, 아니 평생 동안 모욕해 온 것이 사실이기는 하지만 그럴 땐 자연의 법칙조차도 탓할 수 없었다. 이 모든 일을 회상하면 추악한 느낌만 들고, 사실 그때도 이런 느낌은 마찬가지였다. 1분만 지나도 성질이 나면서

'이 모든 짓은 거짓이다, 거짓. 혐오스럽게 꾸며낸 거짓이다. 즉 나의 이 모든 참회와 감동, 이 모든 갱생의 서약은 죄다 혐오스럽게 꾸며낸 거짓이다'라는 생각이 들곤 했던 것이다.

당신들은 내가 왜 내 자신을 그토록 흉물스럽게 만들고 스스로 괴롭혔는지 물어보고 싶겠지? 대답을 해주겠다. 팔짱을 끼고 앉아 있는 게 너무 지루해서, 그래서 괴상한 짓을 했던 것이다. 사실이다. 정말 그랬다. 여러분, 당신들도 자기 자신을 좀 잘 살펴보라. 그럼 이게 사실이라는 걸 이해하게 될 것이다. 어떻게든 조금이라도 사는 것처럼 살려다 보니 모험적인 일들을 꾸며내게 되고 삶을 지어냈던 것이다. 예컨대, 아무 이유도 없이 일부러 골을 내는 것과 같은 일들이 내겐 참으로 많았다. 골을 낼 이유가 아무것도 없는데 괜히 그런 척 하다가는 결국에는 정말로 골이 나게 되는 상황으로까지 자신을 몰아가는 그런 상황 말이다. 나는 평생 동안 왠지 이런 장난을 치고 싶은 충동을 느껴 왔고, 그래서 결국에는 내 자신을 통제할 수가 없게 되었다. 그 다음엔 억지로 사랑에 빠져보고 싶은 마음이 들 때도 있었는데, 심지어 두 번이나 그랬다. 여러분에게 확실히 말하건대, 그땐 괴로웠던 게 사실이다. 마음속 깊은 곳에선 괴롭다는 것이 믿어지지가 않고 비웃음이 피어나지만 그럼에도 불구하고 괴로움은 느껴졌고 그것도 아주 확실하게 진짜로 느껴졌다. 나는 질투를 하고 이성을 잃었다….

여러분, 이 모든 것이 권태로움 때문이다. 전부 다 권태로움 때문에 일어나는 일이다. 타성에 젖은 삶이 나를 짓눌렀던 것이다. 의식이라는 것을 가지게 되면 직접적이고도 합법적으로, 그리고 꾸밈없이 나타나는 결과는 바로 타성에 젖는 것, 즉 팔짱을 끼고 앉아 있는 것 아니겠는가. 이 점은 앞에서 이미 언급한 바 있다. 반복하고 또 힘주어 반복한다. 본능에 따라 사는 사람들과 활동을 좋아하는 사람들이 활기차게 다니는 이유는 바로 그들이 우둔하고 생각의 범위가 좁은 자들이기 때문이다. 이걸 어떻게 설명해야 할까? 자, 이런 식으로 해보자. 그들은 생각의 범위가 좁은 자들이기에 가장 가깝고 부차적인 이유들을 근본적인 것으로 받아들인다. 또한 그들은 이런 식으로 다른 사람들보다 더 빨리, 더 쉽게 자기 일의 확실한 근거를 찾았다고 확신하기에 곧바로 안도해 버릴 수 있다. 사실 이게 가장 중요한 점이다. 행동이란 걸 시작하기 위해서는 미리 마음을 편안하게 하고 의심 같은 건 하나도 남지 않도록 해야 하기 때문이다.

그렇다면 예를 들어 나와 같은 사람은 어떻게 자신을 진정시키겠는가? 내가 의지할 만한 근본적인 동기는 어디에 있을까? 그 근거들은 어디에 있을까? 그런 것들은 어디서 구할 수 있겠는가? 나는 사유하는 연습을 해 왔기 때문에 그 결과로 나의 경우 어떤 것이든 근본적인 동기는 곧바로 좀 더 근본적인 다른 동기를 끌어들이곤 하는데, 그런 식으로 끝없이 이어지는 것이다. 이런 게 모든 의식과 사유의 본질이다. 따라서 이게 또다시 자연의 법칙이 되기도 한다. 그럼 종국에는 그 결과로서 무엇이 남을까? 여전히 똑같은 것들이 남는다. 내가 아까 복수에 대해 얘기한 내용을 상기해보라(당신들은 아마 귀담아 듣지 않았겠지만). 인간이 복수를 하는 이유는 그것에서 정의를 발견하기 때문이라고 말한 바 있다. 다시 말해, 그는 복수의 근본적인 동기와 행동 근거를 발견했으니, 그게 바로 정의였던 것이다. 따라서 그는 모든 면에서 안심한 상태가 되었고 그 결과 자신이 올바르고 정당한 행위를 한다는 확신 하에서 평온하고도 성공적으로 복수를 하는 것이다.

하지만 나는 이 경우에 정의라는 것이 있는지 모르겠고 선행이라는 것도 찾지 못하겠다. 따라서 내가 복수를 할 일이 생긴다면 그건 오직 악의 때문이다. 악의는 모든 것, 나의 모든 의심까지도 당연히 제압할 수 있기에 근본적인 동기라는 개념을 아주 성공적으로 대신할 수 있을 것이다. 악의가 동기가 될 수는 없지 않겠는가. 하지만 나에게 악의조차도 없다면(나는 아까 이 얘기부터 꺼낸 바 있다) 도대체 무엇을 해야 할까. 내게 있어 분노라는 감정은 그 놈의 저주스러운 의식의 법칙에 따라 또다시 화학적으로 분해된다. 눈앞에서 복수의 대상이 사라져 버리고 이유들은 증발해 버리며, 죄인은 발견되지 않고 모욕은 모욕이 아니라 치통과도 비슷한 어떤 것, 즉 운명이 되어 버린다. 이 치통에 대해서는 아무도 잘못이 없기에 또다시 앞서와 똑같은 해결책, 즉 벽을 아프도록 때리는 방법밖에는 남지 않는다. 이제는 포기하게끔 된다. 근본적인 행동의 동기를 못 찾았기 때문이다. 근본적인 행동 동기에 대해서는 이리저리 생각해보지 말고 잠시라도 의식을 밀어낸 후 맹목적으로 자신의 감정에 빠져보라. 그저 팔짱을 끼고 앉아 있지 않기 위해서라도 증오를 하든지, 혹은 사랑에라도 빠져보라는 말이다. 아무리 늦어도 모레면, 미리 알면서도 스스로 자신을 속였다는 이유 때문에 자신을 경멸하기 시작할 것이다. 결과로서 남는 건 비눗방울과 타성뿐이다. 오, 여러분, 내가 내 자신을 현명한 사람으로 여기는 이유는 오직 하나, 평생 동안 아무것도 시작하지도 끝내지도 못했기 때문이다. 내가 수다쟁이라 한들 뭐 어떤가. 우리 모두와 마찬가지로 해가 되지는 않아도 귀찮은 느낌만 주는 수다쟁이라 한들 뭐 어떤가 말이다. 하지만 모든 현명한 인간들의 직접적이고도 유일한 사명이 허튼 소리 지껄이기, 즉 깨진 독에 일부러 물붓기와 같은 행동이라고 한다면, 대체 어떻게 해야 할까.

6.

오, 내가 아무것도 하지 않은 이유가 오직 게으름 때문이었다면. 맙소사, 그랬더라면 난 내 자신을 참으로 존경했을 터인데. 비록 게으름이라 할지라도 그런 감정을 내 안에 품을 수 있다는 바로 그 이유만으로도 나는 자신을 존경했을 것이다. 비록 하나의 속성이라도 그것이 내 안에 존재한다고 확신할 수만 있었다면 그것은 긍정적인 속성일 수가 있었다.
 질문: 저 자는 어떤 인간이야?
 대답: 게으름뱅이지.
 자신에 대해 이런 말을 듣는 건 참으로 유쾌하지 않겠는가. 내가 확실하게 규정되었다는 뜻이고 나에 대해 할 말들이 있다는

뜻이기 때문이다. "게으름뱅이지!"—이건 정말 하나의 칭호이자 사명이며 경력이기도 하다. 농담으로 여기지 말라. 사실이 그러하니까. 그렇게 되면 나는 최고로 쳐주는 클럽의 회원이 되는 것이며, 끊임없이 나 자신을 존경하며 살게 된다. 나는 자신이 라피트[3])의 뛰어난 감식가라는 점에 평생 동안 자부심을 가졌던 어떤 신사를 알고 있었다. 그는 이것을 자신의 확실한 장점으로 여겼으며 그 점에 대해 자신에게 의심을 품은 적이 전혀 없었다. 그는 죽을 때도 평온한 것을 넘어 의기양양한 양심을 가지고 눈을 감았는데, 이것은 극히 옳은 일이었다.

그런데 나라면 다음과 같은 경력이 붙여지는 것을 택했을 것이다. 게으름뱅이이자 대식가. 그것도 평범한 쪽이 아닌, 예를 들어, 모든 아름다운 것과 숭고한 것에 공감하는 그런 게으름뱅이이자 대식가. 마음에 드는가? 나는 오래 전부터 그런 환상을 가지고 있었다. 이 '아름답고 숭고한 것'은 내가 나이 40이 되었을 때 나의 뒤통수를 심하게 짓눌렀다. 하지만 이건 내가 40살이 되었을 때의 생각이고, 그때쯤의 나이였다면, 오, 그때쯤의 나이였다면 달랐을 것이다! 나는 내게 알맞은 행동을 즉시로 찾아내었을 것이다. 그건 다름 아닌, 모든 아름답고 숭고한 것을 위해 축배를 드는 일이다. 내 잔에 눈물을 쏟은 후 모든 아름답고 숭고한 것을 위해 잔을 들이킬 수 있는 온갖 기회들을 포착하려고 했을 것이다. 그렇게 되면 나는 세상의 모든 것을 아름답고 숭고한 것으로

---

3) 프랑스 보르도 산(産)의 붉은 포도주.

변화시켰을 것이고, 더 말할 필요도 없이 더럽기 그지없는 쓰레기 더미에서 아름답고 숭고한 것을 찾아냈을 것이다. 나는 젖은 스펀지처럼 눈물 많은 사람이 되었을 것이다. 예를 들어, 어떤 화가가 게4)의 그림을 그렸다. 그럼 나는 게의 그림을 그린 그 화가를 위해 즉시 축배를 드는데, 이는 모든 아름답고 숭고한 것을 사랑하기 때문이다. 어떤 저자가 「누구든 자기가 원하는 대로」5)

---

4) 원작에서 대문자로 시작하는 'Ге(게)'로 표기된 이 단어는 당대 러시아의 화가 니꼴라이 게(Николай Николаевич Ге, 1831~1894)의 성(姓)과 관련된다. 게는 1863년 러시아 예술 아카데미의 가을 전시회에 『최후의 만찬(Тайная вечеря)』이라는 자신의 그림을 전시한 바 있는데, 도스토예프스키는 이 그림에 대해 혐오감을 느꼈다. 이 혐오감과 관련해 그는 자신의 『작가 일기(Дневник писателя)』1873년 판에서, 이 그림은 역사적 사실과 19세기 중반 러시아의 현실을 의도적으로 섞어 놓음으로써 거짓과 선입견으로 가득 차게 되었다고 공식적인 비난까지 남기고 있다. 이 문장의 속 의미를 정확히 파악하기 위해서는 이 화가의 성인 '게(Ге)'의 첫 글자 'Г'의 글자명칭 또한 '게'이며 이 글자는 러시아어에서 '똥(говно)'을 은유하기도 한다는 사실을 이해해야 한다. 다시 말해, 이 화가의 성이자 동시에 글자의 명칭이기도 한 '게'가 '똥'을 암시하게 되는 것이다. 이렇게 볼 때, "어떤 화가가 게의 그림을 그렸다"는 이 문장은 '어떤 화가가 게끼리 그린 것과 같은 똥 같은 그림을 그렸다'라는 내포 의미를 가지는 것이다. 따라서 이렇듯 자기가 싫어하는 역겨운 그림을 그린 어떤 화가를 위해 '모든 아름답고 숭고한 것에 대한 사랑'을 운운하며 축배를 든다는 것은 이 작품 주인공-화자의 서술을 통해 나타난 도스토예프스키의 반어법이라 볼 수 있다. '아름답고 숭고한 것'에 대한 맹목적인 숭배가 허상일 수도 있다는 주인공-화자와 도스토예프스키의 태도가 드러나는 부분이다.

5) 이것은 당대 러시아의 작가 살띄꼬프-셰드린(Салтыков-Щедрин, 1826~1889)이 유력 잡지 『동시대인(Современник)』의 1863년 7월호에 게재한 글 제목이기도 하다. 급진적 비평가이자 소설가였던 그는 도스토예프스키의 이념적 적수였다. 이 문장에서 도스토예프스키는 살띄꼬프-셰드린의 이름을 직접 거명하지 않으면서도 그가 쓴 것과 똑같은 제목의 글을 '어떤 저자'가 썼다는 상황을 설정함으로써, 그의 글 경향을 비판하는 문장 구조를 만들고 있다. 또한 살띄꼬프-셰드린은 『동시대인』의 1863년 11월호에 앞서 언급된 게의 그림 『최후의 만찬』에 대해 긍정적인 평가를 내린 바 있는데, 이 역시 도스토예프스키에게는 불만스러운 점이었다. 결국 이 부분에서 도스토예프스키는 「누구든 자기가 원하는 대로」라는 글과 『최후의 만찬』에 대한 평가에 나타난 살띄꼬프-셰드린의 졸렬하고 방만한 평론 태도를 통틀어서 비판을 가하고 있는 것이다. 때문에 도스토예프스키는 주인공-

라는 글을 썼다. 그럼 나는 그 즉시로 내가 원하는 대로 아무나 한 사람을 골라 그를 위해 축배를 든다. 이것 역시 내가 모든 아름답고 숭고한 것을 사랑하기 때문에 하는 행동이다.

이런 행동을 통해 나는 내게로 향한 존경을 요구할 것이며, 그런 태도를 보이지 않는 자들은 끈질기게 괴롭힐 것이다. 조용히 살다가 의기양양하게 죽는다는 것, 이것이야말로 매력적인 일, 정말로 매력적인 일이다! 뱃살이 불룩 나오고 세 겹의 턱과 술 취한 딸기코를 만들어내면, 마주치는 사람마다 나를 쳐다보며 "이런 장점을 갖추다니! 이런 게 바로 진짜로 긍정적인 것이구먼!"이라고 말할 것이다. 여러분, 자유롭게 판단하시라. 하지만 우리의 부정적인 세기에 그러한 평가를 듣는다는 건 참으로 유쾌한 일이 아니겠는가.

화자의 입을 통해 「누구든 자기가 원하는 대로」의 저자의 취향에 맞추어 자신 역시 "내가 원하는 대로 아무나 한 사람을 골라 그를 위해 축배를 든다."고 똑같이 방만한 태도를 일부러 보여주며 비꼬고 있는 것이다. 또한 주인공-화자가 자신의 이러한 행위 역시 '모든 아름답고 숭고한 것에 대한 사랑'에서 나온다고 반어법적으로 말하는 것은, 앞서의 각주 내용에서와 마찬가지로, 아름답고 숭고해 보이는 것이라면 깊은 성찰 없이 맹목적으로 숭배하는 당대의 예술 경향을 비판하는 것이다. 물론 이러한 비판에는 주인공-화자 자신 역시 한때 그러한 습관에 빠져든 적이 있었다는 것에 대한 자조적인 비판도 포함되어 있으며, 그것이 이에 앞선 본문에서의 글 내용에도 나타나고 있다.

7.

하지만 이 모든 것은 황금빛 몽상이다. 오, 말해 달라, 인간이 추잡한 짓을 하는 건 자신의 진짜 이익이 무엇인지 모를 때뿐이라고 처음으로 공표한, 처음으로 선언한 자는 누구인가? 말하자면 그 자의 생각은, '만일 인간으로 하여금 자신의 진짜 이익, 정상적인 이익에 눈뜨도록 계몽해주면 그는 즉시 추잡한 짓을 멈추고 선량하고도 고결한 인간이 될 것이다. 왜냐하면 진짜 이익이 무엇인지에 대해 계몽된 상태에서 이해하게 될 것이기에 필연적으로 선(善) 속에서 자기 자신의 이익을 보게 될 것이기 때문이다. 잘 알려져 있듯이, 그 누구도 자신의 이익에 반대된다는 사실을 뻔히 알면서 그런 행위를 할 수는 없기에, 궁극적으로 보자면 필요성이라는 것에 근거해 선을 행하게 되지 않겠는가?'와 같은 생각이셨시.

오, 젖먹이여! 순진무구한 어린 아이여! 첫째로, 이 수천 년 동안 인간이 오직 자기 자신의 이익을 위해 행동했던 시기가 대체 언제 있었는가? 무엇이 자신에게 이득이 되는지 뻔히 알고 완전히 이해하면서도 사람들이 그것을 제쳐두고 위험과 요행의 다른 길로 돌진했음을, 누구도 그 무엇도 강요하지 않았건만 단지 지정된 길이 싫다는 그 이유 하나 때문에 힘들고도 엉터리 같은 다른 길을 거의 암흑 속에서처럼 찾아 헤매며 집요하고도 고집스럽게 뚫고 나가려 했음을 증명하는 수백만 개의 사실들은 대체 어찌할 것인가? 이건 그 사람들에게 이러한 집요함과 고집스러움이 그 어떤 이익보다 유쾌했다는 뜻이 되지 않겠는가….

 이익! 이익이란 무엇인가? 여러분은 인간의 이익이 대체 어디에 있다는 건지 아주 정확하게 정의할 자신이 있는가? 만일 어떤 경우 인간의 이익이란 자신에게 유익한 것이 아니라 해가 되는 것을 바라는 데 있을 수도 있으며, 심지어 틀림없이 그렇다는 것이 드러날 경우가 생긴다면 어쩌겠는가? 만일 그렇다면, 그런 경우가 있을 수 있다면, 모든 법칙은 먼지처럼 사라져 버릴 것이다. 어떤가, 그런 경우가 있을 수 있다고 보는가? 당신들은 지금 비웃고 있군. 비웃어라. 하지만 여러분, 대답은 해달라. 인간의 이익이라는 것이 완전히 올바르게 계산이 되어 있는가? 어떤 범주에도 포함되지 않을뿐더러 포함될 수도 없는 이익들은 없다는 말인가?

 여러분, 사실 내가 알고 있는 한 당신들은 통계 수치와 경제학 공식에 의거한 평균값으로 인간 이익의 전체 목록을 작성한 것이다. 당신들이 말하는 이익이란 안락함, 부유함, 자유, 평온, 그 외 등등 같은 것들이니 말이다. 따라서 뻔히 알면서도 이 전체 목록에 노골적으로 반발하려는 자들은 당신들에겐, 뭐, 물론 내게도 마찬가지이긴 하지만, 반(反)계몽주의자이거나 완전히 미친놈으로 보일 것이다. 그렇지 않은가? 하지만 여기서 놀라운 게 하나 있다. 이 모든 통계학자들, 현자들, 박애주의자들이 인간의 이익을 산출할 때 항상 한 가지 이익만은 빠뜨리는 건 무슨 이유 때문일까? 당연히 그것을 계산에 넣어야 함에도 불구하고 그렇게 할 생각조차 하지 않기에, 이로 인해 전체 계산이 달라진다. 그 이익을 택해서 목록에 넣으면 되니까 별로 큰일도 아닐 것인데 말이다. 하지만 이 불가사의한 이익은 그 어떤 범주에도 들어갈 수 없고 그 어떤 목록에도 포함될 수 없다는 게 큰 불행이다.

예를 들어, 내게 친구가 하나 있는데…. 에잇! 하긴 이 자는 여러분의 친구이기도 하다. 누구인들 이 자의 친구가 아닐까! 이 양반은 어떤 일에 착수할 때면 이성과 진리의 법칙에 따라 자신이 정확히 어떻게 행동해야 할지를 젠체하는 태도로 분명하게 당신들에게 읊어댈 것이다. 그뿐이 아니다. 흥분과 열정에 가득 찬 태도로 당신들에게 인간의 진짜 이득, 정상적인 이득에 대해 말할 것이고, 자신의 이익과 선행의 참뜻도 이해하지 못하는 근시안적인 바보들을 조롱하며 꾸짖을 것이다. 그러고는 정확히 15분 후에는 그 어떤 갑작스러운 외적인 동기도 없이, 그의 모든 이득보다도 더 강렬한 무언가 내적인 동기에 의해 갑자기 전혀 다른 행동, 즉 자신이 말했던 것과 완전히 반대되는 방향의 행동을 할 것이다. 이성의 법칙과노 정반대되고, 자신의 이익과도 정반대되며, 뭐랄까, 한 마디로 말해서 모든 것에 정반대되는 행동 말이다…. 미리 말해두건대, 이 친구는 집합체적인 인물이므로 이 사람 혼자만을 탓하기는 왠지 어렵다. 여러분, 바로 이게 핵심적인 사항인데, 자신의 최상의 이익보다 소중한 그 어떤 것이 존재하는 일이 실제로도 거의 누구에게나 있지 않을까? 혹은 (비논리적이 되지 않기 위해 말해본다면) 다른 어떤 이익보다 더 중요하고 더 이익이 되는 가장 중요한 이익(앞서 말했던, 빠뜨려진 이익 말이다)이라는 것이 존재하지 않을까? 이 이익은 다른 어떤 이익보다도 더 중요하고 더 유익하기에, 그것을 위해서라면 인간은 필요하다면 모든 법칙들, 즉 이성, 명예, 평온, 안락에 역행해서 나아갈 준비가 되어 있다. 한 마디로 하자면, 모든 아름답고도 유용한 것들에 역행하면서까지 성취하고 싶을 정도로 가장 유익한 이익, 무엇보다도 소중하며 근본적인 이익이란 것이 존재할 수 있지 않을까라는 것이다.

"뭐, 어쨌든 그것도 이익인 것은 마찬가지구먼."

당신들은 이렇게 내 말을 끊을 것이다. 미안하지만, 좀 더 확실히 설명해야 할 것이 아직 남아 있다. 그것이 뭐냐 하면, 이익이라는 단어로 말장난을 하지는 게 아니라, 앞서 언급한 가장 소중하고도 근본적인 이익이라는 놈이야말로 우리의 모든 분류법을 파괴하는 한편 인류애를 말하는 자들이 인류의 행복을 위해 만들어 놓은 모든 체계를 꾸준히 부셔버리기 때문에 참 특별하다는 점이다. 한 마디로 말해서, 이것이 모든 것을 방해한다는 뜻이다.

하지만 이 특별한 이익에 명칭을 붙이기 전에, 내 자신의 체면을 손상하더라도 대담하게 공언하고 싶은 것이 있다. 인류가 빠른 시간에 선량하고 고결해지는 것은 자신의 진짜 이익, 정상적인 이익을 쟁취하기 위해 분투함으로써만이 가능하다는 점을 설명하려는 이 모든 이론이, 그리고 이 모든 아름다운 체계들이 내 생각으론 아직까지는 단순 논리에 불과하다는 점이다! 그렇다. 단순 논리인 것이다! 인간의 고유한 이익 체계를 통해 전 인류의 혁신이 가능하다고 주장하는 이런 이론은 내 생각으로는, 예를 들어, 문명에 의해 인간이 더 온순해진 결과 피에 덜 굶주리게 되었으며 전쟁도 잘 할 수 없게 되었다는 버클의 주장6)을 따라가는 것과 거의 같다. 버클은 논리라는 것에 의해 그렇게 결론을 내리고 있는 듯하다.

하지만 인간은 체계와 추상적인 결론에 너무 이끌리는 나머지, 자신의 논리를 정당화하기 위해서라면 고의로 진리를 왜곡하거나, 눈에 보이는 것도 보지 않고, 들리는 것도 듣지 않을 준비가 되어 있다. 내가 이러한 예를 드는 건 이것이 너무도 생생한 예이기 때문이다. 주위를 둘러보기만 하면 된다. 피가 강물처럼 흐른다. 그것도 샴페인처럼 아주 쾌활하게 솟구쳐 흐른다. 이것이 버클도 살고 있는 19세기 전체의 모습이다. 이것이 나폴레옹의—위대한 나폴레옹의, 그리고 현재의 나폴레옹의—모습이기도 하다.7) 이것이 북아메리카, 저 영구적인 연합의 모습이기도 하다.8) 마지막으로 캐리커처와 같은 슐레스비히-홀스타인도 있다9)….

그런데도 문명이 우리 내면에서 대체 무엇을 온순하게 만들어주

---

6) 영국의 역사학자 버클(Henry Thomas Buckle, 1821~1862)은 자신의 저서 『영국에서의 문명의 역사(History of Civilization in England)』(1857)에서 인류 문명의 발전에 따라 민족과 국가들 간의 전쟁은 점차 종식될 것이라는 주장을 폈다.
7) 여기서는 같은 이름의 두 명의 황제, 즉 나폴레옹 1세(1769~1821)와 나폴레옹 3세(1808~1873)에 대해 언급하고 있으며, 일반적으로 더 잘 알려진 전자의 황제를 '위대한'으로, 이 작품을 쓰던 1864년에 프랑스 황제였던 후자를 '현재의'라는 수식어로 표현하고 있다. 이 두 명의 황제 재위기에 프랑스가 빈번하게 전쟁을 벌였다는 점이 이 문장의 속 의미이다.
8) 여기서 의미하는 나라는 미국이며, 이 작품이 창작되던 것과 같은 시기인 1861년부터 1865년까지 미국이 노예제도 문제로 인해 남북전쟁을 겪고 있었다는 사실을 말하고 있다.
9) 당시에 실질적으로 덴마크 왕국의 지배를 받고 있던 슐레스비히-홀스타인 공국을 빼앗아오기 위해 프로이센과 오스트리아 연합군은 덴마크와 전쟁을 벌여 승리를 거두었으며, 결국 이 공국을 프로이센과 오스트리아의 공동 관할에 두기로 합의하였다. 이 전쟁이 벌어진 1864년 역시 이 작품의 창작 시기와 일치한다.

었다는 것인가? 문명은 인간의 내면에 감각의 다면성을 개발시켜 줄 뿐이며… 단연코 그 이상은 아니다. 이렇듯 감각의 다면성이 발전해나가다 보면 인간은 아마도 피 속에서 쾌감을 찾는 단계에까지 이를 것이다. 사실 이런 일은 이미 발생해 오지 않았던가. 가장 세련된 학살자들이야말로 거의 예외 없이 가장 문명화된 신사들이었기에 어떤 때는 아틸라10)니 스쩬까 라진11)이니 하는 온갖 자들조차도 이들의 발끝에도 미치지 못한다는 사실을 당신들은 혹시 눈치 채지 못했는가? 만일 이들이 아틸라나 스쩬까 라진과는 달리 그리 분명하게 눈에 띄지 않았다면, 그건 바로 이런 자들과 너무 자주 마주치게 되고 이들이 너무 평범하기도 하다 보니 우리 눈에 익었기 때문이다. 인간이 문명 때문에 피에 더 많이 굶주리게 된 건 아닐지라도, 적어도 예전보다는 더 나쁘고 혐오스러운 방식으로 피에 굶주리게 되었을 것이다. 예전에는 피를 흘리게 하는 것에서 정의를 보았기에, 마땅히 죽어야 할 자를 처단할 때 양심에 거리낌이 없었다. 하지만 지금은 피를 흘리게 하는 것을 혐오스러운 것으로 간주하면서도 어쨌든 그 혐오스러운 짓을 계속 하고 있으며, 심지어는 더 많이 하고 있다. 무엇이

---

10) 아틸라(Attila, 406?~453)는 당대 유럽인들에게는 '신의 징벌'이라는 별칭을 들을 정도로 공포의 대상이었던 훈 족의 왕이었으며, 당시의 동로마제국, 페르시아, 그리고 서로마제국 북쪽인 갈리아 지방에까지 정복 전쟁을 펼쳤던 인물이다.
11) 원래의 이름은 스쩨빤 찌모페예비치 라진(Степан Тимофеевич Разин, 1630~1671)이며 줄여서 흔히 스쩬까 라진이라고 불린다. 당시 제정 러시아 중앙 정부의 폭정에 견디지 못하고 돈 강 유역으로 도망쳐 온 농민들을 규합하여 1667년부터 1671년까지 대규모 반란을 이끌었던 인물이다. 1671년 정부군에 반란이 진압되면서 그 역시 체포되어 처형되었다.

더 나쁜가— 스스로 판단해보시라. 클레오파트라는(로마 역사의 예까지 들어 죄송하다) 황금 바늘로 자신의 여자 노예들의 가슴을 찌르는 걸 좋아했는데, 그들이 비명을 지르며 몸을 비트는 걸 보면서 쾌감을 느꼈다고들 한다. 당신들은 다음과 같이 말하겠지. "그건 상대적으로 보면 야만시대의 일이다. 그런데 (역시 상대적으로 봐서) 지금도 바늘로 몸이 찔리는 일이 있곤 하니 지금도 역시 야만시대이기는 하다. 인간이 야만시대보다 가끔은 더 분명히 보는 방법을 배웠다 할지라도, 이성과 과학의 지시대로 행동하는 걸 익히려면 아직은 멀었나 보다."라고 말이다.

하지만 어쨌든 당신들은 일련의 낡고 추한 습관들이 모두 사라지고 상식과 과학이 인간의 본성을 완전히 재교육하여 정상적인 방향을 잡아줄 때가 오면, 인간은 이성과 과학의 지시대로 행동하는 것을 반드시 익히게 될 것이라고 전적으로 확신하고 있다. 당신들은 그때가 오면 인간이 '자발적으로' 잘못을 범하는 일이 더 이상 없을 것이라고, 즉 자신의 의지를 자신의 정상적인 이익과 분리시키려 마음먹는 일은 자연스럽게 없어질 것이라고 확신하는 것이다. 그것만이 아니다. 당신들은 그때가 오면 과학이 직접 인간에게 가르칠 것이라고(이건 내 생각엔 다소 사치스러운 것 같기는 하지만) 말할 것이다. 의지나 변덕 같은 것들은 실상 인간에게 존재하지도, 존재한 적도 전혀 없으며, 인간 자체가 원래 피아노의 건반이나 오르간의 나사못과 비슷한 무언가에 불과하다는 점을 가르칠 것이라고 말이다. 또한, 세상에는 아직 자연의 법칙이라는 것이 있기에 인간이 하는 일은 그 어떤 것이든 그의 희망이 아니라 자연의 법칙에 의해 저절로 이루어진다고 말할 것이다. 따라서 이 자연의 법칙이라는 것을 발견하기만 하면 되는데, 그렇게 되면 인간은 자신의 행동에 대해 더 이상 책임을 질 필요도 없게 될 것이고, 사는 것도 굉장히 쉬워질 것이라고도 말하겠지. 그때가 되면 인간의 모든 행동들은 당연히 이 법칙에 의해 수학적으로, 마치 로그표처럼, 10만 8천 개로 분류되어 일람표에 기입될 것이다. 아니면 이보다 한층 더 나은 것으로서, 덕성을 함양하는 몇 가지 출판물들이 지금의 백과사전식 어휘집과 비슷한 형태로 발행되어 그 속에서 모든 것이 너무도 정확히 계산되고 설명되어질 것이기에, 세상에는 이미 더 이상 행위라는 것도, 모험적인 일이라는 것도 전혀 존재하지 않게 될 것이다.

그때가 되면—이것도 역시 당신들이 말하는 내용이다—수학적으로 정확하게 계산되어 이미 완벽하게 준비된 새로운 경제적 관계들이 도래할 것이다. 따라서 발생 가능한 모든 질문들 역시 순식간에 사라져 버릴 것이다. 근본적으로 모든 대답들이 자동으로 제공될 것이기 때문이다. 그렇게 되면 수정궁[12]이 건설될 것이

---

[12] 여기서 '수정궁'은 당시 도스토예프스키가 이념적으로 비판했던 소설가 체르늬솁스끼(Н.Г.Чернышевский, 1828~1889)의 장편소설 『무엇을 할 것인가(Что делать)?』(1863)에 나오는 '무쇠수정으로 만든 궁전'을 염두에 두고 쓴 단어이다. 체르늬솁스끼에게 있어 수정궁은 미래의 유토피아적 공산주의 사회의 이상적인 주거 공간을 상징했는데, 개념적으로 볼 때 이것은 프랑스의 공상적 사회주의자 푸리에(Charles Fourier, 1772~1837)가 꿈꾸었던 사회주의 공동 생활체에 그 뿌리를 두고 있다. 외형적으로 보자면, 체르늬솁스끼는 이 건물의 이미지를 영국의 조각가 팩스턴(Joseph Paxton, 1803~1865)이 1851년 런던 하이드 파크의 만국박람회 자리에 세웠던 건물로부터 가져 왔다. 이 건물은 주철과 판유리로 제작되어 박람회 물품 전시용으로 사용된 거대한 건물이었는데, 산업혁명 시기의 기술 발전을 상

다. 그때가 되면…. 뭐, 한 마디로 해서, 그때가 되면 까간 새[13]가 날아 들어올 것이다. 물론 그때가 되면 끔찍하게 지루해지는(모든 것이 도표에 따라 계산될 터인데, 대체 사람이 무슨 일을 할 수 있을까?) 일은 없을 것이라고 보장까지는 못해도(이건 내 생각이다), 대신 모든 것이 극도로 합리적이 될 것이다. 물론 지루하다 보면 무슨 짓인들 하고 싶지 않겠는가! 사실 지루하다 보면 황금 바늘로 자기 몸을 찌르기라도 하지 않는가? 하지만 이 정도는 아무것도 아니다. 끔찍한 건, 사람들이 황금 바늘을 보고 기뻐하는 상황이 올지도 모른다는 사실이다(이것도 내 생각이다). 인간이란 어리석다. 보기 드물게 어리석은 존재란 말이다. 설령 인간이 전혀 어리석지 않다고 할지라도, 대신 인간은 고마움을 모르는 존재이기에 이런 존재는 달리 찾을 수도 없다. 예를 들어, 인류 전체의 분별력이 갖추어진 미래에, 고결하지 않은, 혹은 더 정확히 말해, 반동적이며 비웃는 낯짝을 한 어떤 신사가 난데없이 갑자기 나타나 양손을 허리에 댄 채 우리 모두를 향해 "여러분, 이 분별력이란 것을 단숨에 발로 차서 먼지처럼 날려버리는 게 어떻겠소? 목적은 하나요. 이 모든 로그표란 놈은 악마한테나 보내버리고 우리는 다시 자신의 어리석은 의지로 살아갑시다!"라고 말하더라도 나라면 전

징하는 다양한 물품들이 그 안에 전시되었다. 이 건물의 별칭이 수정궁(Crystal palace)이었다. 따라서 여기서 수정궁은 엄청난 속도로 발전해 가던 당시와 미래의 기술 문명 모두를 상징한다고 할 수 있다.

[13] '까간 새'는 러시아 민간 전설에 등장하는, 사람들에게 행복을 가져다주는 새를 말한다. 도스토예프스키는 시베리아 유형 시절 옴스크의 감옥에 갇혀 있을 때 (1849~1853) 이 새에 대해 처음으로 들었다.

혀 놀라지 않을 것이다. 이 정도도 역시 아무것도 아니긴 하지만, 그 자가 기필코 추종자들을 찾아낼 것이라는—인간의 본성이란 원래 그렇지 않은가—점이 기분 나쁘긴 하다.

언급할 가치조차 없어 보이는 아주 부질없는 이유 때문에 이 모든 일들이 발생하곤 한다. 인간은 그가 누구이든, 언제 어느 곳에서든, 절대로 이성과 이익의 명령에 의해서가 아니라, 자기 자신이 하고 싶은 대로 행동하기를 좋아했던 것이다. 인간은 자신의 이익에 반대되는 행동을 하고 싶을 수 있으며, 또한 가끔은 반드시 그렇게 행동해야만 한다(이것이 나의 변함없는 생각이다). 속박되지 않은 자신만의 자유로운 욕망, 아무리 거칠지라도 자신만이 부릴 수 있는 변덕, 가끔은 미쳐 버릴 정도로까지 자극적으로 끓어오르는 자신만의 환상, 이 모든 것이 앞서 말한 바로 그 누락된 이익이며, 어떤 분류에도 속하지 않은 채 모든 체계와 이론을 계속해서 산산이 부숴버리는 가장 이득이 많은 이익인 것이다. 저 모든 현자(賢者)라는 사람들이 인간에게는 정상적인 욕망이, 덕성을 갖춘 욕망이 필요하다고 말했던 이유는 무엇일까? 인간에게 필요한 건 합리적으로 봤을 때 이득이 되는 욕망이라고 그들이 변함없이 상상했던 이유는 무엇일까?

인간이 필요로 하는 건 오로지 독립적인 욕망 하나뿐이다. 이 독립성을 가지기 위해 어떤 비용을 치러야 하든, 그리고 그것으로 인해 어떤 결과가 파생되든 말이다. 이 욕망이란 게 대체 어떤 건지 누가 알 수 있으랴…

8.

"하―하―하! 본질적으로 욕망이란 건 존재하지 않는다는 점을 알아야 하오!" 여러분은 깔깔거리며 내 말을 가로막을 것이다. "오늘날 과학은 인간을 샅샅이 분석하는 데 성공했기에 우리도 이젠 다음과 같은 점을 알고 있소. 욕망과 소위 자유로운 의지라는 것은 별다른 게 아니라…."

"여러분, 잠깐만, 나 역시 그렇게 말을 시작하려 했소. 고백하건대, 당신들이 그렇게 말하는 걸 들으며 난 깜짝 놀랐기까지 했소. 나는 욕망이라는 놈이 대체 무엇에 달려 있는지는 모르겠지만, 그래도 그런 게 있다는 것을 아마도 신에게 감사해야 한다고 지금 막 소리치려다가 갑자기 과학이라는 게 떠올라서… 그만 두었던 것이오. 마침 그때 당신들이 말을 시작한 것이오. 사실 말이지만, 만일 우리의 모든 욕망과 변덕의 공식을 언젠가 실제로 발견하게 된다면, 즉 그것이 무엇에 달려 있는지, 어떤 법칙에 의해 발생하고 어떻게 퍼져나가며 이런저런 경우에 있어 무엇을 지향하는지 등등에 대해 진짜로 수학적인 공식을 발견하게 된다면 말입니다. 그러면 인간은 무언가를 욕망하는 일을 아마도 그만두게 될 겁니다. 아마도 정도가 아니라 확실하게 그만 둘 겁니다. 아니, 도표 쪼가리를 놓고 그것에 기준해 욕망할 마음이 어찌 생기겠소? 그뿐이 아니오. 인간은 그 즉시로 인간이 아닌 오르간의 나사못이나 그 비슷한 뭔가로 변할 거요. 소망도, 의지도, 욕망도 없다면 그건 오르간의 나사못이지 어떻게 인간이라 할 수 있겠소? 당신들은 어떻게 생각하시오? 가능성에 대해 생각해봅시다. 이런 일이 일어날 수 있겠소, 없겠소?"

내 말에 대해 당신들은 다음과 같이 결론을 내리려고 할 것이다. "흐음…, 우리의 욕망이 대부분의 경우 결함이 많은 이유는 우리의 이익에 대한 시각 자체가 결함이 많기 때문이오. 우리가 간혹 완전히 터무니없는 짓을 하고자 원하는 것은, 뭐든 미리 생각해 놓은 이익을 달성하기 위한 가장 손쉬운 길이 이러한 터무니없는 행동 속에 있다고 생각하는 우리의 어리석음 때문이오. 하지만 이 모든 것이 해석되어 종잇장에 낱낱이 적히는 때가 오면(이럴 가능성이 꽤 높소. 왜냐하면 자연의 어떤 법칙들은 인간이 절대로 알아낼 수 없을 것이라고 예단하는 것은 참으로 파렴치하면서도 바보 같은 짓이기 때문이오) 이른바 소망이라는 것도 당연히 존재하지 않게 될 것이오. 언제든 욕망이란 것이 이성과 한 패가 되면 우리는 더 이상 욕망하지 않고 이성적으로 사유하게 될 것이오. 이성을 간직한 상태에서 터무니없는 것을 원하거나, 그런 식으로 이성에 반대해서 자신에게 해롭다는 것을 뻔히 알면서 그 길로 간다는 것은 불가능하기 때문이오…. 언젠가는 이른바 우리의 자유의지라는 것, 그것의 법칙조차도 밝혀질 것이기에, 모든 욕망과 이성적 사고는 실제로도 계산될 수 있을 것이며, 이러한 이유로 볼 때, 진지하게 말하는 바이지만, 도표와 비슷한 무엇인가가 만들어질 수도 있을 것이오. 따라서 그렇게 되면 우리는 그 도표에 따라 욕망하게 될 것이오. 예를 들어, 내가 엄지손가락을 검지와 중지 사이에 집어넣어 누군가에게 엿 먹으라는 시늉을 했다고 칩시다. 그런데 내가 그렇게 한 건 그렇게 할 수밖에 없는 분명한 이유가 있어서이며 반드시 특정한 손가락을 써야만 했던 분명한 이유 또한 존재한다는 것이 낱낱이 계산되고 증명이 된다면, 그 땐 나의 내면에 무슨 자유로운 것이 남게 되겠소? 특히나 내가 어디선가 어떤 학위 과정을 마친 학자라면 말이오. 그렇게 되면 난 앞으로 30년간의 내 인생도 미리 계산해낼 수 있을 것이오. 한 마디로 말해, 정말로 그렇게만 된다면 우리에겐 아무것도 할 일이 없어질 것이란 말이오. 어쨌거나 그런 상황은 받아들여야만 하오. 뿐만 아니라, 이러저러한 순간과 이러저러한 상황에서 자연은 우리의 허락 따위는 구하지 않는다는 사실을 우리는 지치지 않고 자신에게 되뇌어야 하오. 자연은 우리가 상상하는 대로가 아닌 자연 그대로 받아들여야 한다는 사실도 말이오. 만일 우리가 정말로 도표나 일람표를, 그리고, 뭐… 심지어 증류기까지 지향하게 된다 하더라도, 그걸 어쩌겠소. 받아들여야 합니다. 증류기까지도 말입니다! 설사 그렇게 하지 못하겠더라도, 누구의 의사와도 상관없이 그것 스스로 받아들여지는 상황은 어쨌든 올 테니까 말이오…"

당신들 말이 맞긴 하다. 하지만 바로 이 점이 내게는 수수께끼의 시작 부분이기도 하다! 여러분, 철학자인 양 온갖 소리 늘어놓은 나를 용서해주시기 바란다. 여기 지하에서 40년을 지내다 보니 그렇게 되었소! 그러니까 몽상 같은 얘기를 해도 좀 양해해주시길. 다들 알 만한 얘기를 해보자. 여러분, 이성은 좋은 것이고 이 점에는 논란의 여지가 없다. 하지만 이성은 그냥 이성일 뿐이어서 인간의 이성적 판단 능력을 만족시킬 뿐이다. 그런데 욕망은 삶 전체의 발현, 즉 이성, 그리고 모든 충동까지를 포함한 삶 전체의 발현인 것이다. 그렇게 발현될 때 우리의 삶은 종종 잡동사니처럼 나타나기도 하지만, 그럼에도 불구하고 삶은 삶인 것이며 한낱 제곱근 구하기에 불과할 수는 없는 것이다. 예를 들어, 극히 자연스러운 일이지만 나 역시 살고자 하는 욕구를 가지고 있는데, 그것은 삶에 있어서의 나의 모든 능력을 만족시키기 위해서이지 나의 이성적 능력, 즉 삶에 있어서의 내 모든 능력의 20분의 1만을 만족시키기 위해서는 아니다. 이성이 무엇을 안다는 것인가? 이성은 자신이 알아낼 수 있었던 것만을 알고 있지만 (어떤 것들은 아마 절대 알아내지 못할 것이다. 이런 말을 한다는 게 인간에게 위안거리는 아니겠지만, 그렇다고 이런 말을 하지 못할 이유는 또 뭔가?), 인간의 본성은, 의식적이든 무의식적이든, 자신 안에 존재하는 모든 것을 가지고 온전한 전체를 이루어 움직이며, 설사 잘못된 길을 가더라도 어쨌든 살아간다. 여러분, 당신들이 나를 측은히 여기며 바라보고 있다는 느낌이 든다. '계몽이 되고 지적으로 성숙한 자가, 한 마디로 말해, 미래의 인간이 될 그런 자가 어떤 것이 자신에게 손해가 된다는 점을 뻔히 알면서도 그 어떤 것을 원할 리는 없다. 이건 수학이다.' 당신들은 이렇게 내게 반복해 말하려는 모양이군. 완벽하게 동의한다. 그건 정말로 수학이라는 것을….

하지만 당신들에게 백 번째 반복해 말하는데, 인간이 자신에게 손해가 되는 것을, 어리석다 못해 심지어 극히 어리석다고까지 할 수 있는 것을 일부러, 그리고 의식적으로 원하는 경우가 한 번은, 딱 한 번은 있게 마련이다. 그 이유는 다름 아니라, 현명한 것 하나만을 원해야만 하는 의무에 얽매이지 않고, 극히 어리석은 것이라 할지라도 그것을 스스로 원할 수 있는 권리를 가지기 위해서이다. 여러분, 이렇듯 변덕이라고 할 수 있는 참으로 어리석은 일이 실상은 지구상에 존재하는 모든 것 중에서 우리 형제들에게 가장 이익이 되는 일일 수 있다. 어떤 경우에는 특히나 그렇기도 하다. 심지어 우리에게 명백한 해를 입히는 경우에도, 그리고 이익에 관한 우리의 이성적 판단에서 나온 가장 올바른 결론들에 모순이 되는 경우에도, 이러한 어리석은 일이 모든 이익들보다 특히 더 이익이 될 수도 있다. 그 이유는, 어떤 경우이든 그것이 우리에게 가장 중요하고도 소중한 것, 즉 우리의 인성과 개성을 보존해주기 때문이다. 어떤 사람들은 이것이 실제로 인간에게 무엇보다도 더 소중한 것이라고도 주장하는데, 그건 말하자면, 남용하지만 않고 적절히 사용하기만 한다면 욕망 자신의 선택에 따라 욕망이 이성과 합치되는 모습도 가능하다는 뜻이다. 이러한 모습은 유용하고 심지어 가끔은 칭찬받을 만한 것이기도 하다.

하지만 욕망은 매우 자주, 심지어 대부분의 경우에 완벽하고도 고집스럽게 이성과 충돌을 일으키며… 그리고… 나아가…. 그런데 이런 모습도 유용하며 심지어 가끔은 매우 칭찬받아 마땅하다는 점을 당신들은 혹시 알고 있는가?

여러분, 인간이 어리석지 않다고 가정해보자(사실 단 한 가지 이유 때문에라도 인간에 대해 이런 가정을 하는 건 부당하다. 인간이 어리석다면 도대체 어떤 존재가 현명할 수 있단 말인가?). 하지만 어리석지는 않다고 쳐도, 어쨌든 인간은 소름끼칠 정도로 배은망덕한 존재이다! 보기 드물게 배은망덕하다는 말이다. 내 생각엔 인간에 대한 가장 훌륭한 정의는 두 다리로 걷는 배은망덕한 존재라는 것이다. 하지만 이것도 아직 전부는 아니다. 이것만이 인간의 주된 허물이라고 할 수는 없는 것이다. 인간의 가장 주된 허물은 부도덕성이다. 노아의 대홍수부터 시작해 슐레스비히-홀스타인 시기에까지 이르는 인류의 운명에서 지속적으로 나타나는 부도덕성이다. 부도덕성의 결과로 무분별한 행동도 나타나는데, 오래 전부터 알려져 왔듯이, 무분별한 행동은 다름 아닌 부도덕성에 기인하는 것이다.

인류의 역사에 한 번 눈을 돌려보라. 자, 무엇이 보일까? 장엄하다고? 장엄하다고도 할 수 있겠지. 예를 들어 로도스의 거상(巨像)14) 하나만 해도, 그게 얼마나 엄청난 가치가 있는 것인가! 아나예프스끼 씨15)가 의미심장하게 증언하듯이, 어떤 이들은 그것

---

14) 기원전 280년에 고대 그리스의 항구 도시 로도스의 앞바다에 건축된 서 있는 모습의 큰 동상으로서 태양의 신 헬리오스의 모습을 표상하고 있다. 로도스가 당시 마케도니아의 데메트리오스 1세의 포위 공격(B.C.306~B.C.305)을 물리친 역사적 사실을 기념해 12년간의 작업을 통해 건축되었으며 높이가 30미터 이상에 달했다고 전해진다. 기원전 225년에 지진으로 인해 무릎 아래만 남은 상태에서 나머지 부분이 파괴되어 바다로 떨어져 나갔으며, 서기 653년에 로도스를 침략한 아랍인들이 무릎 아래 부분까지 소거해 감으로써 거상은 완전히 모습을 감추게 되었다.
15) 아나예프스끼(А.Е. Анаевский, 1788~1866)는 1840~1860년대에 시사 문제 등에 대한 다양한 출판물들을 발간했으나 그 내용과 질에 있어서의 문제 때문에 종종 비웃음의 대상이 되었던 사람이다. 여기서 언급되는 내용, 즉 로도스의 거상이 자연에 의해 만들어졌을 수도 있다는 허황된 생각은 1854년에 그가 발간한 「지식욕이 왕성한 이들을 위한 안내 책자(Энхиридион любознательный)」라는 제목

이 인간의 손으로 만들어진 작품인 것처럼 말하는 반면 다른 이들은 그것이 자연 자체에 의해 창조되었다고 주장한다. 색채가 현란하다고? 현란하다고도 할 수 있겠지. 모든 세기에 걸쳐 모든 민족들의 무관들과 문관들의 화려한 제복들만 살펴보면 이것만으로도 참으로 가치가 있다. 그런데 하급 문관들의 제복까지 살펴보려다가는 그야말로 고난의 길이다. 그 어떤 역사가도 감당해내지 못할 작업인 것이다. 색채가 단조롭다고? 뭐, 단조롭다고도 할 수 있겠지. 사람들은 이 문제로 치고받고 또 치고받고, 지금도 치고받고 있으며, 예전에도 치고받았으며, 그 후에도 치고받았다. 이거야말로 너무나 단조로운 짓이라는 것에 당신들도 동의할 것이다. 한 마디로 말해서, 세계의 역사에 관해선 어떤 말이든, 완전히 망가진 상상력을 가진 머리에나 떠오를 수 있는 어떤 말이든 다 할 수 있다. 하지만 역사에 분별력이 존재한다는 말, 이 말만은 꺼낼 수 없다. 당신들이 이 말을 꺼낸다면 당장에 사례가 들릴 것이다. 역사 속에선 심지어 다음과 같은 기괴한 일도 종종 접하게 된다. 살다 보면 행실이 올바르고 분별력이 있는 사람들, 현명한 사람들과 박애주의자들이 꾸준히 나타나는데, 이들은 평생 동안 가능한 더 올바르고 더 분별력 있게 행동하고자 하는 목표를 설정한 사람들이다. 말하자면 이들은 세상은 실제로 올바르고도 분별력 있게 살아갈 수 있다는 것을 가까운 사람들에게 증명해보이기 위해 자기 자신으로써 불을 밝히려는 목표를 가진

의 소책자에 담긴 내용이다.

사람들인 것이다. 그런데 대체 어떤 일이 일어나는가? 이러한 박애주의자들 중의 다수가 이르든 늦든 인생의 끝 무렵에 어떤 일화, 간혹은 아주 점잖지 못한 종류의 일화를 만들어 냄으로써 자신을 배반하곤 했던 것이다.

  이젠 당신들에게 묻겠다. 이렇게 이상한 자질을 부여받은 존재인 인간에게 대체 무엇을 기대할 수 있다는 것인가? 인간에게 모든 지상의 은총을 퍼부어 머리까지 완전히 그 행복 속에 빠지도록, 마치 수면 위에서처럼 행복의 표면 위에서 거품들만이 튀어 오르도록 해보라. 그에게 경제적인 만족을 주어서 잠자고 당밀과자 먹고 세계 역사의 연속성에 대해 고민하는 것 이외에는 달리 아무 할 일이 없도록 만들어주라. 이런 상황에서도 그는, 이 인간이라는 자는, 순전히 배은망덕함 때문에, 순전히 빈정거리기 좋아하는 습성 때문에 당신에게 뭔가 추악한 짓을 저지르고 말 것이다. 여차하면 당밀과자도 버린다는 생각으로 그는 가장 파괴적이며 터무니없는 짓을, 너무도 이득이 안 되는 무의미한 짓을 하고자 원할 텐데, 그 유일한 목표는 이 모든 긍정적인 분별성에 자신의 파괴적이며 환상적인 요소를 섞어 넣기 위함이다. 그가 고수하고자 하는 것은 이렇듯 다름 아닌 자신의 환상적인 꿈들과 극히 속물적인 어리석음인데 그 목적은 단 하나이다. 그것은 바로 인간은 어쨌든 인간이지 피아노 건반이 아니라는 점을 자기 자신에게 확인시키기 위해서이다(마치 꼭 그렇게 확인시켜야만 하는 것처럼). 자연의 법칙이 가진 손에 의해 연주되는 그러한 피아노 건반은 계속 연주되다가 결국에는 일람표에 의존하지 않고서는 스스로 원할 수 있는 게 아무것도 없는 지경에까지 처하게 된다.

그뿐이 아니다. 심지어 인간이 정말로 피아노 건반인 것으로 판명되고 자연과학과 수학적 계산까지 동원해 그 점을 그에게 증명해주는 게 가능해진다 할지라도, 그는 여전히 정신을 못 차릴 것이다. 아니, 저 배은망덕한 속성으로 인해, 그리고 자기 생각을 고집하기 위해서라도 그는 뭔가 반대되는 짓을 일부러라도 할 것이다. 만일 그렇게 행동할 수 있는 수단이 없을 경우에는, 파괴와 혼돈, 그리고 다양한 고통들을 생각해내서라도 결국에는 자기 뜻을 밀고나갈 것이다! 세상에 대고 저주도 퍼부을 텐데, 저주는 인간만이 할 수 있는 것인 이상(저주야말로 인간을 다른 동물들과 구별시켜 주는 인간의 특권이다) 그는 아마도 저주 하나만으로도 자신의 목적을 달성하게 될 것이다, 즉 자신이 피아노 건반이 아니라 인간이라는 확신에 이르게 된다는 말이다! 만일 당신들이 혼돈이니 암흑이니 저주이니 하는 이 모든 것들 역시 도표에 의해 계산될 수 있고 따라서 미리 계산될 수 있다는 하나의 가능성만으로도 이 모든 것들을 정지시킨 후 이성이 자신의 위치를 확고히 할 수 있다고 말하려 한다면, 인간은 이성을 버리고 자신의 뜻을 밀고 나가기 위해서 일부러라도 미치광이가 될 것이다! 나는 이것을 믿으며, 이 말에 책임을 질 수 있다. 왜냐하면 인간이 행하는 모든 일은 자신이 오르간의 나사못이 아니라 인간이라는 점을 자기 자신에게 끊임없이 증명해보이려는 데 유일한 목적이 있기 때문이다! 엄청 쥐어터진다 할지라도 증명하려 할 것이며, 동굴 시대로 되돌아간다 할지라도 증명하려 할 것이다. 이런 사실을 깨달은 후에 인간이 어떻게 죄를 짓지 않을 수 있겠는가. 즉, 그런 일은 아직 일어나지 않았고 욕망이 무엇에 좌우되는지 아직은 도무지 알 수 없다고 어떻게 찬미하지 않을 수 있겠는가 말이다….

당신들은 내게 외치겠지(외침을 통해 내게 관심을 표명하려는 마음이 아직 남아 있다면 말이다). "아무도 당신에게서 당신의 의지를 빼앗아가지 않소. 사람들은 당신의 의지가 스스로 그 의지 자체의 작용을 통해 당신의 정상적인 이득, 자연의 법칙, 대수학 등과 일치하도록 만들기 위해 애를 쓰고 있을 따름이오."라고 외칠 것이란 말이다.

아이고, 여러분, 우리의 문제를 도표와 대수학에 가져다 대놓고 보면 눈에 보이는 것이라곤 2×2=4 하나만 있을 텐데, 그 상황에서 무슨 놈의 자기 의지라는 게 존재할 수 있겠는가? 2×2는 나의 의지가 있든 없든 4가 될 테니까 말이다. 아니, 정말 이런 걸 가지고 자기의 의지라는 문제를 보자는 말인가!

9.

여러분, 내가 방금 한 말은 물론 농담이며, 그 농담이 별로 성공적이지 못하다는 것도 안다. 하지만 내가 하는 말 모두를 농담으로 받아들여서는 안 된다. 어쩌면 나는 이를 갈면서 농담을 하고 있는지도 모르겠다. 여러분, 나를 괴롭히는 문제들이 있다. 당신들이 날 위해 그걸 좀 해결해 달라. 예를 들어, 당신들은 인간을 낡은 습관으로부터 단절시킨 후 과학과 상식이란 것의 요구에 합당하게 그의 의지를 교정하기 원한다. 하지만 당신들은 인간을 개조할 수 있을 뿐만 아니라 개조할 필요가 있다는 것을 어떻게 아는가? 인간의 욕망이 반드시 교정되어야만 한다고 결론을 내리는 건 어떤 근거에서인가? 한 마디로 말해서, 그런 교정이 인간에게 실제로 이익을 가져오리라는 것을 어떻게 아는가? 말이 나온 김에 끝까지 해보자면, 당신들은 이성적인 논법과 대수학에 의해 보장된 진짜의 정상적인 이익에 역행하지 않는 것이 인간에게 항상 이득이 되며 동시에 전 인류를 위한 법칙이 된다고 어떻게 그리도 분명하게 확신하는가? 사실 이런 건 아직까지 당신들의 추정에 불과하다. 이런 건 논리의 법칙이라고는 할 수 있을지언정, 인류의 법칙이라고는 전혀 말할 수 없을 것이다. 여러분, 당신들은 어쩌면 나를 미친놈이라고 생각하고 있겠지? 그렇다면, 옆길로 좀 빠지더라도 할 얘긴 좀 할 테니 양해해 달라.

나도 동의하는 사실은 있다. 인간은 목표 달성을 위해 의식적으로 분투하게끔 운명지어진 대단히 창조적인 동물이라는 점이다. 그렇기에 그는 공학자와 같은 기술을 연마하도록, 즉 어디를 가든 영원히, 끊임없이 자신을 위한 길을 만들어내도록 운명지어져 있기도 하다.

하지만 바로 이처럼 길을 만들어내도록 운명지어졌다는 것이 그가 가끔은 옆길로 벗어나고 싶어지는 이유가 되는지도 모르겠다. 또한 대체로 참으로 어리석은 축에 속하는 본능적이면서도 활동을 좋아하는 인물들조차도 그런 마음이 들 때가 있는데 그 이유 역시 이와 마찬가지이다. 가끔은 그들도 '길이란 건 거의 항상 어디로든가 나 있기 마련이다. 따라서 중요한 건 길이 어디로 나 있느냐 하는 것이 아니라 일단 그런 길이 나 있도록 만드는 것, 즉 행실이 올바른 아이가 공학자와 같은 기술을 등한시한 끝에 모든 죄악의 어머니인 나태함에 빠지지 않도록 하는 것이다.' 와 같은 생각을 할 때가 있다는 것이다.

인간이 창조를 좋아하고 길을 만들어내는 것을 좋아하다는 것은 논란의 여지가 없다. 하지만 인간이 파괴와 혼돈 역시 열정적으로 좋아하는 건 대체 무슨 이유 때문일까? 바로 이 점을 얘기해 달란 말이다! 하지만 이 점에 대해서는 나 자신도 특별히 몇 마디를 하고 싶다. 인간이 파괴와 혼돈을 그토록 좋아하는 건(인간이 가끔은 이런 것을 매우 좋아한다는 건 사실 논란의 여지가 없다. 그건 분명히 그러하다.) 목표를 달성하여 지금 지어지고 있는 건물을 완성하는 것이 아마 스스로도 본능적으로 두렵기 때문은 아닐까? 어찌 알겠는가. 인간은 그 건물을 멀리서만 보며 좋아할 뿐 가까이에서는 절대 그렇지 않을 수도 있다. 어쩌면 그는 건물을 짓는 것만 좋아할 뿐 그 속에 사는 것은 좋아하지 않기에 나중에는 그것을 aus ainmaux domestiques(가축들에게), 즉 개미나 양 등등과 같은 것들에게 쓰라고 주어 버릴 수도 있는 것이다. 그런데 개미들은 취향이 전혀 다르다. 그들에게는 이러한 종류이긴 해도 놀랄 만한, 영원히 허물어지지 않는 건물이 있으니, 그건 바로 개미집이다.

존경스러운 개미들은 개미집에서 시작해서 분명히 개미집으로 끝날 텐데. 이것이 그들의 꾸준함과 긍정적 태도에 큰 영예를 가져다준다. 하지만 인간은 경솔하고도 흉물스러운 존재여서 아마도 체스 기사처럼 목표 자체가 아니라 목표를 달성하는 과정 하나만을 좋아하는 것인지도 모른다. 누가 알겠는가(장담할 순 없긴 해도). 인류가 지향하는 지상에서의 모든 목표의 의미는 그것을 달성하기 위한 끊임없는 과정, 달리 말해 삶 자체에 있는 것인지도 모른다. 어차피 $2 \times 2 = 4$라는 공식으로만 나타나는 목표 그 자체에 있는 것은 아닐 수도 있다는 말이다. 사실 $2 \times 2 = 4$는, 여러분, 이미 삶이 아니고 죽음의 시작이지 않겠는가. 적어도 인간은 이 $2 \times 2 = 4$라는 것을 왠지 항상 두려워했는데, 나는 그것이 지금도 두렵다. 인간이 하는 일이라는 것이 결국 이렇듯 $2 \times 2 = 4$와 같은 것을 찾기 위해 대양을 건너기도 하고 그 탐색의 과정에서 삶을 희생하는 것이라 해도, 인간은 그것을 찾아내는 것, 실제로 발견하는 것은 정말로 어쩐지 두려워한다. 그것을 발견하게 되면 그 후엔 찾으러 다닐 대상이 더 이상 아무것도 남지 않을 것이라는 점을 느끼기 때문이다. 일꾼들이라면 일을 마치고 적어도 돈을 받아 술집에 가고 그 다음엔 경찰서에 붙들려 가는 등, 이런 식으로 1주일 치 할 일이 생긴다. 하지만 인간은 어디로 갈 것인가? 이와 유사한 식의 목표를 달성할 때마다 인간의 내면에는 적어도 뭔가 불편한 감정이 생긴다는 사실이 관찰되어 왔다. 달성 자체는 좋아하지만, 달성을 해냈다는 사실에는 딱히 그런 감정을 가지지 못한다는 것인데, 물론 이건 참으로 웃기는 얘기다. 한 마디로 말해서, 인간은 희극적으로 만들어지긴 했다. 지금 말한 이 모든 것은 분명히 말장난이나 마찬가지이니 말이다.

하지만 2×2=4는 어쨌거나 정말로 참을 수 없는 놈이다. 2×2=4는 내 생각으론 오로지 뻔뻔스러움에 불과하다. 2×2=4는 거드름 피우는 태도로 여러분의 길을 가로막고는 양손을 허리에 댄 채 침을 뱉는다. 2×2=4가 대단한 것이라는 점에는 나도 동의하지만, 이왕 모든 걸 다 칭찬할 거라면 2×2=5도 가끔은 참으로 사랑스러운 녀석이 되지 않을까.

그리고 당신들이 오직 정상적이고 긍정적인 것만이, 한 마디로 말해, 오직 안락함만이 인간에게 이익이 된다고 그토록 굳게, 그토록 의기양양하게 확신하는 이유는 대체 무엇인가? 혹시 이익이 무엇인지에 대해 이성이 잘못 생각하고 있는 것은 아닐까? 어쩌면 인간은 안락함 하나만을 사랑하는 건 아니지 않을까? 어쩌면 고통도 정확히 그만큼 사랑하는 건 아닐까? 어쩌면 고통이라는 것도 인간에겐 안락함만큼이나 이익이 되는 것은 아닐까? 인간은 가끔은 고통을 엄청나게 정열적일 정도로 사랑한다. 이건 사실이다. 이에 대해서는 세계사를 참조해볼 필요도 없다. 여러분이 인간이고 약간이라도 살아온 세월이 있다면 자기 자신에게 물어보라. 나의 개인적인 견해로 보자면, 안락함 하나만을 사랑한다는 것은 품위가 없는 짓이다. 좋든 나쁘든 가끔씩 뭔가를 부수는 것 역시 매우 유쾌한 일이다. 이렇게 말한다고 해서 내가 딱히 고통을 옹호하는 것은 아니며, 안락함을 옹호하는 것은 더욱이나 아니다. 내가 옹호하는 건… 내 자신의 변덕이며, 필요할 때 변덕을 부릴 수 있도록 보장받았으면 하는 것이다. 고통은, 예를 들자면, 보드빌16)에서는 허용되지 않는다. 나는 그 사실을 알고 있다. 수정궁에서라면 고통이란 건 생각조차도 할 수 없다. 고통이란 의심이자 부정(否定)인데, 수정궁에서 어떻게 의심이라는 게 생겨날 수 있겠는가? 어쨌든 나는 인간이 진짜 고통, 즉 파괴와 혼돈을 결코 거부하지 않으리라 확신한다. 고통이야말로 인간 의식이 생겨나는 유일한 원인이니까. 이 수기의 첫머리에서 나는 의식이 인간에게는 크나큰 불행이라고 말한 바 있지만, 인간은 그것을 사랑하기에 그 어떤 만족과도 바꾸지 않으려 한다는 점 역시 알고 있다. 의식이라는 것은, 예를 들어, 2×2=4보다는 무한히 높은 것이다. 2×2=4 이후에는 당연히 아무것도 남지 않게 될 것이다. 할 일도 남지 않을뿐더러 알아내야 할 것도 전혀 남지 않을 것이란 말이다. 그때가 되어서 할 수 있는 일이라곤 자신의 오감(五感)을 틀어막고 명상에 잠기는 것뿐이다. 하지만 의식을 가지고 있으면, 뭐, 결과야 똑같다 할지라도, 즉 할 일이 역시나 전혀 없어지더라도, 적어도 가끔씩은 자기 자신을 채찍질 할 수 있을 테니, 그러면 어쨌거나 생기가 좀 나지 않겠는가. 그런 게 퇴보적인 행동인 건 사실이지만, 아무것도 안 하는 것보다야 어쨌든 낫다.

---

16) 노래와 춤이 곁들여진 통속적인 내용의 희극.

10.

  당신들은 영원히 허물어지지 않는 수정으로 된 건물, 즉 그것을 향해 몰래 혀를 내밀 수도 없고 주머니 속에서 엄지손가락을 검지와 중지 사이에 넣어 엿 먹으라고 할 수도 없는, 수정으로 된 건물의 존재를 믿고 있다. 내가 이 건물을 두려워하는 이유는 어쩌면 그것이 수정으로 되어 있고 영원히 허물어지지 않기 때문이며, 또 한편으로는 그 녀석한테는 몰래 혀를 내밀어 보이는 것조차도 불가능할 것이기 때문인지도 모른다.
 이런 상황을 생각해보자. 궁전 대신에 닭장이 있다고 치자. 그런데 만일 비가 오는 상황이라면 난 아마 비에 젖지 않기 위해 닭장 안으로 기어들어갈 것이다. 하지만 비를 피하도록 해주었다는 고마움 때문에 닭장을 궁전으로 받아들이는 일은 없을 것이다. 당신들은 이런 경우에는 닭장이나 대저택이나 똑같은 게 아니겠냐고 말하며 웃고 있다. 그래, 그 말도 맞다. 오직 비에 젖지 않으려는 목표만 가지고 살아야 한다면 닭장이나 대저택이나 다를 게 뭐가 있겠는가.
 그런데 사람은 그 목표 하나만을 위해서 사는 것은 아니며, 만일 살아야 할 일이 생기면 대저택에서 사는 게 낫다는 생각이 내 머릿속에 떠오른다면 그건 대체 어떻게 해야 할까? 그것이 나의 욕망이요 소망인데 말이다. 당신들이 내 머릿속으로부터 그런 생각들을 없애버리려면 우선 나의 소망들을 다른 것으로 대체해 놓은 작업부터 해야 한다. 자, 바꿔 보라. 다른 것으로 나를 유혹하고, 다른 이상을 나에게 줘 보라. 하지만 그래도 내가 닭장을 궁전으로 받아들이는 일은 없을 것이다. 심지어 수정으로 된 건물은 허풍에 불과하며 자연의 법칙에 따르면 그런 건 존재할 수도 없다고, 나란 사람이 그런 걸 생각해낸 건 오로지 내 자신의 어리석음 때문이요, 우리 세대가 가진 모종의 구닥다리 식 비합리적 습관 때문이라고까지 생각하라. 하지만 그런 게 존재할 수 없다는 게 나랑 무슨 상관인가? 그것이 나의 소망 속에 존재한다면, 혹은 더 정확히 말해, 나의 소망이 존재하는 한 그것 역시 존재한다면, 어차피 마찬가지 아니겠는가?

당신들은 또 다시 웃고 있군? 부디 그러시기를. 모든 비웃음을 받아들이겠다. 하지만 어쨌든 난 뭔가 좀 먹고 싶은데 배가 부르다는 따위의 말은 하지 못하겠다. 또한 어쨌거나 난 내 자신이 편안한 마음으로 타협하는 짓, 즉 숫자 속에는 어차피 끊이지 않고 주기적으로 0이 나타날 수밖에 없다는 사실 따위와 타협하는 짓은 하지 못할 것임을 알고 있다. 자연의 법칙에 따르면 0이 존재하고 또 실제로도 존재한다는 단 한 가지 이유 때문에 그것과 타협할 수는 없는 일이다. 가난한 주민들에게 천년 계약으로 임대할 집들이 안에 있고 만일의 경우를 대비해 치과 의사 바겐하임의 이름까지 간판으로 내건, 커다란 공동주택이 내게 주어진다 해도, 나는 그것을 내 소망의 월계관으로 받아들이지는 않을 것이다.

나의 소망들을 없애고 나의 이상들을 지워 버린 후 내게 뭔가 더 나은 것을 보여 달라. 그러면 당신들을 따르겠다. 아마 당신들은 관여할 가치조차 없다고 말하겠지. 하지만 그런 경우엔 나도 똑같은 방식으로 대꾸해줄 것이다. 우리는 심각한 주제에 대해 토의하고 있지만 당신들은 내 말에 관심을 기울이지 않고 있으니 나도 고개 숙여 청하지는 않겠다. 나에겐 지하가 있으니까.

 하지만 내가 아직 살아 있고 소망을 가지는 동안에는 그런 커다란 집을 짓는데 조그만 벽돌 한 장이라도 가져다 줄 수 있다면 내 팔이 말라버려도 좋다! 혀를 내밀어 조롱해줄 수 없다는 이유 하나 때문에 난 아까 수정 건물을 거부했지만, 그건 신경 쓰지 말라. 내가 그런 말을 한 건 내가 혀 내미는 것을 꽤 좋아하기 때문이어서가 아니다. 나는 당신들의 건물들 중에서 내가 혀를 내밀 수 있는 건물이 지금까지 하나도 없었다는 사실에 대해서만 화가 났던 것 같다. 그와는 반대로, 나는 혀를 내밀고 싶은 마음이 앞으로 더 이상 들지 않게만 해준다면, 그게 고마워서라도 내 혀를 잘라버릴 것 같다. 그런 식의 주택은 지을 수 없으니 일반 아파트로 만족해야 한다고 해도 그게 나랑 무슨 상관인가? 나는 대체 무엇 때문에 이러한 소망들을 가지도록 되었을까? 정말로 나란 인간은 나의 모든 신체 조직이 사기에 불과하다는 결론에 도달할 수밖에 없도록 운명지어진 존재인가? 정말로 이게 나의 목표 전부인가? 믿을 수가 없다.

 그런데 한 가지 말해둘 건 있다. 나는 우리와 같은 지하 부류의 인간에겐 재갈을 물려야 한다고 확신한다. 그는 40년 동안 말없이 지하에 틀어 박혀 있을 수는 있어도, 일단 세상으로 나와 말문이 터지기라도 하는 날엔 말하고 또 말하고 끊임없이 말을 할 테니까….

11.

　　　　　여러분, 최종 결론을 말하겠다. 차라리 아무것도 하지 않는 것이 낫다! 의식적으로 타성에 젖는 것이 낫다! 그러므로 지하 만세! 나는 정상적인 사람을 속이 쓰릴 만큼 부러워한다고 말하긴 했지만, 그런 사람이 처해 있는 상황을 보게 되면 그런 사람이 되고 싶은 마음이 사라진다. 어쨌건 그를 계속 부러워할 것임에도 말이다. 아니, 아니야! 어쨌거나 지하가 더 이익이 되는 게 맞아! 최소한 거기서는 뭘 할 수 있냐면…. 에이! 이쯤 와서도 또 거짓말을 하고 있군! 내가 이렇게 거짓말을 하는 건, 지하가 더 좋은 것이 결코 아니라는 점을, 또한 내가 갈망하는 완전히 다른 어떤 것이 더 좋은데 그것을 절대 발견할 수 없을 것이라는 점을 내 자신이 $2 \times 2 = 4$처럼 잘 알고 있기 때문이다! 지하여, 꺼져 버려라!

　차라리 이런 게 더 좋겠다. 뭐냐면, 내가 지금껏 써놓은 모든 것 중에서 내 자신이 뭐 하나라도 믿을 수 있다면 그게 더 좋겠다는 말이다. 여러분, 당신들에게 맹세하건대, 나는 여태껏 써 갈겨놓은 것 중에서 단 한 마디도 믿지 않는다! 정확히 표현해보자면, 어쩌면 믿고 있는지도 모르지만, 한편으로는 내가 서투른 제화공처럼 거짓말을 늘어놓는 게 아닌가 하는 느낌도 왠지 모르게 든다는 뜻이다.

　"그럼 대체 뭘 위해 이 모든 걸 쓴 거요?" 당신들은 내게 말한다.
　"내가 40년 동안 아무 일거리도 주지 않은 채 당신을 지하에 처박아두었다가 40년 후에 당신이 어떤 상태가 되었는지 알아보기 위해 왔다면 어떨 것 같소? 일거리도 없이 사람을 40년 동안 혼자 놔둔다는 게 정말 말이 된다고 보시오?"

"그런 소리를 하다니, 부끄럽지도 않고 굴욕적이지도 않나 보군요!" 아마 당신들은 경멸스럽다는 듯 머리를 가로저으며 내게 말할 것이다.

"당신은 삶을 갈망하는 상태에서 뒤엉킨 논리로 삶의 문제들을 풀어보려 하고 있는 거요. 당신은 참으로 끈덕지고도 뻔뻔스럽게 엉뚱한 말들을 하지만, 그러면서도 겁은 참 많구려! 당신은 헛소리를 하면서 그것에 만족하고 있소. 뻔뻔스러운 말들을 하면서도 스스로는 그것 때문에 끊임없이 겁을 먹고 또 용서를 구하고 있소. 아무것도 두렵지 않다고 우기면서도, 한편으로는 우리의 의견이 궁금해서 아양을 떨고 있소. 이를 갈고 있다고 우기면서도, 한편으로는 우리를 웃기려고 농담을 하고 있소. 당신은 자신의 농담에 재치가 없다는 걸 알면서도 틀림없이 그것의 문학적 가치에 몹시 만족하고 있을 거요. 당신이 실제로 고통을 받은 일이 있긴 하겠지만, 당신은 자신의 고통을 조금도 존경하고 있지 않소. 당신의 내면에는 진실은 있을지라도 순수함은 없소. 당신은 아주 시시한 허영심에 사로잡힌 나머지, 자신의 진실을 남보란 듯 시장바닥에 드러내놓고 치욕을 당하게 하고 있으니까 말이오…. 당신은 정말로 무언가를 말하고 싶으면서도 두려움 때문에 당신의 마지막 말을 숨기고 있소. 당신에겐 그걸 입 밖에 낼 결단력은 없고 오직 겁 많은 자의 건방짐만 있기 때문이오. 당신은 의식이라는 것을 뽐내고 있지만, 그건 의식이 아니라 갈팡질팡하는 상태일 뿐이오. 그건 당신의 두뇌가 작동하고 있을지라도 당신의 마음은 음탕으로 인해 어두워졌기 때문이오. 깨끗한 마음이 없으면 온전하고 올바른 의식이라는 것도 없는 법이오. 그리고 당신이란 사람은 얼마나 끈덕진지, 얼마나 지칠 정도로 졸라대는지, 얼마나 인상을 찌푸리는지! 모든 게 거짓, 거짓, 거짓이오!"

물론, 당신들의 이 모든 말은 나 자신이 지금 지어낸 것이다. 이 역시 지하로부터 나온 것이다. 나는 거기서 당신들의 이런 말을 40년 동안 계속 문틈으로 엿들었다. 나는 스스로 이 말들을 가공해냈는데, 그건 사실 이런 말들만이 떠올랐기 때문이기도 하다. 놀랄 일도 아니다. 질릴 만큼 외워댄 내용이다 보니 결국 문학적인 형식까지 갖추게 된 것이다….

하지만 당신들이 정말로 남의 말을 쉽게 믿는 사람들이라 한들, 내가 이 모든 것을 인쇄하는 것도 모자라 당신들에게 읽도록 내놓을 것이라 상상하겠는가? 자, 여기 내게 한 가지 더 풀어야 할 문제가 있다. 정말 무엇을 위해서 나는 당신들을 '여러분'이라고 부르는 걸까? 무엇을 위해서 마치 독자들에게 하는 것처럼 당신들을 대하는 것일까? 지금부터 내가 진술하려고 하는 이런 식의 고백은 출판하거나 남에게 읽으라고 줄 수 있는 부류의 것이 아니다. 적어도, 내가 마음속에 그 정도의 확고함을 가지고 있는 것은 아니며, 또한 그런 확고함은 가질 필요도 없다고 생각한다. 하지만 당신들도 이해하겠지만, 내 머릿속에 한 가지 상상이 떠올랐으니 무슨 일이 있더라도 그걸 실현시키고 싶다. 문제는 다음과 같은 것이다.

 그 누구의 추억 속에든, 다른 사람들이 아닌 오직 친구들에게만 밝힐 수 있는 것들이 존재하는 법이다. 그리고 친구들도 아닌 오직 자기 자신에게만, 그것도 은밀하게 털어놓을 수밖에 없는 것들도 존재한다. 하지만, 마지막으로, 심지어 자기 자신에게조차 털어놓기 두려운 것들도 존재하는데, 점잖은 사람이라면 누구든 그런 것들이 상당히 많이 쌓이게 마련이다. 사실 점잖은 사람일수록 그런 것들이 더 많이 존재한다고 해도 심한 말은 아니다. 나만 해도 예전에 있었던 몇몇 모험적인 일들을 회상해보기로 결심을 굳힌 게 불과 얼마 전인데, 그것들은 항상 어떤 불안마저 느끼면서 회피해 오던 것들이다. 하지만 기억에 떠올릴 뿐만 아니라 기록까지 하겠다고 결심을 굳힌 지금에 와서는 꼭 시험해보고 싶은 것이 있다. '최소한 나 자신에게만은 솔직해질 수 있을까? 그래서 진실 전체를 두려워하지 않게 될 수 있을까?' 바로 이것이다.

 이와 관련해 말해보자면, 하이네는 믿을 만한 자서전은 존재하기가 거의 불가능하며 인간은 반드시 자기 자신에 대해 거짓말을 늘어놓게 될 것이라고 단언한다. 그의 견해에 따르면, 예를 들어 루소는 『고백록』에서 자신에 대한 거짓말을 늘어놓았고 심지어는 허영심 때문에 의도적으로 그렇게 했다는 것이다. 나는 하이네의 말이 옳다고 확신한다. 나는 오로지 허영심 하나 때문에 온갖 범죄가 될 짓들을 자초하는 경우가 간혹 있다는 사실을 아주 잘 알고 있다. 심지어 이것이 어떤 종류의 허영심인지도 아주 잘 파악하고 있다. 하지만 하이네의 평가는 군중 앞에서 고백하는 사람에 대한 것이었다. 하지만 나는 나 하나만을 위해 쓰고 있는 것이며, 내가 마치 독자를 대하듯이 쓰고 있다면 그렇게 보여주며 쓰는 것이 쓰기에 더 편하기 때문이라는 점을 아주 확실하게 말해두고 싶다. 이것은 형식, 하나의 비어 있는 형식일 뿐이며, 내겐 그 어떤 독자도 존재하지 않을 것이다. 이 점은 이미 밝힌 바 있다….

나는 내 수기의 집필 양식에 있어 그 어떤 것에도 제한을 받고 싶지 않다. 질서와 체계 등도 갖추려 하지 않을 것이다. 기억이 나면 나는 대로 그대로 기록하겠다.

자, 예를 들어 당신들은 말꼬리를 잡고 늘어지며 다음과 같은 것들을 나에게 물어볼지도 모른다. 만일 정말로 독자들을 염두에 두지 않는다면, 질서와 체계를 갖추지 않겠다든가 기억이 나는 것들을 그대로 기록하겠다든가 등등 자기 자신과 미리 약속을 하는 말들을 구태여 종이 위에까지 쓰는 이유는 대체 무엇인가? 무엇 때문에 이렇게 해명을 하려드는가? 무엇 때문에 이렇게 양해를 구하는가?

"맞는 말이오." 나는 대답한다.

하지만 여기엔 무진장한 심리학이 있다. 어쩌면 내가 그냥 겁쟁이라는 게 이유가 될 수도 있다. 어쩌면 기록을 해나가는 동안 좀 더 품위 있게 행동하기 위해 일부러 내 앞에 대중을 상상하는 것일 수도 있다. 이유는 천 개가 될 수도 있다.

하지만 또 다른 문제도 있다. 무엇을 위해서, 도대체 무슨 목적으로 나는 쓰고 싶은 걸까? 대중을 위해서가 아니라면 모든 것을 종이 위로 옮길 필요 없이 그냥 머릿속에서만 회상하면 되지 않을까?

옳은 말이다. 하지만 종이 위에 쓰면 어쩐지 더 엄숙해질 것 같다. 이런 형태로 하면 뭔가 인상이 강렬해지고, 나 자신에 대한 심판도 더 잘할 수 있고, 나의 문체도 향상될 것이다. 뿐만 아니라 어쩌면 기록 작업을 함으로써 정말로 마음도 편안해질 수 있을 것이다. 예를 들어 오늘만 해도 오래 전 추억 하나가 나를 특히 짓누르고 있다. 그것은 며칠 전에 내 마음속에 뚜렷이 떠올랐는데, 그때 이후로는 마치 떨어져 나가기 싫어하는 짜증스러운 음악 모티프처럼 나에게 남아 버렸다. 하지만 그것을 떨쳐내야만 한다. 이런 추억이 나에겐 수백 개가 있는데, 이따금 이 수백 개 중 어떤 하나가 튀어나와 나를 짓누른다. 나는 그것을 기록해 버리면 왠지 그것이 분명히 떨어져 나갈 것 같다는 믿음을 가지고 있다. 그렇다면 시도해보지 못할 이유라도 있겠는가?

마지막 이유이다. 나는 권태롭다. 나는 하는 일이라곤 아무것도 없다. 그런데 기록한다는 것은 정말로 일인 것 같다. 사람은 일 때문에 선량해지고 정직해진다고들 말한다. 어쨌든, 그렇게 될 수 있는 기회가 이제 온 것이다.

오늘은 눈이 내리고 있다. 꽤 축축한데 누렇고 탁한 색깔의 눈이다. 어제도 내렸고 며칠 전에도 내렸다. 저 진눈깨비를 보다 보니 지금 내게서 떨어지려 하지 않는 일화가 떠오른 것 같다. 그러므로 이것은 진눈깨비에 관한 소설이 되도록 하면 되겠다.

2부 진눈깨비에 관하여

길을 잃고 헤매던 너의 타락한 영혼을
내가 열렬한 확신의 말로써
어둠 속에서 끌어냈을 때,
너는 깊은 고뇌에 휩싸인 채,
너를 휘감았던 죄악을
두 손을 비틀며 저주했지.
너는 잊어버리기 잘하는 양심을
추억을 통해 벌하며
나를 만나기 전에 있었던 일들을
모두 이야기해주고는
갑자기 손으로 얼굴을 가리고
눈물을 터뜨렸지.
수치와 공포에 휩싸여,
분개하면서, 떨면서…
그 외 등등, 등등, 등등.

―네끄라소프[17])의 시에서 발췌

---

17) 시인이자 자유주의적 사회비평가였던 니꼴라이 네끄라소프(Н.А. Некрасов, 1821~1878)는 당시의 유력 문예, 시사 잡지 『동시대인(Современник)』의 편집장이기도 했다. 그와 도스토예프스키 사이에는 몇몇 경우를 제외하고는 대체로 우호적이며 존중하는 관계가 유지되었다. 도스토예프스키가 여기에 발췌 인용한 시는 1845년에 창작된 것으로서, 이 2부의 내용과 직접 관련되는 구원받은 창녀에 대한 것이 소재이다.

진눈깨비에 관하여

1.

그때 난 겨우 스물네 살이었다. 나의 삶은 그때도 음울하고 무질서했으며 야생 상태라고 할 만큼 쓸쓸한 것이었다. 나는 아무와도 어울려 지내지 않았고 심지어 말을 나누는 것조차도 회피했으며 그럼으로써 점점 더 나만의 구석으로 숨어들어갔다. 근무처인 관청에서도 아무도 쳐다보지 않으려 노력했는데, 동료들이 나를 괴짜로 취급할 뿐만 아니라 어쩐지 혐오하는 듯한 눈길로 바라보고 있다는(실제로 항상 그런 느낌이 들었다) 사실을 아주 잘 알고 있었다. 다음과 같은 생각도 들곤 했다; 자신이 혐오하는 시선의 대상이 되고 있다는 생각이 왜 나를 제외한 다른 사람들에게는 들지 않는 걸까? 우리 관청 사람들 중 하나는 곰보자국이 심하고 혐오감을 주는 얼굴이었는데, 그 얼굴은 마치 강도 같은 느낌마저 주었다. 나라면 그런 점잖지 못한 얼굴을 하고선 감히 누구도 쳐다볼 생각을 못했을 것이다. 다른 한 명은 제복이 너무 낡아서 근처에만 가도 벌써 고약한 냄새가 났다. 그런데 이 양반들 중 누구도 옷에 관해서든, 얼굴에 관해서든, 아니면 어떤 정신적인 측면에 관해서든 당혹해하는 일이 전혀 없었다. 이 두 사람 모두 사람들이 그들을 혐오하는 눈길로 쳐다볼 거라는 상상은 하지 않았다. 설사 실제로 그런 상상을 했다 할지라도 윗사람들이 눈치만 주지 않는다면 아랑곳하지 않았을 것이다.

이제는 아주 분명하게 알겠는데, 나는 허영심이 엄청났기에 자연히 내 자신에 대해서도 까다로운 태도를 취했고, 또 그로 인해 혐오감과 다름없는 미칠 듯한 불만의 감정으로 자신을 바라보는 일이 매우 잦았다. 그리고 이런 이유로 인해 다른 모든 이들도 나를 그렇게 바라볼 것이라고 생각하게끔 되었다. 예를 들어 나는 자신의 얼굴을 증오했는데, 그것이 메스껍게 생겼다고 느꼈을 뿐만 아니라 거기에 어떤 비열한 표정이 깃들어 있지나 않을까 생각했다. 때문에 나는 사람들로 하여금 내가 비열한 인간이 아닐까 하는 의혹을 품지 않도록 만들기 위해, 매번 직장에 출근할 때마다 가능한 한 좀 더 의연하게 행동하고 좀 더 고상한 얼굴 표정을 지으려고 괴로울 정도로 노력했다. 나는 생각했다. '못 생긴 얼굴이면 어떠랴, 대신 고상하고 표정이 풍부한, 그리고 중요한 건 아주 지적인 얼굴이면 되는 거지.' 하지만 난 내 얼굴로는 이 모든 완벽성을 절대로 표현할 수 없다는 사실을 고통스러울 정도로 확실히 알고 있었다. 무엇보다도 더 고통스러웠던 건, 내가 보기에도 내 얼굴은 아주 멍청하게 생겼다는 점이었다. 지성적인 측면만 있었더라도 완전히 현실타협을 했을 것이다. 만일 사람들이 내 얼굴이 대단히 지적이라고 느껴만 준다면, 표정이 비열하다고 말한다 할지라도 받아들였을 것이란 뜻이다.

물론 나는 관청 동료들을 처음부터 마지막 인간까지 모두 증오하고 경멸했지만, 그러면서도 그들을 좀 두려워했던 것 같기도 하다. 문득 그들을 나보다 더 높이 평가했던 적도 왕왕 있었다. 그때는 왠지 갑자기 마음이 그렇게 변하곤 했다: 경멸했다가도 나보다 높게 평가하기도 했던 것이다. 성숙하고 점잖은 인간이 가질 수 있는 허영심이란, 자기 자신에게 무한히 까다로운 태도를 취하거나, 또는 어떤 순간에는 자신을 증오할 정도로 경멸할 수 있을 때만 성립 가능하다. 하지만 남들을 경멸하든지, 아니면 그들을 나보다 높게 평가하든지, 나는 마주치는 사람들 거의 누구에게나 눈을 내리깔았다. 심지어는 내게로 향하는 어떤 자의 시선을 참아낼 수 있을지 실험까지 해봤지만, 결과는 늘 내가 먼저 눈을 내리까는 것이었다. 이것이 나를 미칠 정도로 괴롭게 만들었다. 나는 또한 우스운 인간처럼 되는 걸 병적으로 두려워했기에, 외적인 측면과 관련된 모든 것에서 노예처럼 관습을 따라 하기 좋아했다. 아주 기꺼이 일반적인 틀에 빠졌으며 내 안에 있는 그 어떤 기괴함에도 몸서리를 쳤던 것이다. 하지만 내가 어떻게 그런 식으로 끝까지 갈 수 있었겠는가?

우리 시대의 성숙한 인간이 당연히 그래야 하듯이, 나 역시 병적으로 성숙해 있었다. 다른 이들은 한결같이 둔한데다가 한 무리 속의 숫양들처럼 서로 닮았다. 어쩌면 관청 전체에서 나 혼자만이 자신을 겁쟁이에다 노예라고 여겼는지도 모르겠다. 또한 바로 그 때문에 나는 자신을 성숙한 인간이라고 여겼던 것 같다. 하지만 그렇게 여겨졌을 뿐이었던 것만은 아니고 실제로 그것이 사실이기도 했다. 나는 겁쟁이에다 노예였던 것이다. 이건 조금도 망설이지 않고 하는 말이다. 우리 시대의 모든 점잖은 인간은 누구라도 겁쟁이이자 노예인 것이고, 또 당연히 그렇게 될 수밖에 없다. 이것이 그의 정상적인 상태이니까 말이다. 나는 이 점을 굳게 확신한다. 그는 그렇게 만들어졌으며 그런 목적으로 구성되었다. 현재만 그런 것도 아니고 어떤 우연적인 상황 때문에 그렇게 되는 것도 아니다. 대체로 어느 시대에나 점잖은 인간은 겁쟁이에다 노예일 수밖에 없는 것이다. 이것은 지상의 모든 점잖은 인간들에 적용되는 자연의 법칙이다. 만일 그들 중 누군가가 어떤 일에 대해 용맹함을 보여줄 일이 생기더라도 그가 자신의 그런 행동에 위안을 받거나 몰입하게 두어서는 안 된다. 다른 일이 닥치면 또다시 겁먹어 움츠러들 테니까 말이다. 항상 그렇게만 끝나버리게끔 되어 있다. 용맹함을 보이는 건 당나귀들, 혹은 그 비슷한 시시껄렁한 인간들뿐이지만, 실상 그런 자들 역시 일정한 벽에 도달할 때까지만 그런 모습을 보인다. 그런 자들에겐 주의를 기울일 필요가 없다. 그 자들은 정말로 아무 의미도 없는 인간들이기 때문이다.

당시에 나를 괴롭게 하던 사정이 하나 더 있다. 그게 뭐냐면, 나와 비슷한 사람이 아무도 없고 나 역시 그 누구와도 비슷하지 않다는 점이었다. '나는 혼자인데, 저들은 전부이다.' 나는 이렇게 생각했고 그 생각에 잠기곤 했다.

이런 사실로 보자면, 나는 아직도 완전히 어린애였던 것이다.

이와 정반대되는 일들도 있었다. 가끔은 관청에 다니는 일이 정말 끔찍하게 싫어지곤 했다. 병자의 몰골을 하고 퇴근하는 일도 잦아질 정도까지 되었다. 하지만 난데없이 까닭도 모르게 회의주의와 무관심의 시기가 찾아오면(내겐 모든 것이 시기별로 반복되었다), 내 스스로 자신의 참을성 없음과 결벽증을 비웃고 자신의 낭만성을 책망하게 되었다. 아무와도 말하고 싶지 않을 때가 있는가 하면, 다른 때는 신나게 얘기를 나눌 뿐만 아니라 친구처럼 어울릴 생각까지 했다. 그럴 땐 모든 결벽증이 갑자기 까닭도 모르게 사라졌다. 어쩌면 결벽증이란 건 원래부터 내게 전혀 없었으며 그건 그냥 책에서 가져온 허세부리는 결벽증이었는지 누가 알겠는가? 나는 지금까지도 이 문제를 해결하지 못했다. 한번은 그들과 완전히 친해져서 그들의 집을 방문해 프레페랑스 카드 게임을 하고 보드카를 마시고 이러쿵저러쿵 승진 얘기도 하게 되었는데…. 그런데 여기서 옆길로 새는 얘기를 하나 해야겠으니 양해해 달라.

일반적으로 보자면, 우리 러시아인들 중에는 몽상의 세계 속에 사는 어리석은 독일, 특히 프랑스 낭만주의자들은 전혀 존재하지 않았다. 그들은 발밑의 땅이 갈라진다 해도, 프랑스 전체가 바리케이드 위에서 파멸한다 할지라도 전혀 영향 받지 않고 한결같은 모습을 가진다. 예의상으로라도 좀 변할 것 같은데 전혀 그렇지가 않은 것이다. 그러면서, 말하자면, 무덤에 들어가는 날까지 계속해서 자신의 몽상적인 노래를 부를 텐데, 그건 그들이 바보이기 때문이다. 하지만 우리 러시아 땅에는 바보들은 존재하지 않는다. 이건 알려진 사실이다. 그리고 바로 이것이 우리와 여타의 독일 땅들이 구별되는 점이기도 하다.

따라서 몽상적인 기질도 우리나라에서는 순수한 형태로는 존재하지 않는다. 이건 모두 당시 우리의 '긍정적인' 시사평론가들과 비평가들이 꼬스딴조글로[18]나 뾰뜨르 이바노비치[19] 아저씨와 같은 인물들을 추종한 나머지 아무 생각 없이 그들을 우리의 이상으로 받아들이고는, 반면에 우리의 낭만주의자들에 대해서는 온갖 말들을 꾸며내 갖다 붙이면서 그들이 독일이나 프랑스처럼 몽상적인 생각만 가지는 인물들인 것처럼 치부해 버렸기 때문이다.

사실은 이와 반대다. 러시아 낭만주의자의 특성은 몽상적인 유럽 낭만주의자와는 완전히, 정면으로 반대되는 것으로서, 유럽적인 기준은 단 하나도 여기에 들어맞지 않는다(이렇게 '낭만주의자'라는 단어를 사용하는 걸 양해해주기 바란다. 고풍스럽고도 존경심이 생

---

18) 꼬스딴조글로(Костанжогло): 러시아 소설가 고골(Н.В. Гоголь, 1809~1852)의 작품 『죽은 혼(Мёртвые души)』의 미완성된 2부(1852)에 나오는 지주. 당대 러시아에서 유행이 되어 버린 외국풍의 질서와 유행을 강하게 비판하는 다혈질적인 인물로서, 피폐했던 영지의 수입을 몇 년 동안에 수배로 증가시키는 이상적인 러시아 지주로 그려진다.

19) 뾰뜨르 이바노비치 아두예프(Пётр Иванович Адуев): 러시아 소설가 곤차로프(И.А. Гончаров, 1812~1891)의 작품 『평범한 이야기(Обыкновенные истории)』(1847)에 나오는 인물. 상식과 실용적 사고를 겸비한 인물로 그려진다.

기며 명예로우면서도 모두에게 잘 알려진 단어이지 않은가). 우리나라 낭만주의자의 특성은 모든 것을 이해하는 것, 모든 것을 보는 것이다. 그것도 가장 긍정적인 우리의 지성인들이 보는 것보다 종종 비교도 안 될 만큼 더 분명하게 본다. 그 특성은 그 누구와도, 그 무엇과도 타협하지 않되 동시에 그 무엇에도 까다롭게 굴지 않는 것, 직접적 충돌을 피하고 모든 것에 양보하며 모든 이에게 사려 깊게 대하는 것이다. 또한 유용하고 실제적인 목표(국가에서 무료로 내어주는 공관이나 연금, 훈장 같은 것들)를 항상 시야에 두고 있되, 그 목적이 열광과 서정시집을 통해 표현되는 것에도 주목하는 것이다. 동시에 '아름답고 숭고한 것'을 무덤에 들어갈 때까지 견고하게 보존하고, 예를 들어 바로 그 '아름답고 숭고한 것'을 위해서라도 자기 자신까지도 솜으로 감싸 놓은 어떤 보석처럼 아주 소중하게 끝까지 보존해 가는 것이다. 우리의 낭만주의자는 폭넓은 사람이기에 우리의 모든 사기꾼들 중 첫째가는 사기꾼일 수도 있다. 이건 확언할 수 있다…. 심지어 내 경험으로 봐도 그렇다. 물론 이 모든 경우는 그 낭만주의자가 똑똑할 경우에 한해서 하는 말이다.

아니, 내가 무슨 말을 하고 있는 건가! 낭만주의자는 항상 똑똑하다. 나는 우리나라에도 바보 낭만주의자들이 있긴 했지만 그들까지 염두에 둔 건 아니었다는 점을 지적하고 싶었을 뿐이다. 그들이 바보가 된 이유는 단 하나, 그들이 아직 한창 나이 때 최종적으로 독일인으로 변모했기 때문이며, 자신의 보석을 좀 더 편하게 보관하기 위해 저기 어딘가 바이마르나 슈바르츠발트[20] 같이 자기들이 좋아하는 곳에 마음으로 정착했기 때문이다.

  예를 들어 나는 관직 생활을 진심으로 경멸하면서도 그 일에 침을 뱉지는 않았다. 그 일이 내게 절대적으로 필요했다는, 즉 거기 앉아서 급료를 받고 있다는 이유 하나 때문에라도 그 일에 침을 뱉을 수는 없는 노릇이었다. 결과적으로, 어쨌든 침을 뱉지는 않았다는 사실을 알아주기 바란다. 우리나라 낭만주의자는 마음에 점찍어 둔 다른 일자리가 없다면 차라리 미쳐버릴지언정(하지만 이런 일도 극히 드물긴 하다) 침을 뱉지는 않을 것이기에 그가 직장에서 쫓겨나는 일은 절대 없다. 만일 있다면 '스페인 왕'[21]의 모습을 하고 정신병원에 끌려갈 때인데, 그것도 물론 완전히 미쳐버렸을 때의 일이다. 하지만 사실 우리나라에서 미쳐버리는 건 오직 비실비실하고 머리칼이 허연 자들뿐이다. 수없이 많은 낭만주의자들이 나중에 상당한 지위를 얻는다. 이건 흔히 볼 수 없는 다면성이 아니겠는가! 그리고 극히 상반되는 감정들을 느낄 수 있는 이 능력 또한 대단한 것이 아니겠는가! 나는 그때도 이것으로 인해 위안을 받았고 그건 지금도 같은 마음이다. 바로 이 때문에 우리나라에는 극단적인 타락의 상황에서도 절대로 자신의 이

---

20) 바이마르(Weimar)는 그곳에서 주로 살았던 괴테(Wolfgang von Goethe, 1749~1832)의 영향으로 인해 18세기 말과 19세기 초에 독일 낭만주의 문화의 중심지가 되었던 지역이다. 한편 독일 서남부에 위치했던 슈바르츠발트(Schwarzwald)는 '검은 숲'이라는 별칭으로 불릴 정도도 주로 언덕과 숲으로 이루어져 낭만적 분위기를 물씬 풍기던 지역이었다.

21) 고골의 『광인 일기(Записки сумасшедшего)』(1835)에서 말단관리이자 주인공으로 등장하는 뽀쁘리쉰(Поприщин)은 정신 이상 상태에서 자신이 스페인의 왕이라고 상상하게 된다.

상을 상실하지 않는 '폭넓은 본성'들이 그토록 많은 것이다. 자신의 이상을 향해 손가락 하나 들어 올리는 일이 없더라도, 악명 높은 강도나 도둑이라 할지라도, 어쨌든 자신의 최초의 이상을 눈물 나게 존경하며 또한 그 영혼은 흔치 않게 정직하다. 그렇다. 오직 우리나라에서만 가장 악명 높은 비열한이 여전히 비열한인 상태에 있으면서도 동시에 완전히, 심지어 고결하다 할 정도로 정직한 영혼을 가질 수 있는 것이다. 반복하지만, 우리의 낭만주의자들 중에서도 간혹은 상당히 실무적인 사기꾼들이(나는 사기꾼이라는 단어에 애정을 담아 사용하고 있다) 연속해서 나온다. 그들이 상당한 현실 감각과 실제적인 지식들을 갑자기 보여줄 때면 그것에 깜짝 놀란 당국과 대중은 온몸이 굳은 채 혀만 끌끌 차는 것이다.

이러한 다면성은 실로 경탄할 만한 것으로, 추후 상황에서 그것이 어떻게 변하고 발전되어 나갈지, 또한 그것이 우리의 앞날을 위해 무엇을 기약해줄지 누가 알겠는가?

그런데 이 정도면 얘깃거리가 잘 갖춰진 것 같다! 나는 무슨 우스꽝스럽거나 시큼한 냄새 나는 애국심 때문에 이런 말을 하는 게 아니다. 하지만 확신하건대 당신들은 또 내가 농담을 하고 있다고 생각하겠지. 그런데 누가 알랴. 어쩌면 그 반대일 수도 있다. 즉 내가 실제로 그렇게 생각한다고 여러분이 확신하는 것일 수도 있겠다. 어쨌든 여러분, 나는 당신들의 두 가지 의견 모두를 영광으로, 그리고 특별한 기쁨으로 여기겠다. 지금까지 옆 길로 샌 것에 대해서는 용서를 구한다.

나는 물론 내 동료들과의 우정을 유지해 나가지 못했고 얼마 가지도 않아 사이가 나빠졌는데, 당시엔 아직 젊고 경험이 없었던 결과로 마치 절교라도 한 듯 그들에게 인사조차 하지 않게 되었다. 하지만 그런 일도 딱 한 번 일어났을 뿐이었다. 대체로 난 늘 혼자였기 때문이다.

집에 있을 때 나는 첫째로, 무엇보다도 책을 읽으며 시간을 보냈다. 나의 내부에서 끊임없이 끓어오르는 모든 것을 외적인 감각으로 억누르고 싶었던 것이다. 외적인 감각들 중 나에게 가능했던 것은 오로지 독서 하나뿐이었다. 물론 독서는 많은 면에서 도움이 되었다. 독서는 나를 흥분시키기도 했고 달콤한 기분에 젖게 만들기도 했고 괴롭게 만들기도 했다. 하지만 때로는 끔찍할 정도로 지루하게 만들기도 했다. 어쨌든 몸을 좀 움직이고 싶다는 생각이 들면 나는 갑자기 지하 세계의 어둡고 추악한 음탕, 대단한 건 아닌 조잡한 음탕에 빠져들곤 했다. 늘 병적으로 민감한 상태에 있었기에 내 내면의 열정 쪼가리들은 날카로웠고 타는 듯이 뜨거웠다. 히스테릭한 격정이 찾아올 때면 눈물이 나고 경련이 일어났다. 독서하는 것 말고는 갈 데도 없었다. 즉 그 당시 내 주위에서 존경할 만하거나 매력이 느껴지는 것이라고는 아무것도 없었다는 말이다. 그에 더해, 우울함의 감정이 끓어오르곤 했다. 서로 상반되는 것들과 대조되는 것들에 대한 히스테릭한 갈망이 나타났던 것인데, 그러면 나는 곧 음탕한 짓에 빠져들곤 했다. 내가 지금 이렇게 많은 말을 늘어놓는 건 내 자신을 정당화하기 위함이 전혀 아니다…. 아니, 그렇지 않구나! 거짓말을 했어! 나는 분명히 내 자신을 정당화하고 싶었던 거야. 여러분, 이 말은 내 자신을 위해 메모해두는 것이다. 거짓을 말하고 싶진 않다. 그렇게 맹세를 했으니까.

나는 고립 속에서 밤마다 남몰래 두려움에 떨며 더러운 음탕에 빠지곤 했다. 그럴 때면 가장 혐오스러운 순간에도 수치심이 날 떠나지 않았고 그것은 나 자신에 대한 저주에까지 이르곤 했다. 그때 난 이미 내 영혼 속에 지하를 담고 다녔다. 혹시 누군가 나를 보게 될까 봐, 누군가와 마주치게 될까 봐, 누군가 나를 알아볼까 봐 끔찍이도 두려워했다. 그랬으면서도 나는 아주 어두운 데를 여러 곳 돌아다녔다.

한 번은 밤에 어느 작은 술집 옆을 지나가는데, 불 밝힌 창문을 통해 신사들이 당구대 옆에서 큐대를 들고 싸우다가 그 중 한 명이 창문 밖으로 내동댕이쳐지는 것을 보게 되었다. 다른 때 같았으면 몹시 역겨운 느낌이 들었겠지만, 그 순간엔 갑자기 그 내동댕이쳐진 신사가 부럽다는 마음이 생겼다. 너무나 부러웠던 나머지 나는 그 술집으로 들어가 당구장 안으로 들어가기까지 했다. '혹시 내가 싸울 일이 생긴다면 나 역시 저렇게 창밖으로 내던져지겠지.' 이런 생각이 들었다.

그때 난 술 취한 상태는 아니었지만, 하지만 뭐 어쩌란 말인가, 우울함의 감정이란 건 그런 식의 히스테리를 일으킬 정도로 사람을 갉아먹는단 말이다! 하지만 일은 만족스럽지 못하게 끝났다. 결국 밝혀진 건, 내가 스스로 창문 밖으로 뛰어내릴 능력도 안 된다는 사실이었으며, 그랬기에 나는 싸움도 해보지 못하고 그곳

2부 진눈깨비에 관하여

을 나오고야 말았다.

그곳에 첫걸음을 들여놓자마자 어떤 장교가 나를 뭉개버렸던 것이다.

당구대 곁에 서 있던 내가 무심결에 길을 가로막았던 것인데, 그 장교는 그리로 지나가야 했다. 그는 나의 양 어깨를 잡고는 말없이—미리 알리거나 양해를 구하지도 않고—나를 원래 내가 서 있던 자리에서 다른 자리로 옮겨놓더니, 자신은 마치 아무것도 의식하지 못한 것처럼 지나가버렸다. 차라리 나를 때렸더라면 그건 용서했을 텐데, 사람을 획 옮겨 버리고는 본체만체 하다니 그건 절대 용서할 수 없었다.

나는 그때 진짜 싸움, 즉 더 올바르고 더 점잖은, 말하자면, 더 문학적인 싸움을 할 수 있었더라면, 젠장 무슨 대가라도 치렀을 것이다! 그런데 나는 그냥 파리 취급을 당한 것이었다 ㄱ 장교는 키가 10베르쇽[22] 쯤 되었다. 반면에 나는 키가 작고 쇠약한 사람이다. 어쨌든 싸움을 할지 말지는 내 손에 달려 있었다. 항의를 할 수도 있었지만, 그랬더라면 물론 나는 창밖으로 내동댕이쳐졌을 것이다. 하지만 나는 곰곰이 생각을 해본 뒤에… 앙심을 품은 채 슬그머니 물러나는 쪽을 택했다.

---

[22] 베르쇽(вершок): 길이를 나타내는 옛 러시아의 단위로 현재 기준으로는 4.445cm에 해당한다. 길이를 나타내는 더 큰 단위로는 아르신(аршин)이라는 것이 있었는데 이것은 현재의 71.12cm에 해당한다. 19세기 러시아에서는 사람의 키를 나타낼 때 이 두 단위를 합쳐서 사용했는데, 대개 2아르신, 즉 대략 142cm에 해당하는 부분은 생략하고 나머지 베르쇽 부분으로 말하곤 했다. 따라서 이 장교의 키는 2아르신 10베르쇽, 즉 187cm쯤 된다.

나는 혼란스럽고도 흥분한 상태에서 술집을 나와 곧장 집으로 왔다. 하지만 난 그 이튿날도 음탕한 짓을 계속했다. 이전보다 더 소심하고 더 비굴하고 더 우울하게, 마치 눈물방울이라도 맺힌 것처럼 된 상태에서도 어쨌든 계속했던 것이다. 하지만 내가 겁 많은 성격이라서 그 장교한테 겁을 집어먹었다고는 생각지 말라. 나는 현실을 만나면 끊임없이 겁을 먹긴 했지만 영혼에 있어서는 결코 겁쟁이였던 적이 없다. 비웃더라도 좀 기다려 달라. 이 일에 대해 설명할 게 있으니까. 나에겐 무슨 일이든 다 까닭이 있다. 이건 믿어도 된다.

오, 이 장교가 결투에 동의하는 부류의 인간이기만 했다면 좋았을 텐데! 하지만 아니었다. 그 자는 큐대를 무기로 결투를 하거나, 아니면 고골 작품 속 삐로고프[23] 중위처럼 상부에 탄원하는 쪽을 더 좋아하는 부류(아아, 오래 전에 사라져 버린 부류이다)의 양반이었다. 이런 부류의 인간들은 결투에 나오지 않을뿐더러 우리같이 펜대나 굴리는 사람들과 결투하는 건 어쨌든 점잖지 못하다고 생각할 것이다. 그뿐 아니라, 그들은 결투를 대체로 뭔가 황당한 것, 자유주의적 사상에 물든 어떤 것으로 간주하면서도 스스로는 사람들을 자주 모욕했다. 특히나 자신의 키가 10베르속일 때는 말이다.

---

23) 고골의 단편소설 『네프스끼 대로(Невский проспект)』(1835)에 등장하는 삐로고프(Пирогов) 중위는 독일인 대장장이 호프만의 아내를 쫓아다니다가 화가 난 호프만에게 두들겨 맞는다. 앙심을 품은 그는 그 일에 대해 상관인 장군에게 호소하는 한편 사령부에 서면으로도 탄원서를 제출하려 든다.

내가 그때 겁을 먹은 건 비겁함 때문이 아니라 무한한 허영심 때문이었다. 나는 10베르쇽의 키 때문에 경악한 것도 아니고, 된통 얻어맞고 창문 밖으로 던져질까 봐 경악한 것도 아니었다. 육체적인 용기라면 사실 충분했다. 그러나 정신적인 용기가 부족했다. 나는 항의를 하고 문학적인 언어로 그들과 말을 시작한다 하더라도, 건방진 종업원에서부터 옷깃에 돼지기름이 잔뜩 묻은 채 주변을 어슬렁거리고 있던 악취가 풍기는 여드름투성이 말단 관리에 이르기까지, 거기 있던 모든 자들이 내 말을 알아듣지 못하고 나를 비웃을까 봐 경악했던 것이다. 명예에 관련된 문제, 즉 그냥 명예가 아니라 '명예에 관련된 문제(point d'honneur)'에 대해서는 우리나라에선 지금까지도 문학적인 언어를 사용하지 않고서는 대화를 나눌 수가 없다. 즉, 일상적인 언어로 말하는 자들은 '명예에 관련된 문제'가 무엇인지 머리에 떠올릴 수조차도 없는 것이다.

그래서 그때 나는 전적으로 확신했다(낭만주의에 푹 젖어 있긴 해도 그 정도 현실 감각은 있다!). 그들은 모두 깔깔 웃음을 터뜨렸을 것이고, 그 장교는 모욕을 주겠다는 생각조차도 없이 그냥 나를 두들겨 팰 뿐만 아니라 나를 무릎으로 걷어차면서 당구대 주위로 한 바퀴 돌린 다음, 자비를 베풀며 나를 창밖으로 내던져 버릴 것이라는 점을 말이다.

물론 나의 이 초라한 사건도 그냥 그렇게만 끝날 수는 없었다. 그 후 나는 그 장교를 종종 거리에서 마주쳤기에 잘 눈여겨 보아 둘 수가 있었다. 그도 나를 알아보았는지, 그건 모르겠다. 분명

아닐 것이다. 이렇게 결론내리는 건 몇 가지 징후가 있어서다. 하지만 나는 말이다, 나는 원한과 증오가 서린 눈길로 그를 쳐다보았고, 그런 식으로… 몇 년 간이나 지속되었다. 나의 원한은 해가 갈수록 강해지고 커져만 갔다. 일단 나는 그 장교에 관해 몰래 이것저것 알아보기 시작했다. 알고 지내는 사람이 아무도 없었기에 그건 내게 힘든 작업이었다. 하지만 어느 날 그에게 붙들려 매인 듯 멀찍이서 뒤를 따르고 있을 때 마침 누군가가 그의 성(姓)을 말하며 소리쳐 부르는 걸 들었고, 그 일로 인해 나는 그의 성을 알게 되었다. 그 다음 번에는 그의 집까지 쫓아가서 문지기에게 10꼬뻬이까 동전 한 개를 주고는, 그가 몇 층에 사는지, 혼자 사는지, 아니면 누구랑 같이 사는지 등등, 한 마디로 문지기에게서 알아낼 수 있는 모든 걸 알아냈다. 나는 문학적으로 뭔가를 긁적거려 본 적이 전혀 없는 사람이었지만, 어느 날 아침녘에는 그 장교의 모습을 소설 속에서의 캐리커처 방식으로 폭로해 묘사해보자는 생각이 갑자기 들었다. 나는 그 소설을 쾌감을 느끼며 써내려갔다. 폭로를 했고 심지어는 약간 중상모략까지 했다. 성은 처음에는 금방 누군지 알아볼 수 있을 정도로 살짝 손질해 놓았지만, 나중에 좀 더 깊이 생각해본 뒤에는 아예 다른 성으로 바꿔서 『조국 수기』24)에 보냈다. 하지만 당시에는 폭로문학이

---

24) 『조국 수기(Отечественные записки)』: 1818년에 최초로 창간되어 1831년까지 발행되었으며 그 후 1838년에 재 창간된 후 1884년까지 존속했던 잡지이다. 자유주의적인 경향의 월간 시사, 문예 잡지로서 레르몬또프, 네끄라소프, 오스뜨롭스끼, 도스또예프스키 등 19세기 러시아 문학계의 주요 인물들이 이 잡지에 글을 실을 만큼 영향력이 컸다.

라는 것이 없었기에 내 소설은 발표되지 못했다. 나는 매우 짜증이 났다. 가끔은 원한이 솟구쳐 올라 숨이 막힐 지경이 되곤 했다.

결국 나는 적수에게 결투를 신청하기로 마음을 먹었다. 나에게 사과하라고 애원하는 아름답고도 매혹적인 편지를 그 자 앞으로 썼다. 만일 거절할 경우에는 결투밖에 없다는 점도 상당히 확고하게 암시했다. 그 장교가 '아름답고 숭고한 것'을 조금이라도 이해한다면 내 목을 끌어안고 내게 우정을 구하기 위해 반드시 달려왔을 정도로 그렇게 편지를 썼다. 그렇게 되었더라면 얼마나 좋았을까! 우리는 그런 식으로 삶을 시작했을 것이다! 그렇게 새로 시작했을 것이다! 그는 자신의 높은 직위로 나를 보호해주었을 것이고, 나는 자신의 성숙함과 뭐, 그리고… 이념을 가지고 그를 고결하게 만들었을 것이며, 그리고 그와 비슷한 이런저런 일들도 참 많이 생길 수가 있었을 텐데!

그런데 상상해보라. 그땐 그가 나를 모욕한 지 이미 2년이 지났기에 나의 결투신청은 추하기 짝이 없는 시대착오 행위였는데, 그것은 편지에서 솜씨 좋게 변명하고 은폐하려 해도 드러날 수밖에 없는 사실이었다. 하지만 다행히도(지금까지도 눈물을 흘리며 하나님께 감사드린다.) 나는 편지를 보내지 않았다. 만약 보냈더라면 무슨 일이 생겼을지 생각해보면 지금도 소름이 끼친다.

그러다가 나는 갑자기… 정말 갑자기 가장 단순하고도 천재적인 방식으로 복수를 했다! 갑자기 아주 빛나는 아이디어가 머리에 떠올랐던 것이다.

당시에 축제일이면 가끔 나는 오후 세 시쯤 되어 네프스끼 대로(大路)로 나가서 햇빛이 잘 드는 쪽을 따라 산책을 하곤 했다. 정확히 말해, 거기서 산책을 했다기보다는 무한한 고통과 굴욕감과 솟구치는 울화를 느끼곤 했던 것이다. 하지만 그런 감정들을 내 자신이 원했던 것도 분명한 것 같다. 나는 장군들, 근위기병 장교들, 경기병 장교들, 귀부인들에게 끊임없이 길을 양보하면서 행인들 사이를 미꾸라지처럼 아주 꼴불견으로 비집고 다녔다. 그럴 때 내 남루한 옷차림과 여기저기 비집고 다니는 보잘것없고 비루한 나의 꼬락서니를 생각만 해도, 경련이 일어날 듯한 심장의 통증과 등줄기에 퍼지는 후끈한 열기가 느껴졌다. 그것은 이루 말할 수 없는 고통이었으며 끊임없이 이어지는 참을 수 없는 굴욕감이었는데, 그것은 '나는 파리이다. 온 세상 앞에서 아무 짝에도 쓸모없는 더러운 파리이다. 물론 누구보다도 현명하고 누구보다도 성숙하며 누구보다도 고결한 파리이기는 하지만, 어쨌든 끊임없이 누구에게나 길을 양보하고 누구한테서나 굴욕을 당하고 누구한테서나 모욕 받는 그런 파리이다'라는 생각에서 나온 것이었다. 이런 생각은 끊임없이 이어지는 본능적인 감각으로까지 바뀌어가곤 했다. 뭘 위해서 내가 그런 고통을 자처했는지, 뭘 위해서 네프스끼 대로 위를 오갔는지는 나도 모른다. 난 그저 기회만 되면 그곳으로 마음이 이끌렸던 것이다.

이미 그때 나는 내가 1부에서 언급했던 그런 쾌감이 밀려오는 것을 느끼기 시작하고 있었다. 그런데 장교와의 일이 있고 난 후에는 더욱 강하게 그곳으로 마음이 이끌리게 되었다. 네프스끼 대로에서 그를 가장 자주 마주칠 수 있었기에 거기서 나는 그가 하는 짓을 즐거운 마음으로 지켜보곤 했다. 그도 역시 축제일이면 더 자주 그곳을 오갔다. 그 역시 장군이나 고관인 인물들 앞에서는 길을 비켜주고 그들 사이를 미꾸라지처럼 요리조리 피해서 지나갔다. 하지만 우리 같은 부류를 마주치게 되면, 아니 우리보다 더 말끔하게 차려 입은 부류를 만나게 되더라도, 그런 이들은 그냥 밟고 지나가버렸다. 흡사 자기 앞은 빈 공간이기라도 한 듯이 똑바로 그들에게로 걸어왔으며 어떤 경우에도 길을 양보하지 않았다. 나는 그를 바라볼 때마다 원한이 온몸에 퍼져나갔지만… 매번 그 자 앞에만 가면 그냥 원한을 품은 채 길을 비켜주었다. 길거리에서조차 그와 대등할 수 없다는 사실이 나를 괴롭게 했다.

이따금 새벽 두 시가 넘은 시간에 잠이 깨서 미칠 듯한 히스테리 상태로 나 자신을 못살게 구는 일도 있었다. '왜 꼭 네가 먼저 길을 비키는 거냐? 왜 그 놈이 아니라 꼭 너여야만 하냐고? 그래야 하는 법이 있는 것도 아니잖아. 어디에 그런 게 쓰여 있단 말이야? 우아한 사람들이 마주쳤을 때 보통 하듯이 동등하게 하면 되잖아. 그가 절반 양보하고 너도 절반 양보하고, 그렇게 서로 존중하며 지나가면 되잖아.' 하지만 그렇게 되진 않았다. 어쨌든 길을 비켜주는 건 나였고 그는 내가 양보해준다는 것을 알아채지도 못했다.

그런데 갑자기 정말 놀랄 만한 생각이 머리에 떠올랐다. 나는 생각해보았다. '만약에 말인데, 그와 마주치게 되었을 때 내가… 비켜서지 않으면 어떻게 될까? 그 자를 밀치게 되더라도 일부러 비켜서지 않는다면 말이지. 그럼 어떻게 될까?' 이런 대담한 생각에 사로잡히자 마음이 불안정 상태가 되어 버렸다. 끊임없이 그 생각을 떠올리다보니 실제로 그 상황이 되면 어떻게 할 것인가를 좀 더 분명하게 머릿속에 그려보기 위해 일부러 엄청나게 더 자주 네프스끼 대로를 오갔다. 나는 환희에 젖어 있었다. 이 계획은 갈수록 점점 더 그럴 듯하고도 실현 가능한 것으로 여겨졌다. 나는 기쁨에 겨워 미리부터 마음이 풀어져 생각했다. '물론 완전히 떠미는 건 아니고, 그냥 어느 정도만 하면 돼. 옆으로 비켜서지 않고 서로 부딪치는 거야. 아주 아프게는 말고 그냥 어느 정도로만, 즉 예의에서 벗어나지 않을 딱 그 정도로만 어깨와 어깨끼리 맞부딪치면 된단 말이지. 그가 나를 치는 정도로만 나도 그를 치면 되는 거다.'

마침내 완전히 결심을 굳혔다. 하지만 준비하는 데 많은 시간이 걸렸다. 첫째, 실행에 옮길 때는 더 점잖은 모습이어야 했기에 복장에 신경을 써야 했다. '혹시나, 예를 들어, 대중 앞에서 어떤 소동이 발생할지도 모르니(그곳의 대중은 극히 세련되었다.[25]) 백작부인도 지나다니고 D. 공작도 지나다니고 문학계의 인물들도 다 그곳을 지나다닌다.) 잘 차려입어야 한다. 그렇게 해야 확실한 인상을 줄

---

25) 원문에서의 단어는 프랑스어 'superflu'를 러시아어로 음차(音借)한 'суперфлю'로 되어 있다. 원래 프랑스어에서는 '잉여의', '쓸모없는' 등을 뜻하는 이 단어를 여기서 도스토예프스키는 '극히 세련된'이라는 뜻으로 유머러스하게 거의 반어법적으로 사용하고 있다. 고골의 장편소설 『죽은 혼』의 등장인물 중 한 명인 노즈드료프(Ноздырёв) 역시 이미 이러한 의미로 이 단어를 사용한 적이 있음을 볼 때, 도스토예프스키는 선배 문인 고골의 작품에서 이 예를 가져온 것으로도 추측된다.

수 있고, 어찌됐든 상류 사회 사람들의 눈에도 단번에 우리가 대등한 위치에 있는 것처럼 보이게 만들 수가 있다.'

　이런 목적으로 나는 봉급을 가불하여 추르낀 상점에서 검은색 장갑과 꽤 괜찮은 모자를 하나 샀다. 처음엔 레몬 색 장갑을 살까도 했으나, 그것보다는 검은 색이 더 권위도 있고 기품도 있어 보였다. '색깔이 너무 강해. 너무 튀려고 하는 사람처럼 보일 거야.' 이런 생각이 들어서 나는 레몬 색 장갑을 고르지 않았던 것이다. 뼈로 만든 흰색 소매단추가 달린 훌륭한 셔츠는 이미 오래 전에 준비해두었다. 하지만 외투 문제가 아주 질질 끌었다. 내 외투 자체는 그리 나쁜 것이 아니었고 따뜻하기도 했다. 하지만 솜으로 누빈 데다 외투 깃이 너구리 털가죽으로 되어 있어서, 지위 높은 하인들 정도에나 어울리는 것이었다. 무슨 일이 있어도 그 깃을 교체해서 장교들처럼 비버의 털가죽으로 만든 깃요로 바꿔 달아야 했다. 이를 위해 나는 고스쩐늬 드보르26)를 둘러보기 시작했고 몇 번 둘러본 후에 어느 값싼 독일산 비버 털가죽을 점찍었다. 이런 독일산 털가죽은 아주 빨리 닳아서 곧 초라한 꼴이 되어 버리지만, 처음에 새 것으로 샀을 때는 아주 품위 있어 보이기까지 한다. 그리고 사실 나에겐 딱 한 번 사용하면 족하지 않았던가. 값을 물어보았더니 어쨌든 비쌌다. 꼼꼼하게 따져본 후에 나는 너구리 털가죽 깃을 팔기로 작정했다.

---

26) 고스쩐늬 드보르(Гостиный двор): 뻬쩨르부르그 중심부 네프스끼 대로에 있는 백화점 형태의 상가 건물.

그럼에도 부족한, 나에겐 상당히 부담이 되는 금액은 우리 부서 과장인 안똔 안또늬치 세또치낀에게 꾸기로 마음먹었다. 그는 온순하지만 한편으로는 진지하면서도 확실한 것을 좋아하는 사람으로서 절대 남에게 돈을 꿔주는 일이 없었지만, 나를 공직의 세계로 들어오게 한 유력 인사가 그에게 나를 특별히 추천하여 내가 그 부서로 오게 된 인연이 있었다. 나는 끔찍이 걱정을 했다. 안똔 안또늬치한테서 돈을 꾸는 일이 추악하고도 수치스러운 일로 여겨졌기 때문이다. 심지어 나는 이삼일 동안 잠도 못 이루었다. 더구나 당시 나는 대체로 잠을 잘 못 잤고 열병에라도 걸린 듯한 상태였다. 심장 소리가 왠지 희미하게 잦아들다가도 갑자기 쿵쾅거리며 뛰기 시작하곤 했다. 쿵쾅, 쿵쾅, 계속 쿵쾅거렸다…! 안똔 안또늬치는 처음엔 놀라워했고, 그 다음엔 인상을 쓰더니 그 다음엔 이리저리 생각을 했다. 하지만 그는 꾸어준 돈을 2주 후에 내 봉급에서 돌려받을 권리가 있다는 영수증을 내게서 받고는 어쨌든 돈을 꾸어주었다.

이런 식으로 마침내 모든 것이 준비되었다. 허접한 너구리 털가죽이 있던 자리에 아름다운 비버 털가죽이 즉위했고 나는 조금씩 일에 착수하기 시작했다. 처음부터 결단을 내릴 수는 없었다. 그건 공연한 짓이기 때문이었다. 그 일은 요령 있게 가다듬어나가야 했다. 조금씩 말이다. 하지만 고백하건대, 몇 번에 걸쳐 시도해본 결과 나는 절망에 휩싸일 뻔했다. 부딪치는 게 도무지 되질 않는 것이다—그게 다였다! 그렇게나 준비를 하고, 그렇게나 마음을 먹었건만, 자 이제 부딪칠 것 같은데 지나보면 난 또다시 길을 양보했고 그는 나 같은 건 알아채지도 못하고 그냥 지나가 버렸던 것이다. 심지어는 그에게로 다가가면서 부디 내게 결단력을 심어달라고 신에게 기도를 드리기까지 했다. 한 번은 완전히 결단을 내린 듯도 싶었으나 결국엔 내가 그의 발밑에 쓰러진 꼴로 끝나버렸다. 2베르속쯤 되는 거리를 남겨둔 가장 최후의 순간에 내가 그만 기가 꺾였던 것이다. 그는 아주 태연하게 나를 밟고 지나갔고 나는 마치 공처럼 옆쪽으로 튕겨 나갔다. 그날 밤 나는 또다시 열병을 앓으며 헛소리를 해댔다.

그런데 갑자기 모든 것이 더할 나위 없이 훌륭하게 끝났다. 그 전날 밤 나는 나의 파멸적인 계획을 실행하지 않고 모든 것을 포기하기로 최종적으로 결심을 한 뒤 그 생각을 마음에 품은 상태에서, 정말 이 모든 것을 어떻게 포기할 수 있을지 그냥 한 번 살펴보기라도 하려고 마지막으로 네프스끼 대로로 나갔다. 그런데 나의 적수로부터 세 걸음 떨어진 곳에서 갑자기 예기치 않게 결단을 내리고 눈을 질끈 감았는데— 우리의 어깨가 탁 부딪친 것이다! 나는 1베르속도 양보하지 않고 서로 완전히 대등한 위치에서 지나갔다! 그는 뒤를 돌아보지도 않았으며 아무것도 눈치채지 못한 척까지 했다. 하지만 나는 그가 그저 그런 척을 했을 뿐이라고 확신한다. 지금까지도 그렇게 확신한다! 물론, 그가 더 힘이 센 이상 내가 더 아프긴 했지만 그런 건 중요하지 않았다.

중요한 건 내가 목적을 달성했고 긍지를 지켰으며 한 발짝도 양보하지 않음으로써 사람들 앞에서 나 자신을 그와 동등한 사회적 위치에 세웠다는 점이다. 나는 모든 것에 대해 완전히 복수한 기분으로 집으로 돌아왔다. 나는 환희에 젖었다. 나는 승리를 기념하며 이탈리아 아리아를 불렀다. 물론 그로부터 사흘 뒤 내게 일어난 일을 묘사해주진 않겠다. 이 책의 1부인 〈지하〉를 읽었다면 당신들 스스로 추측할 수 있을 테니까. 그 장교는 나중에 어디론가 전근되어 갔다. 그를 못 본 지도 이제 벌써 14년 정도 되었다. 나의 사랑스러운 친구, 그는 지금 무엇을 하고 있을까? 누굴 밟아대고 있을까?

2.

하지만 음탕의 시기가 끝나갈 때가 되면 나는 끔찍할 정도로 구토가 나올 것 같은 기분이 되곤 했다. 후회의 감정이 찾아들었고 나는 그것을 쫓아버리려 했다. 금방이라도 구토가 나올 것 같았기 때문이다. 하지만 점차로 이것에도 익숙해져 갔다. 나는 모든 것에 익숙해져 갔는데, 정확히 말해, 익숙해져 갔다기보다는 그냥 자발적으로 참아내기로 나 자신과 합의를 본 것이었다.

하지만 나에겐 이 모든 것을 화해시키는 출구가 있었으니, 그건 '모든 아름답고 숭고한 것' 속으로 도피하는 것이었다. 물론 몽상 속에서 말이다. 나는 끔찍이도 몽상을 즐겼다. 방구석에 틀어박힌 채 석 달 내내 몽상에 잠긴 일도 있다. 몽상에 잠겼을 때의 나는 암탉처럼 갈팡질팡하며 자신의 외투 깃에 독일제 비버 털가죽을 달던 양반과는 닮은 점이 없었다는 사실쯤은 믿어도 된다. 몽상 속에서 나는 갑자기 영웅이 되곤 했다. 그럴 때는 나의 10베르쇽짜리 중위가 내 집을 방문하겠다고 했을지라도 집안에 발도 들여놓지 못하게 했을 것이다. 그럴 때는 그 자가 머리에 떠오르지도 않았다. 나의 몽상이 어떤 것들이었으며 내가 그것에 어떻게 만족할 수 있었는지 지금은 말하기 힘들지만, 그때는 그 몽상들에 만족했다. 뭐, 지금도 부분적으로 만족하고 있기는 하다. 음탕의 시간이 지나면 특히나 더 달콤하고도 강렬한 몽상이 찾아왔는데, 그럴 때면 후회와 눈물, 저주와 환희도 함께 따라왔다. 진정한 환희, 진정한 행복이 찾아든 나머지 나의 내면에서 무언가를 비웃고 싶은 욕망이 정말 조금도 느껴지지 않는 순간들도 있었다. 그 순간엔 내 마음속에 믿음, 소망, 사랑이 존재했다. 바로 이게 핵심인데, 그때 나는 어떤 기적과 어떤 외적인 상황에 의하여 이 모든 것이 갑자기 활짝 열려 넓게 확대될 것이라고 맹목적으로 믿었다. 갑자기 유익하고 아름다우며 무엇보다도 완전히 준비된 적절한 활동의 지평선이 모습을 보일 것이며, 그렇게 되면 나는 거의 월계관을 쓰고 백마에 올라탄 듯한 모습으로 신의 세계로 나아갈 것이라고 말이다. 조연을 맡는다는 건 절대 이해할 수 없었는데, 바로 그 이유 때문에 나는 현실 속에서 차라리 가장 낮은 역할을 아주 태연하게 떠맡았던 것이다.

　내겐 영웅이 되든가, 아니면 쓰레기가 되든가 둘 중의 하나만 존재했지 그 중간은 없었다. 바로 이것이 나를 파멸시켰다. 왜냐하면 나는 쓰레기 속에 있으면서도 내가 다른 때는 영웅이라고,

영웅인 내가 지금은 쓰레기에 약간 몸을 담그고 있을 뿐이라고 스스로 위안했기 때문이다. 일반적인 사람이라면 쓰레기를 묻힌다는 것 자체를 부끄러워하겠지만, 나는 영웅은 너무나 고상한 존재이기에 완전히 쓰레기투성이가 될 수는 없지만 그 대신 쓰레기를 약간 묻히는 것 정도는 가능하다고 생각했던 것이다.

주목할 만한 점은, 이렇듯 '모든 아름답고 숭고한 것'의 물결들이 음탕의 순간에도 내게 밀려들었다는 것인데, 더욱이 그 물결들은 내가 이미 음탕의 맨 밑바닥에 위치해 있던 바로 그때 마치 자신의 존재를 상기시키려는 듯 여러 개의 불꽃처럼 터지면서 밀려들었다. 하지만 그 물결들이 출현했음에도 나의 음탕은 근절되지 않았다. 오히려 그 물결들은 대조적 자극을 통해 나의 음탕에 생기를 주는 것 같았으며, 맛좋은 소스를 만들기 위해 필요한 양만큼만 밀려들곤 했다. 이때의 소스는 모순과 고통, 그리고 괴로운 내적 분석으로 이루어져 있었으며, 이 모든 괴로움은, 시시껄렁한 괴로움까지도 나의 음탕에 어떤 짜릿함을, 심지어 어떤 의미까지도 부여해주었다. 한 마디로 말해서, 맛좋은 소스의 임무를 잘해 냈던 것이다. 이 모든 것에는 심지어 어떤 심오함마저 있었다. 내가 정말 정서(淨書)나 하는 관리의 단순하고 속물적이며 본능적인 음탕 짓거리에 동의하여 이 모든 쓰레기를 떠안는 걸 견딜 수 있었겠는가? 그렇다면 그때 그 쓰레기 속의 무엇이 나를 꼬드겨서 밤중에 나를 거리로 유혹해 갈 수 있었던 것일까? 아니다. 나에겐 모든 경우를 대비한 고결한 뒷문이 있었다….

하지만 모든 아름답고 숭고한 것 속으로 도피하는 몽상 속에서 내가 얼마나 많은 사랑을, 아, 얼마나 많은 사랑을 경험했던가! 설사 환상적인 사랑이라 할지라도, 설사 실제의 인간 삶에는 절대 적용되지 못하는 사랑이라 할지라도, 그러한 사랑이 너무나 넘쳐났기에 나중에는 그것을 현실에 적용시켜 보고자 하는 욕구조차 느껴지지 않을 정도였다. 만일 그렇게 했다면 그건 지나친 사치였을 것이다. 하지만 모든 것은 항상 결국엔 느릿느릿하면서도 황홀한 상태에서 예술로 바뀌곤 했다. 그 예술이란 곧 완벽하게 준비된 존재의 아름다운 형식, 시인과 낭만주의자들로부터 강한 힘으로 뺏어와 실현 가능한 모든 용도와 요구에 적용시켜 놓은 그러한 아름다운 형식이었다. 그런 몽상 속에서 나는 모든 사람들 앞에서 승리자인 것처럼 행동했다. 물론 다른 이들은 먼지 속에 누워 나의 모든 완벽성을 인정하지 않을 수 없게 되고, 그러면 나는 그들 모두를 용서해준다, 나는 저명한 시인이자 시종무관27)이 되어 사랑에 빠진다. 그리하여 엄청난 거금을 받기도 하지만 그 즉시 그 돈을 인류를 위해 희사하고 그와 동시에 전 민중 앞에서 나의 부끄러운 행위들을 자백한다. 이것은 물론 그냥 부끄러운 행위들이 아니라 '아름답고도 숭고한 것'이 많이 담긴, 뭔가 만프레드28)적 스타일이 물씬 풍기는 부끄러운 행위들이다. 다

---

27) 이 문장에서 주인공은 자신을 러시아의 위대한 시인 뿌쉬낀(А.С. Пушкин, 1799~1837)의 생전 모습과 연관시켜 몽상했던 사실을 말하고 있다. 당시의 황제 니꼴라이 1세는 문학계의 상징적 인물이었던 뿌쉬낀을 1834년에 자신의 시종무관으로 임명하였다. 이는 후진적인 전제 정치에 반대하는 당시의 자유주의적 분위기를 잠재우기 위해 그것의 상징인 뿌쉬낀을 격하시킨 것이었으며, 동시에 그를 자신의 곁에 두고 감시하려는 조치이기도 했다.

들 울면서 나에게 입을 맞춘다(그러지 않는다면 저들은 멍청이가 아니겠는가). 하지만 나는 새로운 이념을 설파하기 위해 맨 발로 굶주림을 무릅쓰고 길을 떠나 아우스터리츠에서 반동주의자들을 격파한다.29) 그 다음에는 행진곡이 연주되고 특사가 발표되며, 교황은 로마를 떠나 브라질로 가는 데 동의한다.30) 이어서 코모 호숫가의 보르게세 별장에서 전 이탈리아를 위한 무도회가 열리는데, 코모 호수는 이 무도회를 위해 일부러 로마로 옮겨진 것이다.31) 그 다음에는 관목 숲에서의 장면이 이어지고, 그 외 등등— 내가 더 뭘 말하려는지 여러분도 알지 않을까?

여러분은 내가 그토록 많은 황홀함과 눈물에 대해 고백한 후에

---

28) 만프레드(Manfred): 영국의 시인 바이런(Byron, 1788~1824)의 극시『만프레드』(1817)에 나오는 주인공의 이름으로서, 만프레드는 삶에 지친 우울한 모습 속에서도 무언가 고상한 것을 추구하는 자부심을 포기하지 않는 인물이다.
29) 나폴레옹 1세 황제(1769~1821)가 1805년 모라비아의 아우스터리츠 지역에서 오스트리아-러시아 연합군을 격파한 사건을 의미한다. 주인공은 이 문장에서 몽상 속에서 나폴레옹으로 나타난 자신의 모습을 회상하는 것이다.
30) 나폴레옹 1세 황제와 교황 피우스 7세(Pius VII, 1742~1823) 간에 발생한 일련의 갈등이 암시된다. 1808년 나폴레옹의 군대가 로마를 점령한 후 교황령이 프랑스에 병합된다고 선언하자 이에 격분한 피우스 7세는 나폴레옹을 파문한다. 이에 나폴레옹은 교황을 포로로 붙잡아 여러 곳에서 유배생활을 하게 만들었으며 피우스 7세는 나폴레옹이 동맹국 군대에 패배한 1814년에야 로마로 귀환할 수 있었다. 피우스 7세가 브라질로 유배를 간 적은 없기에 이것은 주인공의 몽상 속 사건일 뿐이다.
31) 프랑스 제국 탄생을 기념하여 로마에 위치한 보르게세 별장에서는 1806년 큰 연회가 열렸다. 1615년 스끼삐온 보르게세라는 사람에 의해 로마 근교에 여름 별장으로 지어진 이 대저택은 1806년에는 그의 후손인 까밀로 보르게세 백작의 소유가 되어 있었다. 까밀로 보르게세는 나폴레옹 1세의 쌍둥이 여동생 파울리나의 남편이기도 했다. 이 별장은 세련된 건축물들, 조각상들, 아름다운 분수들로 치장되어 있었다. 코모 호수는 실제로는 이탈리아 북부의 알프스 산맥 자락에 있으나, 주인공은 몽상 속에서 그것을 보르게세 별장 쪽으로 이동시킨다.

이제 와서야 몽상 속의 이 모든 것을 세상에 드러내어 놓는 것이 속물적이고 비열한 짓이라고 말할 것이다. 대체 왜 비열하다는 것인가? 정말로 당신들은 내가 몽상 속에서의 이 모든 것을 부끄러워한다고 생각하는가? 당신들의 삶에서 일어났던 그 어떤 일과 비교해보아도 이 모든 것이 더 어리석은 일이라고 정말로 생각한단 말인가? 덧붙여 말하거니와, 내 몽상 속의 어떤 것들은 전혀 우스꽝스럽게 그려지지는 않았으니, 그 점은 당신들이 믿어야 한다…. 모든 일이 다 코모 호수에서 일어난 것이 아님은 맞다. 뭐, 그러니, 당신들 생각도 옳긴 하다. 실제로 속물적이고 비열한 짓이다. 하지만 무엇보다도 비열한 것은 내가 당신들 앞에서 이런 식의 변명을 시작했다는 사실이다. 그런데 그것보다도 좀 더 비열한 것은 내가 그 사실을 이렇게 지적하고 있다는 점이다. 아이고, 하지만 이 정도로 관두자. 안 그러면 절대 끝나지가 않을 테니까. 계속해서 다른 더 비열한 짓들이 나올 테니까….

   석 달 이상 계속해서 몽상에 잠기는 건 도저히 할 수 없었기에 나는 사회 속으로 뛰어들고 싶은 억제할 수 없는 욕구를 느끼기 시작했다. 사회 속으로 뛰어든다는 것은 내겐 직속상관인 과장 안똔 안또느치 세또치낀의 집을 방문하는 것을 의미했다. 그는 내 일생 동안 유일하게 변함없는 지인이었는데, 이런 상황은 지금 내 스스로 생각해봐도 놀랍다. 하지만 그 사람을 찾아가는 것도 역시 그 시기가 도래했을 때, 즉 나의 몽상이 큰 행복에 도달해 반드시, 그리고 즉시 사람들과 온 인류와 포옹하지 않을 수 없을 때뿐이었다. 그게 가능하기 위해서는 실제로 존재하는 사람을 단 한 명이라도 현실 속에 가지고 있어야 했다. 안똔 안또니치를 방문하는 건 화요일(그가 집에 있는 날)에만 가능했기 때문에, 온 인류와 포옹하고 싶은 욕구도 항상 화요일에 맞춰야 했다.

이 안똔 안또니치는 빠찌 우글로프 근처에 있는 건물의 4층에 살고 있었다. 그의 집에는 방이 네 개 있었는데, 모두가 천장이 낮았으며 갈수록 방 크기가 더 작아지는 형태로서 극히 검소하면서도 누르스름한 모양새였다. 그에겐 딸이 둘 있었고, 차를 따라주는 역할을 하는 그녀들의 아주머니가 있었다. 딸들 중 하나는 열세 살, 다른 하나는 열네 살로서 둘 다 약간 들창코였는데 항상 자기들끼리 속삭이며 킬킬거렸기에 나는 이들을 볼 때마다 엄청나게 당황하곤 했다. 집주인은 보통 자기 서재의 가죽 소파에 탁자를 앞에 두고 앉아 있었는데, 손님은 대개 머리가 허옇게 센 어떤 노인이거나 우리 관청 혹은 심지어 다른 관청 소속일 수도 있는 어떤 관리였다. 항상 같았던 이 두세 명 이외에 다른 손님을 거기서 본 적은 전혀 없다. 대화 주제는 소비세, 상원에서의 입찰, 봉급, 승진, 각하, 그리고 상관의 마음에 들게 하는 방법 등등이었다. 나는 그들과 어떤 이야기를 시작할 만한 용기나 재간은 없었지만, 그래도 그들 근처에 네 시간쯤 바보처럼 눌러앉아 귀를 기울일 만한 인내력은 가지고 있었다. 머리는 멍해지고 몇 번씩이나 땀이 솟아오르려고 했으며 몸이 마비되는 느낌까지 들었다. 그래도 그건 기쁘고도 유익한 일이었다. 그러다가 집에 돌아오면 전 인류와 포옹하고 싶다는 나의 소망을 얼마간은 뒤로 미뤄두곤 했다.

그런데 나에겐 지인 비슷한 사람이 한 명 더 있었는데, 시모노프라는 이름의 예전 학교 시절 동창생이었다. 동창생이라면 아마 뻬쩨르부르그에 많았겠지만, 나는 그들과 교류가 없었을뿐더러 길거리에서 봐도 이미 인사를 하지 않는 사이가 되어 있었다. 다른 관청으로 자리를 옮긴 것도 그들과 함께 있고 싶지 않아서였고 또한 혐오스러웠던 나의 어린 시절과의 모든 인연을 단번에 끊어버리기 위해서였던 것 같다. 저주를 퍼붓고 싶은 그 학교와 유형지 감옥에 갇힌 듯이 끔찍했던 그날들! 한 마디로 말해, 나는 자유롭게 되자마자 그 즉시로 동창생들과 헤어졌다. 하지만 만나면 아직 인사 정도는 주고받는 놈들이 두셋 정도 남아 있긴 했다. 그 중 하나가 시모노프였다. 학창 시절 그는 우리 사이에서 전혀 두드러질 게 없는 무난하고 조용한 녀석이었지만, 나는 그가 어느 정도는 자립심과 심지어 정직함까지 갖췄다는 것을 알아본 바 있다. 그가 딱히 생각이 짧은 녀석은 아니었다고 기억한다. 나는 과거 언젠가 그와 꽤 밝은 순간들을 함께 하기도 했지만, 그런 시기는 얼마 지속되지 못하고 왠지 안개에라도 휩싸인 듯 갑자기 어두워졌다. 그는 이 추억들을 부담스러워하는 것 같았고, 따라서 내가 예전과 같은 태도로 나오면 어떡하나 늘 두려워하는 눈치였다. 나는 혹시 그가 날 매우 역겨워하는 건 아닐까 생각도 해봤으나, 그 점을 딱히 확신한 것은 아니었기에 그냥 그의 집을 방문하곤 했다.

그러던 중에 한 번은 어느 목요일에 고독을 참을 수 없던 차에, 안똔 안또니치의 집 문은 목요일엔 열리지 않는다는 것에 생각이

미치자 나는 시모노프를 떠올렸다. 그가 사는 4층으로 올라가다가 머리에 떠오른 건 바로, 이 양반이 나를 부담스러워하므로 이건 괜한 방문일 거라는 생각이었다. 하지만 그와 비슷한 생각들을 곰곰이 하다 보면 결국엔 마치 일부러라도 그런 듯 더 애매모호한 상황에 빠지곤 했기 때문에, 나는 그냥 들어갔다. 시모노프를 마지막으로 본 후 거의 1년이 다 된 때였다.

3.

나는 그의 집에서 다른 동창생 두 명을 우연히 만나게 되었다. 그들은 뭔가 중요한 문제에 대해 이야기하고 있는 듯 보였다. 내가 온 것에 대해 그들 중 누구 하나도 신경을 쓰지 않았는데, 벌써 몇 년간은 그들과 만나지 못했던 상황이기에 이런 무관심은 이상하기조차 했다. 나를 흔해빠진 파리 비슷한 뭔가로 취급하는 게 분명했다. 학교 다닐 때도 다들 날 몹시 싫어하긴 했지만 이렇게까지 멸시하진 않았었다. 물론 나도 그들이 나를 업신여길 수밖에 없는 점에 대해 이해가 되긴 했다. 나의 관리 생활도 성공적이지 못하고 피폐한 삶을 살고 있으며 남루한 옷을 입고 다니는 등등, 그들 눈에는 내가 무능력하고 별 볼일 없는 놈이라는 간판을 써 붙인 것처럼 보였을 것이다. 그렇다 하더라도 그렇게까지 업신여길 줄은 예상 못했다. 시모노프는 내가 온 것에 놀라기까지 했다. 그 전에도 내가 오면 항상 놀라는 눈치긴 했지만 말이다. 이 모든 것이 나를 어리둥절하게 만들었다. 나는 그렇게 다소 울적해진 상태에서 자리에 앉아 그들이 무슨 애기를 하는지 귀를 기울이기 시작했다.

그들의 대화는 진지하고도 뜨거운 것이었는데, 송별회에 관한 것이었다. 그 신사들은 장교로 복무해 오다 멀리 다른 현으로 떠나게 되는 동창생 즈베르꼬프를 위해 내일 다 함께 송별회를 열고자 했던 것이다. 므슈 즈베르꼬프는 항상 나의 같은 반 동료이기도 했다. 내가 그를 특히 증오하게 된 것은 고학년이 되어서부터였다. 저학년 때만 해도 그는 모두에게 사랑받는 예쁘장하고 쾌활한 소년에 불과했다. 하지만 난 그를 저학년 시절에도 몹시 싫어했는데, 그건 다름 아니라 그가 예쁘장하고 쾌활했기 때문이었다. 그는 언제나 성적이 나빴고 갈수록 더 나빠졌다. 하지만 졸업은 무사히 했다. 뒤를 봐주는 사람이 있었기 때문이다. 마지막 학년이 되었을 때 그는 농노 200명이 포함된 영지를 유산으로 받았는데, 우리가 거의 모두 가난뱅이였던 탓에 그는 우리 앞에서 거들먹거리기 시작했다. 그는 상당한 속물이었지만, 그래도 한편으로는 거들먹거릴 때조차도 선량한 점이 묻어나는 녀석이었다. 명예와 자부심에 대해 우리 학교 아이들은 피상적이고도 환상적인 미사여구들을 늘어놓곤 했지만, 즈베르꼬프 앞에서는 극소수를 제외하고는 모두가 비위를 맞춰댔고, 그럴수록 그는 더욱 거들먹거렸다. 그들이 그렇게 비위를 맞춰댄 건 무슨 이득을 바라서가 아니라, 그냥 그가 자연이 준 선물에 의해 총애를 받은 인간이었기 때문이다. 게다가 우리 사이에선 왠지 즈베르꼬프를 기민함과 훌륭한 몸가짐의 전문가인 것처럼 간주하는 게 일반화되어 있었다. 특히나 이 점이 나를 격노하게 만들었다. 자신에 대해선 조금도 되돌아보지 않는 저 찌르는 듯한 그의 목소리가 혐오스러웠으며, 대담하게 지껄여대긴 해도 결국은 엄청나게 바보 소리일 뿐인 자신의 유머에 도취된 모습 또한 혐오스러웠다. 잘 생겼지만 멍청한 그의 얼굴과(어쨌든 나라도 그 얼굴을 나 자신의 현명한 얼굴과 기꺼이 맞바꾸긴 했겠지만) 1840년대 장교 식의 거리낌 없이 방만한 태도도 혐오스러웠다. 나는 또한 그가 여자 문제에 있어서 앞으로 계속 승리를 거두게 될 것이며(아직은 장교 견장이 없어서 여자들과의 일은 시작하지 못했으며, 따라서 그것이 나오기를 초조하게 기다리던 중이었다.) 따라서 끊임없이 결투를 하게 될 것이라고 말하는 것도 혐오스러웠다.

항상 말이 없던 내가 즈베르꼬프와 갑자기 싸우게 됐던 일이 기억난다. 그 이유는, 한 번은 그가 쉬는 시간에 급우들과 미래의 호색 행위에 대해 말하다가 마침내는 햇볕 아래 어린 강아지처럼 흥분해 촐싹거리면서 갑자기 다음과 같이 선언했기 때문이다. 즉, 자기는 자기 마을의 처녀들을 단 한 명도 손대지 않고 그냥 놔두는 일은 없을 것이다. 이건 droit de seigneur(지주로서의 권리)[32]이니까. 감히 반항하려는 사내놈들이 있다면 몽땅 채찍으로 후려갈길 것

---

[32] droit de seigneur: 여기서 즈베르꼬프는 프랑스어 단어를 쓰고 있는데, 직역하면 '주인으로서의 권리'라는 뜻이다. 중세 봉건 시대에는 영지 내의 처녀가 시집을 가는 경우 주인인 영주와 첫날밤을 치러야 하는 의무가 지역과 시기에 따라 존재하기도 했다. 동시에 이것은 주인인 영주의 권리이기도 했다.

이며 텁석부리 불한당 같은 그 놈들 모두에게 소작료를 배로 물릴 것이라고 선언했던 것이다.

천박한 녀석들은 박수를 보냈지만 나는 그 놈과 한판 붙었다. 그건 결코 처녀들이나 그들의 아비들에 대한 동정 때문이 아니라 그냥 그 버러지 같은 놈이 박수를 받았기 때문이었다. 그땐 내가 이기긴 했지만 즈베르꼬프 역시 멍청하긴 해도 명랑하고 뻔뻔한 녀석이었기에 그냥 웃어 버리고 말았다. 그런 식으로 보자면 사실 나도 완전히 이긴 것은 아니었다. 웃음은 그의 편으로 남았던 것이다. 그 후 그는 몇 번 정도 나를 괴롭혔으나 악의가 있어서 그런 건 아니었고 그냥 농담처럼 웃으면서 지나가듯이 그런 것이었다. 나는 악의에 차서 경멸적인 태도를 보이며 대꾸도 하지 않았다.

졸업 후에는 그가 내게 한 발짝 다가오려는 듯 보이기도 했다. 그가 그러는 게 내 마음에도 흡족했기에 나도 딱히 배척하지는 않았다. 하지만 우리는 곧 자연스럽게 헤어졌다. 그 후 나는 그가 병영 중위로서 성공했으며 떠들썩하게 먹고 마시면서 지내고 있다는 소식을 들었다. 그 후엔 다른 소문도 들렸는데, 그가 군대에서 성공 가도를 달리고 있다는 것이었다. 이젠 길에서 내게 인사도 하지 않았기에, 나같이 별 볼일 없는 인간과 인사를 주고받으면 자기 체면을 손상시킬까 봐 두려워하는 건 아닐까라는 생각이 들었다. 한 번은 극장 3층석에서 이미 견장을 단 그를 본 적이 있다. 그는 아주 나이가 많은 장군의 딸들 앞에서 비위를 맞추며 굽실거리고 있었다. 3년 만에 그는 매우 망가진 모습이었는데, 예전처럼 꽤 잘 생기고 날렵하긴 했지만 왠지 부어오른 것처럼 살이 찌기 시작하고 있었다. 서른 살쯤 가면 피부가 완전히 축 늘어질 것임이 분명했다. 자, 마침내 떠나게 된 바로 이 즈베르꼬프를 위해 우리 동창생들이 송별회를 열어주고자 했던 것이다. 그들은 지난 3년간, 속으로는 자신들이 그와 동등한 위치에 있다고는 생각지 않으면서도 계속해서 그와 어울려 다녔을 것이다. 나는 이 점을 확신한다.

시모노프의 손님 둘 중 하나는 독일계 러시아인 페르피치낀이었다. 그는 작은 키에 원숭이 같은 얼굴을 하고 있는 자로서 아무나 대고 놀려대는 멍청이였다. 그는 이미 저학년 때부터 나의 가장 사악한 적이었으며 비열하고 뻔뻔스런 허풍쟁이였는데, 속으론 당연히 시시한 겁쟁이면서도 가장 미묘한 야망을 품은 것처럼 행동하는 녀석이었다. 그는 시모노프의 숭배자들 중 한 명이었는데, 그런 자들은 따로 자기만의 목적이 있어 시모노프와 놀아주고, 그로부터 종종 돈을 꾸는 부류였다. 시모노프의 다른 손님인 뜨루도류보프는 별 볼일 없는 자로서 키가 크며 차가운 인상의 낯짝을 가진 녀석이었다. 꽤 정직하긴 하지만, 누구든 성공한 사람이기만 하면 그 앞에서 굽실거렸고, 오로지 진급에 관한 것 말고는 할 줄 아는 얘기가 없었다. 그는 즈베르꼬프의 무슨 먼 친척뻘이었는데 그래서 그 점이, 참 웃긴 얘기지만, 우리 사이에선 의미를 부여해주었다. 그는 항상 나를 마치 없는 사람처럼 취급했지만, 그래도 내게 말을 해야 할 때는 딱히 정중하지는 않더라도 참을 만한 태도를 보이긴 했다.

"그러니까, 한 사람 당 7루블씩 내면," 뜨루도류보프가 입을 열었다. "우리가 셋이니까, 21루블이 되겠군. 그 정도면 괜찮은 식사를 할 수 있겠어. 물론 즈베르꼬프는 안 내는 걸로 하고."

"당연하지, 우리가 초대하는 건데." 시모노프가 결정을 내렸다.

"너희들 정말 그렇게 생각해?" 거만한 태도로 열을 올리며 페르피치낀이 끼어들었는데, 그 태도는 흡사 자신의 주인 나리인 장군의 훈장을 가지고 우쭐대는 뻔뻔한 종놈 같았다. "정말 즈베르꼬프가 우리한테 돈을 다 내게 할 거라고 생각하느냔 말이야? 예의상 우리의 말을 받아들이긴 하겠지만, 그 대신 자기 쪽에서 술 여섯 병 정도는 낼 거야."

"아니, 우리 넷이서 여섯 병을 어떻게 다 마셔?" 여섯 병이라는 것에만 신경을 쓰며 뜨루도류보프가 한 마디 던졌다.

"그럼, 우리 셋에 즈베르꼬프까지 합하면 넷, 21루블에 장소는 Hôtel de Paris(파리 호텔), 시간은 내일 다섯 시로 하자." **총무로** 뽑힌 시모노프가 최종적으로 결론을 내렸다.

"어째서 21루블이라는 건가?" 모욕감마저 느낀 기분이었기에 나는 다소 흥분해서 이렇게 말했다. "나까지 계산하면 21루블이 아니라 28루블이 되어야 맞지."

내가 보기엔, 이처럼 예기치 않게 갑자기 참가 제안을 하면 대단히 아름답기까지 할 것이고, 그러면 그들 모두가 단번에 압도되어서 나를 존경의 눈길로 바라볼 것 같았다.

"정말 자네도 오고 싶다는 건가?" 시모노프가 어쩐지 나를 외면하면서 불만스러운 투로 말했다. 그는 나라는 사람을 속속들이 알고 있었던 거다.

그가 날 속속들이 알고 있다는 사실이 나를 격앙시켰다.

"그게 뭐가 잘못 됐나? 나도 동창생인 것 같은데. 그리고 솔직히 말해, 나를 빼놓고 생각했다니 불쾌하기까지 하군." 나는 또다시 끓어오르려고 했다.

"그럼 자네를 어디로 찾아다니기라도 해야 했다는 말인가?" 페르피치낀이 거칠게 끼어들었다.

"자넨 즈베르꼬프와 항상 사이가 좋질 않았잖아." 뜨루도류보프가 얼굴을 찌푸리며 덧붙였다.

하지만 나도 이젠 물고 늘어질 건수가 생겼으니 놓아주지 않았다.

"그 점에 관해선 아무도 판단내릴 권리는 없는 것 같은데." 나는 무슨 심각한 일이라도 벌어진 것처럼 목소리까지 부들부들 떨며 반박했다. "어쩌면 예전엔 사이가 좋지 않았기 때문에 지금은 오히려 이렇게 하고 싶은 것일 수도 있지 않나."

"뭐, 자네란 사람을 누가 이해하겠나…. 그 고상한 말투 하며…." 뜨루도류보프가 코웃음을 쳤다.

"자네도 명단에 넣도록 하지." 시모노프가 내 쪽으로 몸을 돌리며 결정을 내렸다. "내일 다섯 시, Hôtel de Paris이니까 실수하지 말게나."

"돈은 어쩌고!" 페르피치낀은 나를 고갯짓으로 가리키며 시모노프에게 낮은 목소리로 말하려 했는데, 시모노프조차 그 말에 당황하는 듯하자 입을 닫았다.

"됐어."

뜨루도류보프가 자리에서 일어나며 말했다.

"저렇게나 오고 싶다면야 오라고 해."

"하지만 우리에겐 우리만의 친구들 그룹이 있단 말일세." 페르피치낀 역시 모자를 집어 들며 화를 냈다. "내일도 공식적인 회합은 아니야. 어쩌면 자넨 그 자리에 전혀 필요치 않는 사람일 수도 있어…."

그들은 떠났다. 페르피치낀은 떠나면서 나에게 인사도 하지 않았고 뜨루도류보프는 쳐다보지도 않고 고개만 살짝 까딱했다. 남아서 나와 얼굴을 맞대게 된 시모노프는 왠지 화가 난 표정으로 이게 무슨 상황인지 모르겠다는 듯 이상해하는 눈길로 나를 쳐다보았다. 그는 자리에 앉지 않았고 나한테 앉으라고 권하지도 않았다.

"음… 그래…. 그럼 내일 보도록 하지. 그런데 그 돈은 지금 내겠나? 확실히 해두려고 하는 말일세." 그가 상당히 거북해하면서 이렇게 중얼거렸다.

나는 화가 치밀었다. 그러나 화가 치밀어 오르면서도 떠오른 건, 내겐 아주 오래 전부터 시모노프에게 갚아야 할 15루블이 있었는데, 그걸 잊은 적은 전혀 없지만 결코 갚지도 않았다는 사실이었다.

"자네도 알겠지만, 시모노프, 내가 여기 오면서 상황이 이렇게 될 줄 미리 알았을 수도 없고…. 그리고 참 유감일세, 내가 자네한테 잊은 게…."

"됐네, 됐어, 그건 신경 쓰지 말게. 그럼 돈은 내일 식사 자리에서 내도록 하게. 미리 좀 알아두려고 그런 것뿐이니까…. 그러니까 자넨 내 말을 딱히…."

 그는 갑자기 입을 다물더니 아까보다 더 화가 난 듯한 태도로 방안을 왔다 갔다 하기 시작했다. 그는 걸음을 옮길 때마다 발뒤꿈치로 강하게 소리를 내며 바닥을 디뎠다.

 "혹시 나 때문에 자네 다른 일이 지체되고 있는 건 아닌가?" 2분쯤 침묵이 흐른 뒤 내가 물었다.

 "아, 아닐세!" 그가 갑자기 몸을 움찔하며 대답했다. "그러니까 말이지, 솔직히 말해, 좀 그렇긴 하군. 뭐냐면, 좀 가봐야 할 데가 있어서…. 여기서 멀진 않지만…." 어쩐지 사과하는 듯한, 약간은 부끄러워하는 듯한 태도로 그가 덧붙였다.

 "아이고, 저런! 왜 진즉 말하지 않았나?" 나는 모자를 움켜잡으며 소리를 쳤는데, 그때의 내 표정은 대체 어디서 날아왔는지 모를 정도의 놀랄 만큼 거리낌 없는 표정이었다.

 "멀진 않다네…. 바로 요 앞이야…." 시모노프는 이렇게 반복하며 자신에게 전혀 어울리지 않는 부산스러운 표정을 지으며 나를 현관까지 배웅해주었다.

 "그럼 내일 정각 다섯 시에 보세!" 계단을 내려가는 내 뒤에 대고 그가 소리쳤다. 내가 가줘서 아주 만족한 것이었다. 하지만 난 격분 상태였다.

 "아니, 어쩌다 이딴 식으로 갑자기 끼어들게 되었을까!" 거리를 따라 걸으며 나는 이를 갈아붙였다. "그것도 저 비열한 돼지새끼 같은 즈베르꼬프 놈을 위한 자리에 말이야! 당연히 가지 말아야 해. 침이나 뱉어줘야 한다고. 뭐야, 내가 가야될 의무라도 있나? 시모노프에겐 내일 시내 우편으로 알려주면 될 것이고…"

하지만 내가 정말로 격분한 것은 갈 것임을, 일부러라도 갈 것임을 확실히 알았기 때문이다. 거기 가는 것이 분별이 없고 무례해보일수록, 더욱 확실히 나는 거기 갈 것이었다.

그런데 거기 가는 데는 확실한 장애물이 있었다. 돈이 없었던 것이다. 내가 가진 돈은 다해봤자 9루블이었다. 하지만 이 중에 7루블은 나의 하인인 아뽈론에게 다음날 당장 월급으로 줘야만 했다. 그는 식사는 자기가 해결하는 조건으로 한 달에 7루블씩 받으면서 내 집에서 살고 있었다.

아뽈론의 성미로 판단해봤을 때, 월급을 주지 않는 건 불가능했다. 하지만 나의 암 덩어리인 이 악당에 대해서는 다음에 언젠가 얘기하도록 하겠다.

그럼에도 불구하고 나는 어쨌든 월급을 지불하지 않을 것이며, 거기에는 꼭 갈 것이라는 사실을 알고 있었다.

이 날 밤 나는 아주 추악한 꿈을 꾸었다. 이상할 것도 없었다. 저녁 내내 유형 생활과도 같았던 학창 시절의 추억에 짓눌려 그것에서 벗어날 수가 없었으니 말이다. 나를 그 학교에 집어넣은 건 먼 친척들이었다. 그들은 나의 보호자였는데 학교에 들어간 이후로는 그들에 대해 들은 게 전혀 없었다. 그들은 이미 그들로부터 받은 꾸중에 의해 피폐해지고 생각에 잠기기만 하며 모든 것을 사나운 눈초리로 둘러보는, 고아와 다름없는 나를 그 학교에 집어넣었던 것이다. 학우들은 내가 자기들 중 누구와도 비슷하지 않다는 것 때문에 나를 악의에 찬 무자비한 비웃음으로 맞이했다. 하지만 난 비웃음을 견딜 수가 없었다. 그래서 난 그들이 서로 간에 그러는 것처럼 그렇게 쉽사리 잘 어울려 지낼 수가 없었다. 나는 곧 그들을 증오하게 되었으며, 모든 사람들을 피해 상처 입어 깜짝 놀라기 잘하는 과도한 자존심의 세계 속에 틀어박혔다. 그들의 거친 태도는 나를 분노하게 만들었다. 그들은 나의 얼굴과 볼품없는 몸을 냉소적으로 비웃었다. 하지만 그들 자신은 얼마나 멍청한 얼굴들을 하고 있었던가! 우리 학교에선 얼굴 표정들이 왠지 유별나게 바보스러워지고 이상하게 변했다. 입학할 땐 잘 생긴 아이들이 얼마나 많았던가! 그런데 몇 년 뒤엔 쳐다보는 것조차 역겨워지곤 했다. 아직 열여섯 살이었을 때였는데도, 나는 그들을 바라보면 침울한 기분으로 놀라곤 했다. 벌써 그때부터도 나는 그들의 조잡한 사고 방식과 어리석은 취미, 놀이, 대화 등에 깜짝 놀라곤 했다. 그들은 필수적인 것들을 이해하지 못했고 영감을 불어넣어 주거나 충격을 주는 대상들에 무관심했기에 나는 자연스레 그들이 나보다 못하다고 생각하게 되었다.

허영심에 상처를 받아서 이렇게 말하는 건 아니다. 그러니까 부탁하건대, '당신은 그저 몽상만을 했을 뿐이지만 그들은 이미 그때 실제의 삶을 이해하고 있었던 거야'와 같이 토할 정도로 지겨워진 상투적인 반박을 통해 내 머리 꼭대기에 서려고 하지는 말라. 그들은 삶의 실체는 물론이거니와 그 어떤 것도 이해하지 못했다. 맹세하건대, 바로 그 점이 무엇보다도 더 나를 분노하게 만들었던 것이다. 오히려 그들은 눈을 찌를 정도로 분명하게 보이는 현실을 환상적일 만큼 어리석은 방식으로 받아들였고, 이미 그때부터 성공만을 숭배하는 습관이 생겼다. 올바르다 할지라도 그것이 굴욕당하고 짓밟힌 것이라면 그들은 그것에 창피를 주는 방식으로 잔인하게 비웃어댔다. 관등을 지혜로 간주했고 열여섯 살에 벌써 편안한 자리가 무언가에 대해 논했다. 물론, 이건 대부분 그들의 어리석음 때문이었으며, 유년과 청소년 시기에 걸쳐 그들이 계속 좋지 않은 예에 둘러싸여 그것을 보아온 때문이기도 했다. 그들의 방탕은 괴물 같은 수준이었다. 물론 이 경우에도 겉으로만 꾸며 내는 가장된 냉소적 태도가 더 많았다. 또한 방탕 속에서도 그들에게서 젊음과 어떤 신선함이 반짝였던 것도 사실이긴 하다. 하지만 그들의 이 신선함조차 매력적이지는 못했고 경박하고 냉소적인 태도 속에서 모습을 보였을 뿐이다.

어쩌면 내가 그들보다 못한 존재였을 수도 있지만 어쨌든 나는 그들을 끔찍이 증오했다. 그들 역시 같은 식으로 되갚아줌으로써 나에 대한 혐오감을 숨기지 않았다. 하지만 난 이미 그들의 사랑 같은 건 바라지도 않았다. 그와는 반대로, 난 항상 그들이 내게 주는 굴욕을 갈망했다. 그들의 비웃음으로부터 벗어나기 위해 나는 일부러 가능한 한 더 열심히 공부하기 시작했고 최우등생 그룹에 들어갔다. 이것이 그들에게 강한 인상을 주었다. 게다가 자기들이 읽을 수 없는 책들을 내가 이미 읽고 있었고 자기들이 들어본 적도 없는 것들(우리의 전공 과정에 포함되어 있지도 않은 것들)을 내가 이해하고 있다는 사실을 그들 모두 조금씩 깨닫기 시작했다. 그들은 이것을 사납고도 비웃는 듯한 눈길로 바라보았지만 정신적으로는 내게 굴복을 한 셈이었고, 더구나 선생님들조차

이와 관련해 나에게 주의를 기울이기도 했다. 비웃는 행동은 없어졌지만 적대감은 남았기에, 냉랭하고 서먹한 관계가 형성되었다. 결국에는 내 자신이 참을 수가 없게 되었다. 나이가 들어갈수록 사람이, 친구가 더욱 필요해져 갔던 것이다. 몇몇 아이들과 친해져보려 시도를 해보았지만, 부자연스러운 친교가 되었다가 저절로 끝나버리곤 했다.

한 번은 어쩌다가 내게 실제로 친구가 생긴 적도 있었다. 하지만 그때 이미 나의 영혼은 폭군이 되어 있었다. 나는 그의 영혼을 무한히 지배하고 싶어 했다. 주위 환경에 대한 경멸을 그의 마음속에 주입하고 싶어 했다. 그 환경과 최종적으로 자신만만하게 관계를 끊으라고 그에게 요구했다. 그는 나의 이 열정적인 우정에 경악해서 나중엔 눈물을 흘리고 경련까지 일으키는 지경이 되었다. 그는 순진했고 모든 것을 다 바치는 영혼이었다. 하지만 그가 나에게 자신을 온전히 바치자 나는 곧 그가 혐오스러워져서 나 자신으로부터 밀쳐냈다. 마치 그를 필요로 했던 건 오직 그를 정복하고 그를 나에게 복종시키는 데 목적이 있었던 것처럼 말이다. 하지만 내가 모든 사람을 정복할 수 있었던 건 아니다. 나의 이 친구는 나처럼 아이들 중 누구와도 닮지 않은, 아주 보기 힘든 예외적인 존재였다. 학교를 졸업하고 나서 내가 한 첫 번째 일은 예정되었다 할 수 있는 전공 관련 직무를 포기하는 것이었다. 과거와의 연줄을 끊어버리기 위해, 과거를 저주하면서 먼지처럼 뿌려버리기 위해서였다…. 그런데 이런 일이 있었으면서도 내가 대체 뭣 때문에 시모노프를 보러 가게 되었던 것일까…!

나는 아침 일찍 자리에서 일어나서, 이 모든 일이 지금 당장 일어나기라도 할 것처럼 흥분한 상태로 침대에서 뛰쳐나왔다. 그러면서도 나는 오늘에야말로 내 인생에서 어떤 급격한 전환점이 오고 있다고, 꼭 올 것이라고 믿었다. 습관이 안 돼서 그런 건지는 몰라도, 여하튼 평생 동안 외부에서 아무리 작은 사건이라도 일어나기만 하면 그 즉시 내 인생에서 어떤 급격한 전환점이 올 것만 같은 느낌을 받곤 했다. 그래도 평소처럼 직장으로 향했지만, 준비를 하기 위해 두 시간 일찍 빠져나와 집으로 돌아왔다. 첫 번째로 도착하지 않는 게 중요하다고 생각했는데, 그렇지 않으면 내가 엄청 기뻐하고 있다고 다들 생각할 것이기 때문이다. 하지만 이처럼 중요한 사항들이 수천 가지나 되었기에 나는 그 모든 것들 때문에 흥분해서 녹초가 될 지경에 이르렀다. 장화도 손수 한 번 더 닦았다. 아뽈론은 세상에 무슨 일이 생겨도 장화는 하루에 두 번씩 닦지 않는 것이 원칙이라고 생각하는 자였다. 그래서 결국 내가 직접 닦았는데 그 놈이 보고 나중에 나를 멸시하게 될까 봐 구둣솔은 현관에서 몰래 가져 왔다. 그 다음엔 옷을 자세히 살펴보았는데, 온통 낡고 실이 드러나고 해졌음이 발견되었다. 나도 막 되는대로 다녔던 것이다. 제복은 대략 깔끔했지만, 제복을 입고 식사 자리에 갈 순 없었다. 제일 문제가 된 건, 바지의 바로 무릎 부분에 커다랗게 누런 얼룩이 져 있다는 점이었다. 이 얼룩 하나만으로도 내 체면이 10분의 9는 깎일 것이라는 예감이 들었다.

그런 생각을 하는 게 몹시 저속한 일이라는 것쯤은 알고 있었다. '하지만 지금은 뭘 깊이 생각해볼 때가 아니야. 이제 곧 현실이 닥치니까.' 이런 생각이 들자 낙담이 되었다. 그러자 동시에 내가 이 모든 사실들을 엄청나게 과장해서 생각하고 있다는 것도 깨달아졌다. 하지만 그 상황에서 뭘 어쩔 수 있었겠는가. 이미 자신을 조절할 수 없는 상태가 된 나는 열병이라도 난 듯 몸이 덜덜 떨렸다. 절망감 속에서 나는 저 비열한 놈 즈베르꼬프가 얼마나 거만스럽고도 냉랭하게 나를 맞이할지 머릿속에 그려보았다. 저 우둔한 놈 뜨루도류보프는 얼마나 그 우둔하고도 숨 막히게 하는 시선으로 나를 쳐다볼 것인가. 벌레 같은 놈 페르피치낀은 즈베르꼬프에게 알랑거리기 위해 나를 대상으로 얼마나 추악하고 뻔뻔스럽게 낄낄거릴 것인가. 이 모든 상황을 마음속으로 아주 잘 이해할 시모노프 역시 내가 저열한 허영심과 옹졸함을 가졌다고 무척이나 경멸할 것이다. 중요한 건, 이 모든 것이 참으로 초라하고 비문학적이며 진부하다는 점이다. 물론 제일 좋은 건 아예 가지 않는 것이었다. 하지만 이것이야말로 가장 불가능한 일이었다. 나는 일단 뭔가에 충동을 받기만 하면 머리까지 완전히 푹 빠져드는 사람이었기 때문이다.

나중에 평생 동안 "뭐야, 겁을 먹었던 거군. 현실에 겁을 먹었어. 겁을 먹었단 말이야!"라고 내 자신을 조롱할 바에야, 차라리 그 쓰레기 같은 인간들에게 나는, 내 자신에게마저 그렇게 느껴질 때도 있는, 그런 겁쟁이는 절대 아니라는 점을 정말로 증명해 보이고 싶었다. 그뿐만이 아니었다. 열병에라도 걸린 듯 겁에 질려 발작적으로 벌벌 떠는 와중에서도 나는 그들보다 우위에 서고 정복하고 매혹시키며, 또한 나를 사랑하게 만들고픈 몽상에 젖어 들곤 했다. 하다못해 '고상한 이념과 의심할 바 없는 유머'를 위해서라도 말이다. 그들은 즈베르꼬프를 버릴 것이고 그는 한 쪽에 앉아 말없이 수치심에 휩싸일 테니 그럼 내가 즈베르꼬프를 눌러 버리는 게 된다. 그 다음엔 아마 그와 화해할 것이고 이제부턴 '너'라고 호칭하며 친하게 지내자고 잔을 들 것이다.

하지만 내게 무엇보다도 더 씁쓸하고 기분 나빴던 건, 본질적으로 내가 이런 짓을 할 필요가 전혀 없다는 것, 본질적으론 내가 그들을 눌러버리거나 복종시키거나 매혹시킬 뜻도 전혀 가지고 있지 않다는 것, 내 행위의 결과를 실제로 성취한다 할지라도 그 모든 결과를 위해 동전 한 푼도 내지 않을 사람은 바로 나라는 것, 바로 이런 것들을 내가 이미 그때 알고 있었다는, 그것도 완벽하고 확실하게 알고 있었다는 점이었다. 오, 그날이 속히 지나가버리길 내가 하나님께 얼마나 기도했던가! 표현할 수 없는 우울한 감정에 휩싸여 나는 창가로 다가가 통풍창을 열고 큼지막하게 내리는 축축한 눈에 가려 흐릿해져 버린 어두움 속을 들여다보았다.

마침내 나의 초라한 벽시계가 다섯 시를 쳤다. 나는 모자를 집어든 후, 아침부터 계속 내가 월급 주기만을 기다리고 있었지만 자존심 때문에 먼저 말을 꺼내려 하지는 않는 아뽈론을 보지 않으려고 애쓰면서 그의 옆을 미끄러지듯 지나서 문을 나섰다. 마지막 남은 50꼬뻬이까를 주고 일부러 부른 고급 마차에 탄 후 나는 귀족처럼 Hôtel de Paris로 달려갔다.

4.

　　　　　나는 이미 그 전 날 밤부터 내가 제일 먼저 도착하리라는 것을 알았다. 하지만 거기 가 보니 문제는 이미 누가 맨 먼저 오느냐의 차원이 아니었다.
　그들은 아무도 안 와 있었을뿐더러 나는 우리 방도 간신히 찾아냈다. 식탁도 아직 다 차려지지 않은 상태였다. 이게 대체 무슨 뜻일까? 하인들에게 여러 번 캐물은 뒤에야 나는 식사가 다섯 시가 아닌 여섯 시로 예약되었음을 알게 되었다. 주방 쪽에서도 그렇다고 확인해주었다. 캐묻고 있는 내 자신이 부끄러울 지경이었다. 아직 다섯 시 이십오 분밖에 안 되었다. 시간을 변경했다면, 무슨 일이 있어도 알려줬어야 하지 않았겠는가. 그런 용도로 시내 우편이 있는 건데, 그러지 않고 나 자신에게, 그리고… 하인들 앞에서까지 창피를 당하게 하다니.
　자리에 앉았다. 하인 하나가 식탁을 차리기 시작했다. 하인 녀석까지 들어와 있으니 어쩐지 더 모욕적인 느낌이 들었다. 여섯 시가 가까워오자, 이미 켜져 있던 램프 외에 촛불도 방으로 들여져 왔다. 그러고 보니 그 하인 녀석은 내가 도착했을 때는 촛불을 즉시 들여올 생각도 안 했었다. 옆방에선 얼핏 보기에도 화가 난 듯한 표정의 손님 둘이 각기 다른 식탁에 앉아 말없이 식사를 하고 있었다. 멀리 떨어진 방들 중의 하나는 매우 시끄러웠는데, 고함까지 질러대고 있었다. 한 무리의 사람들이 떠들썩하게 웃는 소리도 들렸다. 날카로운 목소리로 뭔가 추잡한 프랑스어를 지껄이는 소리도 들렸다. 그 모임엔 숙녀들도 함께 있었다. 한 마디로 말해, 참으로 역겨웠다. 그보다 더 혐오스러운 순간을 겪어본 적이 별로 없었기에, 정각 여섯 시에 그들이 한꺼번에 나타나자 처음엔 무슨 해방자라도 되는 것처럼 그들을 반겼으며, 화가 난 것처럼 보여야 한다는 사실도 깜박 잊을 뻔했다.

 즈베르꼬프는 마치 지휘관처럼 행세하면서 다른 사람들 맨 앞에서 들어왔다. 그도, 다른 모두도 웃고 있었다. 하지만 나를 보자 즈베르꼬프는 위엄 있는 태도를 취하며 천천히 다가와서는 마치 아양이라도 떨듯이 허리를 약간 굽히고는 상냥하게 손을 내밀었다. 하지만 아주 상냥하다기보다는 장군이 하는 것과 거의 다름없는 예의 바르고도 왠지 조심스러운 자세, 즉 흡사 무엇인가로부터 자기 몸을 보호하는 듯한 자세로 손을 내밀었다. 나는 그것과는 반대로, 그가 들어서자마자 예전처럼 가느다랗고도 찢어지는 듯한 음성으로 요란함 웃음을 터뜨린 뒤 첫 마디부터 시원찮은 농담과 익살을 쏟아낼 것이라고 기대했었다. 전날부터 그런 상황에 확실히 대비해 왔는데, 이처럼 마치 장군처럼 상냥하게, 한편으론 거만하게 굴지는 예상하지 못했던 것이다. 이로 미루어 본다면, 이제 그는 자신이 나보다 모든 면에서 한없이 높다고 생각했다는 것이겠지? 만일 그가 이렇듯 장군처럼 행동함으로써 나를 모욕하고자 한 것이라면, 그 정도는 괜찮다고 생각했다. 그 자리에서 침이나 한 번 탁 뱉어주면 되었던 거니까. 하지만 모욕하고 싶은 생각은 전혀 없이, 자기는 나보다 한없이 우월하기 때문에 이렇게 보호하는 듯한 시선으로 바라볼 수밖에 없다는 생각이 그 양 대가리 같은 머리통에 실제로 떠올랐다면 어찌해야 하는가? 이렇게 가정해보는 것만으로도 나는 이미 숨이 막혀 오기 시작했다.

"나는 자네가 이 자리에 함께 하고 싶어 한다는 말을 듣고 놀랐네." 그는 전에 없이 단어를 길게 끌면서, 또한 한편으로는 '스'와 '쉬', 그리고 '즈'와 '쥐'를 분간하지 않는 발음을 하며 입을 열었다.

"자네와 난 왠지 계속 만날 일이 없었군. 우리를 꺼려하다니, 그럴 필요가 없었는데 말이지. 우린 자네가 생각하는 것처럼 그렇게 무서운 사람들은 아닐세. 뭐, 어쨌든 기쁘네, 우리 관계를 다시 시-작-하-게 돼서…."

그러고 나서 그는 모자를 창턱 위에 얹어 놓기 위해 태연하게 몸을 돌렸다.

"오래 기다렸나?" 뜨루도류보프가 물었다.

"어제 나한테 알려준 대로 다섯 시 정각에 왔네." 나는 금방이라도 폭발할 듯이 짜증을 내며 큰 목소리로 대답했다.

"시간이 변경된 걸 이 사람한테 알려주지 않았어?" 뜨루도류보프가 시모노프에게 몸을 돌리며 말했다.

"알리지 못했어. 깜박 잊었어." 시모노프는 이렇게 대답하며, 전혀 뉘우치는 기색 없이, 나한테 사과도 하지 않고는 전채(前菜)를 주문하러 가버렸다.

"그럼 여기서 벌써 한 시간이나 있었겠군. 아이고, 불쌍한 사람 같으니!" 즈베르꼬프가 비웃는 투로 소리쳤다. 그가 가진 개념으로 보자면 이건 정말로 엄청나게 웃긴 일일 수밖에 없었기 때문이다. 그 뒤를 따라 저 비열한 놈 페르피치낀이 강아지처럼 비굴하고도 쨍쨍 울리는 목소리로 깔깔대기 시작했다. 내 꼴이 그 놈한테는 정말로 우습고도 황당했던 모양이다.

"이건 절대 웃을 일이 아니야!" 점점 더 화가 치밀어 오르는 상태에서 내가 그에게 소리쳤다. "이건 다른 사람들 잘못이야, 내가 아니라고! 나를 무시하고 알려주지 않았잖은가. 이건—이건—이건… 정말 말도 안 되는 일이야."

"말도 안 되는 것뿐만이 아니지. 그 이상의 문제점도 있어." 뜨루도류보프가 순진한 척 내 편을 들어주며 투덜거렸다. "자넨 성격이 너무 연약해. 어쨌든 이건 정말 무례한 일이었어. 물론 일부러 이렇게 한 건 아니지만, 그래도 어떻게 시모노프가 일을 이렇게… 음!"

"만일 나한테 이런 식으로 했다면 난 아마…." 페르피치낀이 한 마디 했다.

"아니, 뭘 좀 시키지 그랬나." 즈베르꼬프가 끼어들며 말했다. "아님, 우릴 기다리지 말고 아예 저녁식사를 주문하지 그랬나."

"알다시피, 누구 허락 받을 필요 없이 그렇게 할 수도 있었어." 내가 잘라 말했다. "내가 기다렸다면 그건…."

"이보게들, 다들 앉자고." 안으로 들어온 시모노프가 소리쳤다. "다 준비됐어. 샴페인은 내가 보증하지. 아주 시원하게 해놨더군…. 자네가 어느 아파트에 사는지 모르는데 날 보고 어디서 자넬 찾으라는 건가?" 그는 갑자기 내 쪽으로 몸을 돌렸는데 이번에도 역시 왠지 나를 쳐다보지는 않았다. 나에 대해서 뭔가 적대적인 감정을 가지고 있는 게 분명했다. 어제의 일 후에 마음이 바뀐 게 틀림없었다.

모두가 자리에 앉았고, 나도 앉았다. 식탁은 둥글었다. 내 왼쪽으론 뜨루도류보프가 앉게 되었고 오른쪽으론 시모노프가 앉았다. 즈베르꼬프는 맞은편에 앉았고 페르피치낀은 그의 옆에, 즉 그와 뜨루도류보프 사이에 앉았다.

"말 좀 해-보-게, 자넨… 정부 부처에 있다고 하던데?" 즈베르꼬프가 계속해서 내게 흥미를 보였다. 내가 당혹해하는 것을 보고선 나를 좀 다독여주고, 말하자면, 좀 격려를 해줘야겠다고 심각하게 생각한 모양이었다. '뭐야, 저 놈은 내가 자기 면상에다 술병이라도 확 던져주길 바라는 건가?' 화가 치밀면서 이런 생각이 들었다. 이런 환경에 처해본 적이 없기에 나는 왠지 부자연스러울 정도로 빨리 짜증이 밀려왔다.

"△△ 부서에 있네." 나는 접시를 내려다보며 퉁명스럽게 대답했다.

"아… 그쪽이 더 짭-짤한가? 말 좀 해-보-게, 예전 직무는 무슨 이-유-로 그만 둔 건가?"

"무슨 이-유-였냐 하면, 그냥 그만 두고 싶었기 때문이지."

이미 자제력을 거의 잃은 상태에서 나는 단어를 그보다 세 배쯤 더 길게 끌며 대답했다. 페르피치낀은 콧방귀를 뀌며 킥킥댔다. 시모노프는 빈정대는 듯한 시선으로 나를 쳐다보았다. 뜨루도류보프는 먹는 것을 중단하고는 호기심 어린 눈으로 나를 뜯어보기 시작했다.

즈베르꼬프는 움찔했지만 내색은 하지 않으려 했다.

"그-런-데, 받는 건 어떤가?"

"받는 거라니?"

"그러니까, 봉-급 말일세."

"이건 뭐야, 지금 나한테 시험문제라도 내고 있는 건가!"

그런데, 이러고서도 난 내 봉급이 얼마인지 바로 말해 버렸다. 내 얼굴이 새빨개졌다.

"넉넉지는 않군." 즈베르꼬프가 거드름을 피우며 말했다.

"그럴 거야, 까페-레스토랑에서 식사하긴 힘들겠어!" 페르피치낀이 건방진 태도로 덧붙였다.

"내 생각엔, 그 정도면 아주 가난한 건데." 뜨루도류보프가 진지하게 한 마디 했다.

"그런데 자넨 참 많이 야위었고 참 많이 변했네 그려…. 그때 이후로 말이지…." 즈베르꼬프는 나와 내 옷을 뜯어보면서 이렇게 덧붙였다. 그의 말에서는 이미 독기와 모종의 뻔뻔스러운 동정심마저 묻어났다.

"저 친구를 난처하게 만드는 건 이 정도면 됐어." 페르피치낀이 키들거리며 소리쳤다.

"친애하는 나리, 나는 조금도 난처해하고 있지 않다는 점을 알아두시오." 결국 난 폭발하고 말았다. "내 말 듣고 있소? 나는 여기, 까페-레스토랑에서 내 돈 내고, 남의 돈이 아니라 내 돈 내고 식사하는 중이오. 이 점 분명히 알아두시오. 므슈 페르피치낀."

"뭐-언 소리야! 여기 누가 자기 돈 안 내고 먹는 사람이 있나?

자넨 마치…." 페르피치낀은 가재처럼 빨개진 얼굴로 분노에 가득 찬 시선으로 나를 노려보며 이렇게 물고 늘어졌다.

"벼−얼 소리 아닐세." 나는 너무 멀리 나갔다는 느낌이 들어서 이렇게 대답했다. "좀 더 지적인 대화를 나누는 게 낫겠다는 생각이 드는군."

"자기 지식을 뽐내고 싶은 건가?"

"염려하지 말게. 뽐내봤자 이 자리에선 아무 의미가 없을 테니까."

"아니 그럼 대체 왜, 나의 나리님, 쓸데없는 소리를 그렇게 잔뜩 늘어놓으셨소이까, 네? 나리의 무처[33]인가 뭔가에서 근무하다 혹시 정신이 돌아버린 게 아니오?"

"여보게들, 됐어. 이제 그만해!" 즈베르꼬프가 모두를 억누르듯 명령조로 소리쳤다.

"이게 무슨 바보 같은 짓이야!" 시모노프가 투덜거렸다.

"맞아, 바보 같은 짓이지. 우린 착한 벗을 떠나보내는 친구들끼리의 환송회 자리에 모인 건데, 자네는 돈 계산부터 하고 있군." 나에게만 거친 태도를 보이며 뜨루도류보프가 입을 열었다. "어제 자네 자신이 우리 모임에 끼겠다고 그토록 졸라댔으니, 제발 전체 분위기를 망치지 말라고…."

"그만해, 그만하라니까." 즈베르꼬프가 소리쳤다. "이보게들,

---

[33] 원문에는 '부처'를 뜻하는 단어가 'департамент(영어 department)'가 아닌 'лепартамент(lepartment)'로 씌어 있다. 즉 여기서 페르피치낀은 이 단어의 첫 글자를 의도적으로 틀리게 말함으로써, 상대인 주인공이 그 부처에 근무하다 머리가 돌아버린 게 아니냐는 점을 빈정거리며 야유해 표현하는 것이다. 이 느낌을 살리기 위해 한글 번역어도 '무처'로 표기했다.

이제 그만 해. 이런 자리에서 그러면 쓰나. 차라리 내가 그저께 하마터면 결혼할 뻔했던 얘기를 해주는 게 낫겠군…."

 자, 이렇게 해서 이 신사가 이틀 전에 하마터면 결혼할 뻔한 것에 대한 모종의 풍자적 희극이 시작되었다. 하지만 결혼에 대한 얘기는 한 마디도 없었고, 대신 이야기 속에는 계속해서 장군들, 대령들, 심지어 시종무관들까지 등장했고 즈베르꼬프는 그들 사이에서 흡사 우두머리라도 된 듯했다. 이야기에 호응하듯이 웃음소리가 터져 나오기 시작했다. 페르피치낀은 깩깩 소리를 지르기도 했다.

 모두가 나를 버려두었고, 나는 짓눌리고 파괴된 채 앉아 있었다.
 '맙소사, 이런 무리 속에 내가 끼어 있다니!' 나는 생각했다. '그리고 난 스스로 저들 앞에 내 모습을 얼마나 바보처럼 보이도록 만들었는가! 한데 난 페르피치낀 놈이 하는 짓을 너무 많이 참아준 것 같다. 저 얼간이들은 이 식탁에 자리를 하나 마련해준 걸로 자기들이 나한테 무슨 영광이라도 베푼 듯이 생각하겠지만, 영광을 베푼 건 자기들이 아니라 나란 걸 왜 모를까! "야위었군!" "복장은 그게 뭔가!"라니. 아, 이 젠장맞을 바지 같으니라고! 즈베르꼬프는 이미 아까부터 무르팍의 누런 얼룩을 눈치 챘을 것이다…. 지금 당장, 지금 즉시 식탁에서 일어나 모자를 집어 들고 말 한 마디 없이 그냥 가버리자…. 그런 식으로 경멸감을 표시하는 거야! 그리고 내일은 결투라도 신청하자. 비열한 놈들 같으니라고. 7루블 정도는 전혀 아깝지 않다. 하지만 저 자식들은 생각할 거다, 아마 내가…. 젠장! 7루블은 아깝지 않아! 지금 당장 나

가겠다…!'

 물론 나는 그대로 남았다.

 나는 마음이 괴로워서 라피트와 셰리 술을 잔째로 몇 잔 들이 켰다. 습관이 안 돼 있던 탓에 금방 취기가 올라왔고, 취기가 돌수록 짜증도 커져 갔다. 갑자기 저들을 아주 대담하게 모욕한 다음 획 떠나버리고 싶은 마음이 들었다. 적당한 순간을 포착해서 저들에게 내가 어떤 사람인지를 보여주는 거야. 그럼 저들은 이렇게 말하겠지. "우습긴 하지만 머리는 좋은 녀석인데."… 그리고 … 그리고…. 한 마디로, 에잇 제기랄 놈들 같으니!

 나는 흐리멍덩해진 눈으로 그들 모두를 뻔뻔스럽게 쭉 둘러보았다. 하지만 그들은 나라는 존재를 완전히 잊어버린 것 같았다. 그들은 소란스럽게 왁자지껄하며 흥겨워했다. 계속 말을 하고 있었던 건 즈베르꼬프였다. 나는 귀를 기울여보기 시작했다. 즈베르꼬프는 어느 화려한 여성으로 하여금 마침내 자신에게 사랑 고백을 하도록 만들어냈다는 이야기를 하고 있었다(물론, 그는 암말처럼 거짓말을 하고 있었던 것이다). 그 일에 있어 자신의 절친한 친구, 즉 농노 3,000명을 거느린 소(小)공작이자 경기병인 꼴랴라는 자가 특히 많이 도와주었다고도 했다.

 "그런데 농노 3,000명을 거느렸다는 그 꼴랴라는 사람은 자네를 배웅하는 이 자리엔 코빼기도 안 보이는구먼." 내가 갑자기 대화에 끼어들었다. 잠시 동안 모두가 말이 없어졌다.

 "자넨 벌써 취했나 보군." 뜨루도류보프가 마침내 나의 존재를 인정한 듯 경멸스러워하는 눈길로 내 쪽을 흘겨보면서 한 마디 했다. 즈베르꼬프는 마치 벌레를 대하듯 말없이 나를 뜯어보았다. 나는 눈을 내리깔았다. 시모노프는 서둘러서 샴페인을 따르기 시작했다.

뜨루도류보프가 샴페인 잔을 들자 나를 제외한 모두가 그 뒤를 따랐다.

"건강 조심하고 무사히 여정을 마치기를!" 그가 즈베르꼬프를 향해 소리쳤다. "이보게들, 우리의 옛 시절을 위해, 우리의 미래를 위해, 만세!"

다들 잔을 비운 뒤 즈베르꼬프와 입을 맞추려고 주위로 몰려들었다. 나는 움직이지 않았다. 내 앞에는 손도 대지 않은 샴페인 잔이 놓여 있었다.

"아니, 자넨 정말 안 마실 건가?" 참다못한 뜨루도류보프가 나에게 위협적으로 몸을 돌리며 으르렁댔다.

"난 특별히 따로 연설을 하고 싶은데… 그러고 나서 마시도록 하겠네, 뜨루도류보프 선생."

"정말 짜증나는 고약한 인간일세!" 시모노프가 투덜댔다.

나는 의자에 앉은 채 몸을 똑바로 펴고 뭔가 비범한 것을 보여주리라 마음속으로 준비하며 샴페인 잔을 잡았지만, 정확히 어떤 말을 할지는 나 자신도 아직 몰랐다.

"Silence(조용히 해)!" 페르피치낀이 외쳤다. "자, 이제 지혜로운 말씀을 하신다네!"

즈베르꼬프는 이게 어떤 상황인지를 이해하고는 진지한 표정으로 기다렸다.

"즈베르꼬프 중위 선생." 내가 말을 시작했다. "나는 미사여구와, 미사여구를 늘어놓는 사람, 그리고 허리를 꽉 동여맨 모습을 증오한다는 사실을 일단 알아두시오…. 이게 첫 번째 사항이고, 다음으로 두 번째요."

모두들 심하게 동요했다.

"두 번째로, 나는 호색 행위와 그걸 일삼는 자들을 증오하오. 특히 호색 행위를 일삼는 자들을 말이오!"

"세 번째, 나는 진리와 진실, 정직성을 사랑하오." 나는 거의 기계적으로 말을 이어갔는데, 그건 내가 어떻게 이런 식으로 말을 할 수 있는지 내 자신 도무지 이해가 가지 않는 상태에서 공포 때문에 몸이 굳어져 갔기 때문이었다.

"나는 사상을 사랑하오, 므슈 즈베르꼬프. 나는 대등한 위치에 근거를 둔 참된 동료애를 사랑할 뿐, 이와는 다른 어떤… 음…. 내가 사랑하는 건…. 그나저나 안 될 게 뭐 있겠소? 므슈 즈베르꼬프, 나도 당신의 건강을 위해 건배를 하겠소. 체르께스 여인들을 유혹하시고, 조국의 적들을 향해 총을 쏘시고, 그리고… 그리고…. 므슈 즈베르꼬프, 당신의 건강을 위해 건배!"

즈베르꼬프는 의자에서 일어나 내게 몸을 숙여 보이더니 말했다.

"대단히 감사하오."

하지만 그의 얼굴에는 끔찍이도 모욕 받은 자의 창백해진 표정이 떠올라 있었다.

"이런 젠장!" 뜨루도류보프가 주먹으로 식탁을 내려치며 으르렁댔다.

"그 정도 가지곤 안 돼. 저런 소리를 지껄이다니 주먹으로 면상을 갈겨줘야 해!" 페르피치낀이 날카로운 목소리로 외쳤다.

"저 놈은 쫓아내야 해!" 시모노프가 투덜댔다.

"이보게들, 다들 한 마디도 하지 말고 움직이지도 마!" 모두가 분노하자 그걸 제지하며 즈베르꼬프가 엄숙한 투로 소리쳤다. "자네들한테는 고맙지만, 내가 이 친구 말을 얼마나 높이 평가하는지는 내 스스로 증명해보일 수 있어."

"페르피치낀 선생, 방금 당신이 한 말에 대해서 당장 내일이라도 나에게 만족감을 주어야 할 거요!" 나는 거만한 태도를 취하며 큰 소리로 페르피치낀에게 말했다.

"다시 말해서, 결투를 하자는 건가? 좋을 대로 하게." 페르피치낀은 이렇게 대답을 했으나, 결투를 신청하는 내 모습이 너무 웃기고 또한 내 꼬락서니에도 전혀 어울리지 않는지, 모두가 그리고 나중엔 페르피치낀까지도 배꼽을 잡고 웃어댔다.

"그래, 저 자식은 그냥 내버려 둬! 벌써 완전히 취했잖아." 뜨루도류보프가 혐오감을 담은 목소리로 말했다.

"저런 자식을 끼워주다니 정말 내 자신이 용서가 안 되겠어!" 시모노프가 또다시 투덜거렸다.

'자, 이제 이 자들 모두에게 술병을 집어던지는 거야.' 나는 이런 생각을 하고 술병을 집어 들었으나… 그냥 내 잔 가득 술만 따랐다.

'아니야, 끝까지 앉아 있는 게 낫겠어!' 나는 계속 생각했다. '내가 떠나 주는 게 너희들에겐 기쁨이겠지. 절대로 안 가. 너희들은 하나도 중요하지 않은 인간들이라는 점의 표시로 일부러 끝까지 앉아서 마시겠어. 끝까지 앉아서 마실 테다. 이곳은 술집이고 돈은 냈으니까 말이야. 난 너희들을 장기의 졸, 존재하지도 않는 졸로 여기고 있으니까 신경 쓰지 않고 끝까지 앉아서 마실 테다. 이렇게 앉아서 마시고… 흥겨워지면 노래도 부르고, 그래, 노랠 부르는 거야. 나한텐 그럴 권리가 있다고… 노랠 부를 권리 말이야… 으음.'

그러나 난 노래를 부르지 않았다. 단지 그들을 아무도 쳐다보지 않으려 애썼을 뿐이다. 아주 독립적인 자세를 취한 후 초조하게 기다렸다. 그들이 먼저 내게 말을 걸어올 순간을 말이다. 하지만 슬프게도, 그들은 말을 걸어오지 않았다. 그 순간 나는 그들과 화해할 수 있기를 얼마나, 얼마나 바랐던가! 여덟 시 종이 쳤고, 마침내 아홉 시 종이 쳤다. 그들은 식탁 의자에서 소파로 옮겨 앉았다. 즈베르꼬프는 침대 의자에 쭉 뻗고 누워 한 쪽 발을 작은 원형 탁자 위에 올려놓았다. 포도주도 그쪽으로 날라져 왔다. 즈베르꼬프가 정말로 그들을 위해 술 세 병을 낸 것이었다. 물론 나한테는 그쪽으로 오라고 권하지도 않았다. 다들 그를 둘러싸듯이 소파에 앉았다. 그들은 거의 경외심을 가지고 그의 말을 듣고 있었다. 다들 그를 좋아하고 있다는 게 보였다. '무엇 때문에? 무엇 때문에 저럴까?' 나는 속으로 생각했다.

간간이 그들은 술 취한 황홀 상태에서 서로 입을 맞추기도 했다. 그들은 까프까즈는 어떻고, 진실한 열정이란 또 어떤 것이며, 갈빅34) 놀이, 군대 내에선 어디가 짭짤한 자리인가 등에 관해 떠들어대고 있었다. 뽀드하르젭스끼라는 경기병의 수입이 얼마인가에 대한 얘기도 있었는데, 그들 중 그를 개인적으로 아는 놈은 아무도 없었지만 그가 수입이 많다니까 다들 기뻐했다. 공작 영애 D.의 빼어난 미모와 우아함에 관한 이야기도 나왔는데, 역시나 그녀를 직접 본 녀석은 아무도 없었다. 결국에는 셰익스피어는 죽지 않고 영원하다는 말까지 나왔다.

　나는 경멸하는 미소를 띠고 방의 다른 쪽 면인 소파 반대편 벽을 따라 식탁에서 벽난로 사이를 왔다 갔다 했다. 그들이 없어도 아무 상관없다는 것을 온 힘을 다해서 보여주고 싶었다. 그런데 그 와중에도 장화 뒷굽으로 바닥을 딛으면서 일부러 탁탁 소리를 냈다. 하지만 괜한 짓이었다. 그들은 전혀 관심을 기울이지 않았다. 나는 인내심을 발휘하며 그런 식으로 여덟 시부터 열한 시까지 바로 그들 앞에서 계속 똑같은 장소를, 즉 식탁에서 벽난로까지, 다시 벽난로에서 식탁까지를 오락가락했다. '이렇게 내 자신을 위해 걸어 다니는 거니까, 아무도 날 막을 수는 없지.' 방을 들락거리던 하인은 몇 번이나 멈춰 서서 나를 바라보곤 했다. 방향을 자주 바꾸다 보니 머리가 어지럽기까지 했다. 가끔은 내가 의식이 혼미한 상태에 빠져 있는 게 아닌가하는 느낌도 들었다. 이 세 시간 동안 나는 세 번이나 땀에 젖었다가 마르기를 반복했다. 10년, 20년, 40년이 지났을 때, 아니 40년 이후에라도 내 인생에서 가장 더럽고 가장 웃기며 가장 끔찍한 이 순간들을 떠

---

34) 갈빅(гальбик): 카드로 하는 도박놀이 중 하나.

올릴 때면 혐오감과 굴욕감이 밀려들 것이라는 생각이 이따금 내 가슴을 독살스럽게 찌르며 극도로 아프게 만들었다. 이보다 더 뻔뻔하게, 이보다 더 자발적으로 내 자신을 굴욕스럽게 만드는 것은 불가능했다. 나는 이 점을 확실히 알고 있었음에도 불구하고 식탁과 벽난로 사이를 계속 왔다 갔다 했다. '오, 내가 어떠한 감정과 사상을 품을 능력이 있는지, 내가 얼마나 성숙한 인간인지 너희들이 알 수만 있다면!' 나의 적들이 앉아 있는 소파를 마음속으로 바라보며 나는 이따금 이런 생각에 빠져들었다.

하지만 나의 적들은 내가 아예 방에 없기라도 한 것처럼 행동했다. 한 번, 딱 한 번 그들이 내 쪽으로 몸을 돌렸는데, 그건 즈베르꼬프가 셰익스피어에 대한 얘기를 꺼낸 후 내가 갑자기 경멸적으로 깔깔거리며 웃음을 터뜨린 바로 그때였다. 얼마나 억지스럽고 혐오스럽게 깔깔거렸던지, 그들 모두는 일시에 대화를 중단하고 내가 벽을 따라 식탁에서 벽난로까지를 오락가락하는 모습을, 또한 내가 그들에게 전혀 신경도 쓰지 않는 모습을 2분 정도 웃지도 않고 진지하게 말없이 지켜보았다. 하지만 그 결과로 무슨 일이 생긴 것은 전혀 아니었다. 그들 입에서 나에 대한 말은 나오지 않았으며, 2분 후에는 또다시 나를 내팽개쳤다. 열한 시 종이 쳤다.

"이보게들." 소파에서 몸을 일으키며 즈베르꼬프가 소리쳤다. "이젠 모두 거기로 가자!"

"물론이지, 물론이고말고!" 다른 자들도 입을 열었다.

나는 즈베르꼬프 쪽으로 몸을 휙 돌렸다. 너무나 괴로운 심정에서 몸마저 녹초가 되어 있었기 때문에 차라리 내 손으로 목을 베어서라도 끝을 내고 싶은 마음이었다! 열병에라도 걸린 듯 몸이 불타올랐다. 땀에 젖은 머리카락들이 이마와 관자놀이에 들러붙었다.

"즈베르꼬프! 자네에게 용서를 구하네." 나는 갑작스러우면서도 단호하게 말했다. "그리고 페르피치낀, 자네에게도. 모두, 모두에게 용서를 구하네. 내가 자네들 모두를 모욕했네!"

"아하! 역시 결투라는 게 자기 취향은 아니라는 거군!" 페르피치낀이 독기를 품고 씩씩거렸다.

나는 가슴을 칼로 베이는 것처럼 아픔을 느꼈다.

"페르피치낀, 내가 두려워하는 건 결투가 아니야! 화해를 하고 난 이후에라도 자네랑은 싸울 준비가 되어 있어. 심지어 그렇게 하자고 고집하는 바일세. 자넨 내 제안을 거절할 수 없을 거야. 결투 따위는 두렵지 않다는 것을 자네한테 증명해보이고 싶군. 사네가 먼저 쏴, 난 허공에 대고 쏠 테니까."

"혼자서 자기만족을 즐기고 있군." 시모노프가 말했다.

"미쳐도 단단히 미친 거야!" 뜨루도류보프도 맞장구쳤다.

"좀 지나가자고, 길을 막고 있잖아…! 대체 뭐가 필요한 거야?" 즈베르꼬프가 경멸스럽다는 듯이 말했다. 모두가 얼굴은 뻘겠고 눈은 번득이고 있었다. 많이 마셨던 것이다.

"나는 자네의 우정을 바라네, 즈베르꼬프. 난 자네를 모욕했어. 하지만…."

"모욕했다고? 자−네가! 나−를! 친애하는 선생, 잘 알아둬. 그 어떤 상황에서도 자네가 날 모욕하는 건 절대 불가능해!"

"이제 됐으니까, 비켜!" 뜨루도류보프가 얘기를 끝내버렸다. "자, 가자."

"올림피야는 내 거야. 이보게들, 동의한 거야!" 즈베르꼬프가 소리쳤다.

"이의 없어! 암, 이의 없고말고!" 다들 웃으면서 그에게 대답했다.

나는 온통 침 세례를 받은 것 같은 기분으로 서 있었다. 그 패거리는 떠들썩하게 방에서 나갔고 뜨루도류보프는 어떤 멍청한 노래까지 불러재꼈다. 시모노프는 하인들에게 팁을 주기 위해 잠시 머물렀다. 나는 갑자기 그에게 다가갔다.

"시모노프! 6루블만 꿔주게!" 내가 단호하면서도 절망적인 마음으로 말했다.

그는 굉장히 놀라서 나를 바라보았다. 하지만 눈은 멍했는데, 그도 역시 취해 있었던 것이다.

"아니, 거기까지 우리랑 함께 가려고 그러는 거야?"

"그래!"

"난 돈 없어!" 그는 잘라 말하고는 경멸스럽다는 듯 코웃음을 치고 방에서 나갔다.

나는 그의 외투를 붙잡았다. 그건 악몽이었다.

"시모노프! 자네한테 돈이 있는 걸 봤는데 왜 거절하는 건가? 설마 내가 비열한 놈이란 뜻인가? 내게 거절할 때는 신중히 생각하게. 무엇 때문에 돈을 빌려달라는 건지 자네가 알기만 한다면, 정말 알기만 한다면! 나의 모든 미래, 나의 모든 계획들이 이것에 달려 있단 말이야…"

시모노프는 돈을 꺼내더니 내던지다시피 나에게 주었다.

"받게, 이 정도로 양심이 없다면!" 그는 냉혹하게 내뱉고는 다른 자들을 따라잡기 위해 달려갔다.

나는 잠시 혼자 남아 있었다. 온통 어질러진 방, 먹다 남은 음식, 부서진 채 바닥 위에 뒹구는 술잔, 엎질러진 포도주, 담배꽁초, 머릿속의 취기와 비몽사몽 상태, 가슴속의 고통스러운 회한, 모든 것을 보고 모든 것을 들었기에 호기심 어린 눈길로 내 눈을 흘끗거리는 하인.

"거기로!" 나는 고함을 쳤다. "저들이 모두 무릎을 꿇고 내 다리를 껴안은 채 나로부터의 우정을 애원하든가, 아니면… 아니면 내가 즈베르꼬프의 따귀를 갈겨 주든가, 둘 중 하나다!"

5.

"바로 이거다, 바로 이거야. 드디어 현실과 맞부딪치는 거다." 부리나케 계단을 뛰어 내려가며 나는 이렇게 중얼거렸다. "이건 분명히 로마를 떠나 브라질로 가는 교황과는 다른 거야. 이건 분명히 코모 호수에서의 무도회와는 다른 거야!"

'너는 비열한 놈이야!' 내 머릿속에서 이런 생각이 확 지나갔다. '전에 말했던 이걸 지금은 스스로 비웃다니.'

"뭐, 그렇다고 해도 어쩔 건가!" 자신에게 대답하면서 내가 소리쳤다. "이젠 다 망가져 버린 걸!"

 그들은 이미 흔적도 없었다. 하지만 상관없다. 그들이 어디로 갔는지 나는 알고 있었다.

 현관 옆에는 투박한 농부 외투를 걸친 밤 마차 마부가 여전히 퍼붓고 있는 축축하고도 어쩌면 따뜻할 수 있는 눈을 온몸에 뒤집어쓴 채 외롭게 서 있었다. 수증기가 피어올라와 숨이 막힐 지경이었다. 그의 조그마한 털북숭이 얼룩말도 온몸에 눈을 뒤집어쓴 채 기침을 하고 있었다. 이 장면은 뚜렷이 기억한다. 나는 엉성하게 만들어진 썰매로 달려갔다. 하지만 올라타기 위해 한 다리를 걸치자마자, 시모노프가 방금 내게 6루블을 꿔주었다는 생각이 떠올라 다리에 힘이 쭉 빠졌고, 그래서 부대자루처럼 썰매 안으로 푹 쓰러졌다.

 "이래선 안 돼! 이 모든 걸 만회하려면 많은 걸 해내야 해!" 내가 소리쳤다. "모든 걸 만회하거나, 아니면 오늘밤 당장 그 자리에서 파멸해 버리는 거다. 출발해!"

 우리는 출발했다. 내 머릿속에선 온통 회오리바람이 몰아치고 있었다.

 '무릎을 꿇고 나의 우정을 간구하는 짓은 그 놈들이 하지 않을 거야. 그건 신기루야. 속물적이고 혐오스러우며 낭만적이고도 환상적인 신기루일 뿐이야. 코모 호수에서의 무도회와 마찬가지란 말이지. 그렇기 때문에 난 즈베르꼬프의 따귀를 갈겨줘야만 해! 그게 내 의무야. 자, 그럼 결정됐다. 나는 지금 그 자식의 따귀를 갈겨주러 가는 것이다.'

"더 빨리 몰게!"

마부가 말고삐를 채기 시작했다.

'들어가자마자 바로 갈겨주자. 갈기기 전에 서론 삼아 몇 마디 해줘야 할까? 아니야! 그냥 들어가서 바로 갈기자. 놈들은 모두 홀에 앉아 있을 테고 그 놈은 올림피야를 데리고 소파에 앉아 있겠지. 그 저주받을 올림피야 년! 그 년은 예전에 내 얼굴을 비웃으면서 나를 퇴짜 놓은 일이 있었지. 그 년은 머리채를, 즈베르꼬프 놈은 양쪽 귀를 잡아끌 거다! 아니, 한 쪽 귀만 잡는 게 낫겠다. 한 쪽 귀만 잡고 온 방안을 끌고 다니겠다. 아마 다른 놈들이 나를 패기 시작할 테고 나를 밖으로 걷어차 내버릴지도 모른다. 분명히 그럴 것이다. 뭐, 그러라고 하지! 어쨌거나 내가 먼저 따귀를 갈겼으니 주도권은 내가 쥔 거다. 명예의 법칙에 따르면 그게 제일 중요한 거야. 그 놈은 이미 낙인이 찍힌 몸이 되는 것이고, 결투에 의하지 않고서는 나를 아무리 두드려 팬다 하더라도 따귀의 흔적은 이미 씻어낼 수 없게 되는 거지. 그럼 그 놈은 결투를 해야만 하겠지. 그래, 이 놈들아, 패려면 패 보거라. 그렇게 해라, 이 천박한 놈들아! 특히 뜨루도류보프 놈이 작정하고 패겠지. 아주 힘이 센 놈이니까. 페르피치낀 놈은 틀림없이 옆에서부터 달려들어 내 머리털을 잡고 늘어지겠지. 분명히 그럴 거야! 그래, 마음대로 해라, 마음대로 해! 나도 그러려고 가는 거니까. 그 놈들의 밥통 대가리도 결국엔 이 모든 일에 존재하는 비극적인 의미를 깨닫지 않을 수가 없을 거야. 나를 문 밖으로 끌어낼 때가 되면, 난 놈들이 본질적으로 내 새끼손가락만한 가치도 없

다고 외칠 거다.'

"더 빨리, 이봐 마부, 좀 더 빨리 몰아!" 나는 마부에게 소리를 질렀다.

그는 몸을 흠칫 떨기까지 하더니 채찍을 휘둘렀다. 내가 꽤 거칠게 소리를 질렀던 것이다.

'동이 터올 때쯤 결투를 하는 거야. 그건 이미 결정된 거다. 부처와는 끝난 거지. 페르피치긴 놈은 아까 부처 대신 무처라고 발음했지. 그런데 권총은 어디서 구하지? 쓸데없는 소리! 월급을 가불해 받아서 사면 돼. 그런데 화약은, 총알은 어쩌지? 이런 건 결투입회인이 신경 쓸 문제다. 그런데 이 모든 걸 동틀 때까지 어떻게 준비하지? 그리고 결투입회인은 어디서 구해야 하나? 아는 사람도 없는 판에….'

"쓸데없는 소리!" 머릿속에 더욱 회오리바람이 몰아치는 것을 느끼며 내가 소리쳤다. "쓸데없는 소리야!"

'길거리에서 마주치는 첫 번째 사람한테 부탁을 하자. 그가 내 결투의 입회인이 돼 주어야만 해. 마치 물에 빠진 사람을 구해줘야 하는 것처럼 말이야. 이럴 땐 아무리 기괴한 경우가 생기더라도 용인되어야만 해. 설령 내가 내일 과장에게 결투입회인이 되어 달라고 부탁할지라도, 그 사람은 동의해야만 해. 기사도적 정신 때문에라도 그래야 하고, 또 비밀도 지켜주어야만 할 거야! 안똔 안또늬치는….'

그런데 문제는, 바로 그 순간 이런 가정이 얼마나 수치스럽고도 엉터리 같은 것인지, 그리고 그 상황을 역으로 생각해보면 어떻게 되는지가 이 세상의 그 누구보다도 내 자신에게 더 분명하고도 선명하게 떠올랐다는 점이다. 하지만….

"더 빨리, 마부, 더 빨리 몰아, 교활한 자 같으니라고, 더 빨리 몰란 말이야!"

"옛, 나리!" 대지의 힘이 느껴지는 목소리가 대답했다.

나는 갑자기 온몸이 오싹했다.

'그런데 차라리 지금이라도 집으로 바로 돌아가는 게 낫지 않을까? 그게 낫지 않을까? 맙소사! 어제는 뭐하려고, 대체 뭐하려고 저 식사 자리에 오겠다고 고집을 부린 걸까! 하지만 안 돼, 그냥 갈 순 없어! 세 시간 동안이나 식탁과 벽난로 사이를 어슬렁댄 건 어쩌고? 안 된다, 저 놈들, 다른 누구도 아닌 바로 저 놈들이야말로 나를 어슬렁거리게 만든 대가를 치러야 해! 이 불명예는 저 놈들 자신이 씻어주어야마 해!'

"더 빨리 몰아!"

'그런데 만일 저 놈들이 날 경찰서에 넘기면 어쩌지? 그렇게 할 용기는 없을 거야! 자기들 스캔들이 퍼질까 봐 겁이 날 테니까. 그런데 즈베르꼬프가 날 경멸해서 결투를 거부한다면 또 어쩌지? 확실히 그럴 수도 있어. 하지만 그렇게 되면 나도 증명해보일 것이다…. 그 놈이 내일 길을 떠날 때쯤 역마차 정거장으로 달려가서, 그 놈이 마차에 올라탈 때 다리를 붙잡은 다음 외투를 벗기는 거야. 그러고는 이빨을 그의 손에 들이댄 다음 꽉 물어줄 테다. "모두들 보란 말이야. 절망에 빠진 사람이 무슨 짓까지 할 수 있는지!" 그 놈이 내 머리통을 갈기든, 다른 모든 놈들이 뒤에서 날 때리든, 마음대로 하라고 해. 난 거기 있는 모든 자들에게 외칠 거다. "자, 다들 보라고, 내 침을 얼굴에 묻히고 체르께스 여인들을 꼬이러 가는 어린 강아지 새끼가 여기 있다!"

물론 이 다음엔 이미 모든 게 끝나는 거다! 부처는 지구 표면에서 사라져 버린다. 나는 체포될 것이고, 재판을 받을 것이고, 직장에서 쫓겨날 것이고, 감옥에 쳐 넣어졌다가 시베리아 유형에 처해질 것이다. 뭐, 별 거 아니다! 15년이 지나서 감옥에서 풀려나면 거지꼴을 하고 누더기를 걸친 채 터덜터덜 걸어서 그 놈 뒤를 쫓을 것이다. 결국 어딘가 현청 소재지 도시에서 그 놈을 찾게 되겠지. 그 놈은 결혼을 했고 행복할 것이다. 장성한 딸도 있을 테고 말이야…. 난 그에게 이렇게 말할 것이다. "자, 봐라, 이 악독한 놈아. 푹 꺼진 내 뺨과 이 누더기를 보란 말이야! 나는 모든 것을 잃었어. 성공도, 행복도, 예술도, 학문도, 사랑하는 여자도, 모든 것을 너 때문에 잃었단 말이야. 자, 여기 권총이 있다. 난 이 총을 쏘기 위해 왔지만… 널 용서하겠다." 이 장면에서 난 허공에 대고 총을 쏜다. 그 다음엔 나에 대해서 아무도 들은 바가 없게 된다….'

이 모든 것이 실비오에게서, 그리고 레르몬또프의 『가면무도회』에서 나온 것35)임을 완전히 정확하게 알고 있었음에도 불구

---

35) 실비오(Сильвио)는 뿌쉬낀의 1830년 작품 『고(故) 이반 뻬뜨로비치 벨낀의 이야기(Повести покойного Ивана Петровича Белкина)』속의 한 단편인 「그 한 발(Выстрел)」에 나오는 남자주인공의 이름이다. 자존심 강한 군인인 그는 어떤 일로 모 백작과 결투를 하게 되었으나 자신의 총구 앞에서 태연자약한 백작의 태도에 자존심의 상처를 입어 자기 차례의 한 발을 쏘지 않은 채 후일을 기약하고 사라진

하고 어쨌든 난 그 순간 울음이 터질 뻔했다. 나는 갑자기 끔찍이도 부끄러워져서 말을 멈추게 한 다음 썰매에서 내려 길 한가운데 눈 속에 발을 딛고 섰다. 마부는 망연자실했는지 한숨을 쉬면서 나를 바라보았다.

어떻게 해야 했던 것일까? 거기엔 가지 말았어야 했다. 그건 쓸데없는 짓이라는 게 그때 벌써 드러나고 있었으니까. 그렇다고 일을 그런 상태로 포기할 수도 없었다. 포기하면 그 결과는…. 맙소사! 이걸 어떻게 포기할 수가 있나? 게다가 그렇게 모욕을 당한 후에 말이다!

"안 돼!" 나는 다시 썰매에 몸을 실으며 외쳤다. "이건 예정된 일이다. 이건 운명이야! 몰아, 더 빨리 몰아, 거기로 가자고!"

나는 조바심을 내며 주먹으로 마부의 목덜미를 쳤다.

"아니, 왜 그래요, 왜 때리는 겁니까?" 이렇게 소리를 지르면서 노 존놈 마부는 한편으로는 여윈 말에 채찍질을 가했고 그러자 말은 뒷발을 힘껏 내딛기 시작했다.

축축한 눈이 솜 덩어리처럼 쏟아지고 있었다. 나는 떨어지는 눈에는 신경도 쓰지 않고 외투 단추를 다 풀어 재꼈다. 내가 다른 걸 모두 잊은 것은 따귀를 갈겨 주겠다는 마음을 최종적으로 굳혔

다. 훗날 그 백작이 결혼하여 행복한 가정을 이루게 된 상태에서 다시 나타난 실비오는 백작이 당황하는 모습에 자존심의 만족을 느끼고는 다른 곳에 그 한 발을 쏘고는 사라진다. 주인공–화자는 이 모티프를 자신과 즈베르꼬프의 상상 속 결투에 대입하여, 관대한 자로서의 자신의 모습에 스스로 만족감을 느껴보려 하고 있는 것이다. 레르몬또프(М.Ю. Лермонтов, 1814~1841)의 1835년 희곡 작품인 『가면무도회(Маскарад)』에서도 실비오와 비교적 유사한 역할이 무명씨(Неизвестный)라는 인물에 의해 행해진다.

기 때문이었으며, 또한 지금 당장 그렇게 될 것임을, 아무리 힘을 써도 그것을 멈출 수 없다는 것을, 공포감과 함께 느꼈기 때문이었다. 황량한 가로등들이 눈 내리는 암흑 속에서 장례식의 횃불처럼 음울하게 아른거리고 있었다. 나의 외투와 프록코트, 넥타이 안으로 들이닥친 눈이 거기서 녹아가고 있었다. 나는 옷을 여미지 않았다. 그러지 않더라도 이미 모든 걸 잃었기 때문이다!

마침내 우리는 도착했다. 나는 거의 비몽사몽간에 썰매에서 뛰어내린 뒤 계단을 뛰어올라가 손과 발로 문을 두드리기 시작했다. 특히 다리가, 무릎 부근의 힘이 빠져갔다. 어찌 된 건지 마치 내가 올 것을 알고 있었던 것처럼 문이 곧 활짝 열렸다(실제로 시모노프는 어쩌면 한 명이 더 올 수도 있다고 미리 알려주었다고 한다. 거기서는 그렇게 미리 알려줘야만 했는데, 그렇게 함으로써 경계에 만전을 기한다는 의미였다. 그곳은 당시의 '최신 유행품 상점들' 중 하나였는데, 지금은 이미 오래 전에 경찰에 의해 없어진 가게들이다. 낮에는 실제로 상점 영업을 했지만, 밤에는 알음알이로 추천을 받은 사람들만 손님으로서 들어갈 수 있는 곳이었다). 나는 빠른 걸음으로 어두운 상점을 지나 나도 알고 있는, 겨우 양초 하나만 타고 있는 홀로 들어섰다. 하지만 난 이내 어리둥절해서 걸음을 멈추었다. 아무도 없었던 것이다.

"온 사람들은 대체 어디 있나?" 내가 누군가에게 물었다.

하지만 그들은 물론 이미 흩어져서 각자….

내 앞에는 한 인물이 멍청한 미소를 지으며 서 있었다. 그녀는 그 집 여주인으로서 나와는 약간 안면이 있었다. 잠시 뒤 문이

열리더니 다른 인물이 들어왔다.

 나는 어떤 것에도 신경을 쓰지 않고 방안을 서성거렸는데, 뭔가 혼잣말을 한 것 같기도 하다. 그때 나는 마치 죽음 직전에 구조된 것 같은 느낌이었다. 나는 그 사실을 나의 전 존재로 기쁘게 느꼈다. 난 따귀를 때렸을 텐데. 반드시, 반드시 따귀를 때렸을 텐데! 하지만 지금은 그들이 없고… 모든 것이 사라졌고, 모든 것이 변했다! 주위를 둘러보았다. 아직까지도 머리가 충분히 잘 돌아가지가 않았다. 나는 안으로 들어온 아가씨를 기계적으로 바라보았다. 내 앞에는 신선하고 젊지만 다소 창백한 얼굴이 아른거렸는데, 곧고 짙은 눈썹에 진지하면서도 약간은 놀란 듯한 시선을 하고 있었다. 그 점이 곧 내 마음에 들었다. 만일 그녀가 미소를 지었다면 난 그녀를 혐오하게 되었을 것이다. 나는 마치 애를 쓰기라도 하는 것처럼 좀 더 집중해서 살펴보기 시작했다. 아직까지도 머리는 썩 잘 돌아가는 상태는 아니었지만 말이다.

 그 얼굴에는 뭔가 순박하고도 선량한 것이 깃들어 있었지만, 왠지 이상할 정도로 진지한 측면도 있었다. 나는 이 점이 이곳에서 그녀에게 장애가 되었을 것이며, 그래서 저 바보들 중 아무도 그녀를 주목하지 않았을 것이라고 확신했다. 사실 그녀는 키도 크고 튼튼하며 몸매도 좋았지만 미녀라고는 할 수 없었다. 옷은 상당히 소박하게 입고 있었다.

 뭔가 추잡한 것이 나를 깨물었고, 나는 곧장 그녀에게로 다가갔다….

 우연히 거울을 보게 되었다. 흥분에 달아오른 내 얼굴은 내 자신에게도 극도로 역겹게 느껴졌다. 머리털이 텁수룩한, 창백하고 사악하며 비열한 얼굴이었다. '상관없어. 나는 이런 게 기뻐.' 나는 생각했다. '저 여자에게 역겹게 보일 텐데 바로 그게 기쁘다는 거다. 나한테 이건 기분 좋은 일이야…'

6.

… 칸막이 뒤 어딘가에서 시계가 끽끽 소리를 내기 시작했다. 뭔가에 강하게 짓눌리는 듯한, 누군가에 의해 목이 졸리는 듯한 소리였다. 부자연스럽다 할 정도로 오랫동안 끽끽거린 다음에는 가늘고도 불쾌한 종소리가 왠지 의외일 정도로 빠른 속도로 연달아 울렸는데, 마치 누군가가 앞으로 툭 튀어나온 것만 같았다. 시계 종이 두 시를 쳤다. 잠을 자고 있던 게 아니라 그냥 반쯤 무의식인 상태로 누워 있던 거긴 했지만, 어쨌든 나는 눈을 떴다.

커다란 옷장 하나가 가로놓여져 있는 좁고 갑갑하며 천장이 낮은 방안에는 종이상자들과 헝겊조각들이며 온갖 못 쓰는 옷쪼가리들까지 흩어져 있었는데, 완전히 깜깜하다 싶을 정도로 어두웠다. 방구석의 탁자 위에서 빛나던 양초 조각도 이제는 가끔씩만 약한 불꽃을 튕기면서 거의 꺼져가고 있었다. 몇 분 뒤면 완벽한 어둠이 찾아올 것이 분명했다.

오래지 않아 제정신이 돌아왔다. 힘들이지 않고 단 번에 모든 장면들이 즉시 떠올랐다. 마치 그것들이 나에게 덤벼들려고 지키고 서 있었던 것처럼 떠올랐던 것이다. 더욱이 완전한 무의식 상태에서도 어쨌든 기억 속에는 절대 잊히지 않는 어떤 점(點)이 꾸준히 남아 있었는데, 그 주위를 잠에 취한 나의 몽상들이 느릿느릿 맴돌고 있었다. 하지만 이상한 일이었다. 이렇게 잠에서 깨고 보니 이 날 나에게 일어난 모든 일들이 아주 오래 전 일처럼 느껴졌다. 내가 이 모든 일들을 아주 오래 전에 이미 겪은 것처럼 느껴졌던 것이다.

머릿속에 가스가 차 있는 것 같았다. 뭔가가 내 머리 위를 맴돌며 나를 자극하고 흥분시키고 불안하게 만드는 것 같았다. 우울한 감정과 짜증이 끓어오르면서 출구를 찾고 있었다. 갑자기 내 곁에서 호기심에 가득 차 나를 뚫어져라 바라보고 있는 두 눈이 보였다. 나와는 전혀 관련 없는 사람의 눈인 듯, 그 시선은 차갑고도 무관심했으며, 동시에 우울했다. 이로 인해 마음이 무거워졌다.

우울한 생각이 나의 뇌 속에서 생겨나 어떤 추악한 감각을 일으키며 온몸으로 퍼져나갔는데, 그건 마치 곰팡내 나는 축축한 지하실로 들어갈 때의 기분과 비슷한 것이었다. 이 두 눈이 하필이면 지금 나를 뜯어볼 생각을 했다는 건 어쩐지 부자연스러운 일이었다. 지금까지 두 시간 동안 내가 이 존재와 한 마디도 나누지 않았을뿐더러 그럴 필요조차 전혀 없다고 생각했다는 사실 또한 떠올랐다. 좀 전까지는 이런 침묵조차도 왠지 마음에 들었다.

하지만 지금에 오니 갑자기 음탕이란 것이 마치 거미와 같이 얼마나 엉뚱하고도 역겨운 것인가에 대한 생각이 떠올랐다. 음탕이란 진전한 사랑의 결실이어야 할 행위를 사랑도 없이 거칠고도 뻔뻔스럽게 곧바로 시작하는 것이 아니겠는가. 우리는 그렇게 오랫동안 서로를 쳐다보았지만 그녀는 내가 쳐다봄에도 불구하고 눈을 내리깔지도, 눈 표정을 바꾸려 들지도 않았다. 그래서 결국 내가 으스스한 느낌이 들었다.

"이름이 뭐야?" 그 상황을 빨리 끝내려고 나는 단어들을 툭툭 끊어서 퉁명스럽게 물어보았다.

"리자예요." 그녀는 거의 속삭이듯이 대답했지만 어쩐지 상당히 건조한 말투였고 바로 눈을 돌려버렸다.

나는 잠시 입을 다물었다.

"오늘은 날씨가… 눈도 오고 … 영 짜증스럽군!" 나는 울적한 기분에 젖은 채 한 손을 머리 밑에 넣어 베고 천장을 쳐다보면서 거의 혼잣말처럼 이렇게 말했다.

그녀로부터 대답이 없었다. 이 모든 상황이 꼴사나웠다.

"여기 사람인가?" 잠시 후 나는 그녀 쪽으로 살짝 고개를 돌리며 거의 화를 내듯이 이렇게 물었다.

"아니요."

"그럼 어디서 왔는데?"

"리가요." 그녀가 마지못해하면서 대답했다.

"독일 사람인가?"

"러시아 사람이에요."

"여가 온 지는 오래 됐나?"

"어디요?"

"이 집에."

"2주 됐어요." 그녀는 점점 더 툭툭 끊어서 퉁명스럽게 말하고 있었다. 촛불이 완전히 꺼져 버려서 이젠 그녀의 얼굴조차 분간할 수 없었다.

"부모님은 계신가?"

"예… 아니요… 계세요."

"어디 계신데?"

"거기… 리가에요."

"뭐 하는 사람들인가?"

"뭐 그냥…."

"그냥이라니? 뭐 하는 사람들이고 신분은 어떻지?"

"장사 하세요."

"부모님과 항상 함께 살았었나?"

"네."

"나이는 어떻게 되지?"

"스무 살이에요."

"대체 뭘 하려고 부모 곁을 떠난 거지?"

"그냥…."

이 '그냥'이라는 단어는 '상관하지 마요, 역겨우니까'를 의미하는 것이었다. 우리는 입을 다물었다.

내가 왜 그곳을 떠나지 않고 있었는지 누가 알겠는가. 나 자신이 점점 더 역겨워지고 우울한 감정이 밀려왔다. 어제 발생했던 일들의 모습이 내 의지와는 상관없이 저절로 나의 기억 속을 혼란스럽게 스쳐 지나갔다. 갑자기 아침에 이런저런 걱정에 차서 종종걸음으로 직장에 출근하다가 거리에서 본 어떤 장면이 떠올랐다.

"오늘 누군가가 관을 내가다가 떨어뜨릴 뻔한 일이 있었어."

갑자기 내가 큰 소리로 말했다. 대화를 하고 싶은 마음은 전혀 없었지만 무심결에 그렇게 되어 버렸다.

"관이요?"

"그래, 센나야 광장에 있는 지하실에서 관을 내가던 중이었지."

"지하실에서요?"

"딱히 지하실이라기보다는 지하층이라고 하는 게 맞겠군…. 그러니까 뭐냐면, 건물 밑에 있는… 그렇고 그런 집 말이야…. 주변엔 온통 오물들이고… 껍질에다가 쓰레기들… 악취에… 구역질이 날 지경이었지."

침묵.

"장례 치르기에는 참 끔찍한 날씨군!" 계속 잠자코 있을 수 없어서 내가 입을 열었다.

"뭐가 끔찍하다는 거예요?"

"눈은 내리고 땅은 질척거리고…."(나는 하품을 했다)

그녀는 잠시 침묵하더니 갑자기 반응했다.

"아무 차이 없어요."

"아니야, 끔찍할 거야…(나는 다시 하품을 했다). 묘지 인부들은 눈이 와서 땅이 젖는다고 욕을 해댔을 거야. 땅 속엔 틀림없이 물도 고여 있었을 테고."

"왜 무덤 속에 물이 있어요?" 그녀가 일말의 호기심을 보이며 물어보았지만, 말투는 먼저보다 더 거칠고 무뚝뚝했다.

갑자기 뭔가가 내 마음을 자극하기 시작했다.

"왜라니? 그런 데는 바닥에 물이 있게 되어 있어, 6베르속36)은 될 거야. 여기 볼꼬보 공동묘지에는 파서 물이 안 나오는 무덤은 하나도 없어."

"왜요?"

"왜라니? 여기가 물이 많은 곳이라서 그렇지. 여기는 어디나 다 늪이 있잖아. 그러니 물속에다 시체를 묻는 거나 마찬가지인 거야. 나도 직접 봤어…. 그것도 여러 번을 말이야…."

(사실 한 번도 본 적이 없고 볼꼬보 공동묘지에는 가 본 적도 없다. 그렇다고 얘기하는 걸 들었을 뿐이다.)

"정말 넌 죽는다는 게 아무렇지도 않아?"

"아니, 내가 왜 죽어요?" 마치 자기 몸을 지키려는 듯 움츠러들며 그녀가 대답했다.

"너도 언젠가는 반드시 죽게 되어 있어. 아까 그 죽은 여자처럼 바로 그렇게 죽게 되는 거야. 그 여자도… 어떤 아가씨였는데… 결핵으로 죽었지."

"창녀는 병원에서 죽어야 하는 건데…."(이 여자가 이미 그 일에 대해 알고 있는 거라고 나는 생각했다. 그냥 '아가씨'가 아니라 분명히 '창녀'라고 했으니까)

---

36) 대략 27cm.

"그 여잔 자기 여주인한테 빚이 있었다더군." 논쟁에 의해 점점 더 자극을 받은 나머지 내가 이렇게 반박을 했다. "그래서 결핵을 앓고 있었음에도 거의 죽기 직전까지 일을 했다는 거야. 주위에 있던 마부들이 군인들과 얘기하다가 그렇게 말하더라고. 아마 전에 그녀를 알던 자들이겠지. 그들은 웃고 있더군. 그녀의 명복을 빌자며 술집에 갈 생각까지 하고 있더라고."(여기서도 나는 많이 거짓말을 섞었다)

침묵, 깊은 침묵이 찾아왔다. 그녀는 미동도 하지 않았다.

"그런데, 병원에서 죽으면, 뭐 좀 더 나은 건가?"

"마찬가지 아닌가요…? 아니 그리고, 내가 뭣 때문에 죽는다는 거예요?" 그녀가 짜증스럽다는 듯이 덧붙였다.

"지금은 아니라도, 그럼 나중엔?"

"뭐, 나중에도…."

"그렇게 말할 수 없을 걸! 지금이야 젊고 예쁘고 싱싱하니까 얼마든지 값을 받을 수 있겠지. 하지만 이런 식으로 1년만 지내도 딴 사람이 돼 있을 거야, 시들어 버린단 말이지."

"1년 만에요?"

"어쨌든 1년만 지나면 너의 가치는 떨어질 거야." 나는 심술궂은 쾌감을 느끼며 계속했다. "그렇게 되면 여기보다 못한 다른 어떤 집으로 옮겨가게 되겠지. 또 1년이 지나면 세 번째 집으로 가고, 이런 식으로 점점 더 못한 곳으로 가다가 7년쯤 지나면 센나야 광장의 지하실에까지 굴러들어가게 될 거야. 이 정도만 돼도 아직은 괜찮은 거지. 하지만 그러다가 무슨 병이라도 생기면,

뭐, 저기, 폐가 약해진다든가… 감기에 걸린다든가, 아니면 뭐 다른 거라도 걸리게 되면 큰일인 거지. 이런 생활을 하면 병이 잘 낫지 않게 되어 있어. 한 번 병이 나면 잘 떨어지지가 않는다는 말이지. 그러다 그냥 죽게 되는 거지."

"그럼 그냥 죽으면 되죠." 그녀는 완전히 악에 받쳐 대답한 뒤에 재빨리 몸을 한 번 살짝 움찔했다.

"하지만 불쌍하잖아."

"누가 불쌍하다는 거예요?"

"인생이 불쌍하다는 거야."

침묵.

"약혼자는 있었나? 응?"

"그런 건 왜 물어봐요?"

"아니, 널 심문하는 건 아니야. 내가 그럴 이유가 뭐가 있겠어. 근데 왜 화를 내는 거야? 물론 너한테도 나름의 불쾌한 기억들이 있을 수 있겠지. 하지만 그게 나랑 무슨 상관이겠어? 그냥 불쌍해서 그러는 거라고."

"누가요?"

"네가 불쌍하다는 거지."

"그럴 필요 없어요…." 그녀는 들릴 듯 말 듯 속삭이더니 또다시 몸을 움찔거렸다.

이 말을 듣는 순간 나는 바로 화가 났다. 어떻게 이럴 수가! 내가 그토록 상냥하게 대해줬는데 이 여자는….

"아니, 넌 무슨 생각을 하고 있는 거니? 지금 올바른 길을 가고 있다는 거니, 응?"

"아무 생각도 안 해요."

"생각하지 않는 거, 바로 그게 나쁜 거야. 아직 시간이 있을 때 정신을 차려. 아직은 분명히 시간이 있어. 너는 아직 젊고 예뻐. 사랑도 하고 결혼도 하고 행복해질 수도 있다고…."

"결혼한다고 다들 행복하지는 않아요." 그녀가 아까처럼 거칠고도 빠른 말투로 잘라 말했다.

"물론 다들 그런 건 아니지만, 어쨌든 여기보다는 훨씬 낫지. 비교할 수 없을 정도로 낫다고. 사랑이 있다면 딱히 행복하진 않다 해도 살아가는 게 가능해. 그리고 괴로움이 있더라도 삶은 좋은 거야. 어떤 식으로 살아가든, 여하튼 이 세상에서 산다는 건 좋은 거야. 하지만 여긴 오직… 악취뿐이잖아. 아이고!"

나는 혐오감을 느끼며 몸을 돌렸다. 나는 이미 냉정하게 이성적으로 말하고 있지 않았다. 무슨 말을 하고 있는지 나 스스로 느끼기 시작했고, 그러면서 동시에 흥분하고 있었던 것이다. 나는 내 지하 방구석에서 살아남은 나의 소중한 생각들을 피력하고 싶은 욕망에 이미 달아오르고 있었다. 갑자기 내 안에서 무언가가 불타올랐고, 어떤 목표가 출현했다.

"내가 여기 있다는 사실은 신경 쓰지 마. 어차피 난 너한테 모범이 될 수 있는 인간이 아니니까. 어쩌면 내가 너보다 더 나쁠 수도 있어. 술에 취해 여기까진 온 것이긴 하지만." 어쨌거나 나는 서둘러서 변명을 했다.

"게다가 남자는 절대로 여자의 모범이 될 수가 없어. 서로 별개의 문제거든. 나는 내 몸에 똥을 칠하든 오물을 묻히든 어쨌든 그 누구의 노예도 아니야. 어딘가 있다가도 그냥 떠나버리면 나란 놈이 없어졌다고 치면 그만인 거지. 툴툴 털어버리기만 하면 또다시 다른 사람이 된다고. 하지만 넌 맨 처음부터 노예였다는 사실을 알아야 해. 그래, 노예 말이야! 너는 모든 것을, 너의 모든 의지까지도 다 내주고 있잖아. 나중엔 이 사슬을 끊어버리고 싶겠지만, 아니, 그렇게는 안 될 거야. 사슬이 점점 더 강하게 너를 조여 올 테니까 말이야. 이건 정말 저주받을 사슬이거든. 그 점은 내가 알아. 네가 아마 이해를 못할 테니까 다른 얘기는 아예 하지 않을게. 하지만 이 말은 좀 해봐. 너 여주인에게 빚이 있는 거 맞지? 자, 거 보라고!"

그녀는 아무 대답 없이 몸 전체를 긴장하며 묵묵히 내 말을 듣고 있기만 했지만 나는 이렇게 덧붙였다.

"바로 그게 너의 사슬인 거야! 셈을 다 치르고 자유의 몸이 되는 건 절대 불가능해. 이 세계에서는 원래 그런 식으로 만들어 버리거든. 악마한테 영혼을 파는 거나 마찬가지가 되어 버리는 거지…."

"… 게다가 나도… 어쩌면 나도 너나 마찬가지로 불행한 인간이야. 네가 그걸 이해할지는 모르겠지만. 나 역시 우울한 감정에 빠지면 일부러 진흙탕 속으로 기어들어오곤 하거든. 사람들이 술 마시는 것도 괴로움 때문이잖니. 뭐, 내가 여기 이렇게 온 것도 괴로움 때문이야. 말해 봐, 여기 뭐가 좋은 게 있다고 그걸 보러 오겠니. 아까… 너와 난 … 관계를 가졌지만, 그러는 동안 줄곧

말 한 마디 주고받지 않았지. 그러고 나서 나중에야 넌 마치 야생의 여자처럼 나를 살펴보기 시작했지. 나도 너를 그렇게 살펴봤고. 아니, 정말로 사람이 이런 식으로 사랑하는 법도 있나? 사람과 사람이 이런 식으로 관계를 맺는 법도 있냐고? 이건 정말 꼴사나운 행동일 뿐이라고, 바로 그거야!"

"맞아요!" 그녀가 서둘러서 격하게 맞장구를 쳤다. 이 '맞아요'라는 말이 너무 서둘러 나왔기에 나는 놀라기까지 했다. 그러니까, 좀 전에 나를 살펴보면서 그녀의 머릿속에도 혹시 나와 같은 생각이 맴돌고 있었건 것일까? 다시 말해, 이제 그녀도 어떤 생각들은 굴릴 수 있는 능력이 되었다는 뜻인가…?

'젠장, 이거 흥미롭군. 얘도 나랑 비슷한 애인가 보군.'

이런 생각을 하며 나는 두 손바닥을 비비기까지 했다.

'아니, 이렇게 젊은 영혼 하나쯤 맘대로 다루지 못할 이유가 뭐가 있겠어…?'

이 놀이가 무엇보다도 더 나를 매혹했던 것이다.

그녀는 내 쪽으로 가깝게 고개를 돌렸고, 어둠 속에서 그녀가 한 손으로 턱을 괸 것 같은 느낌이 들었다. 아마 나를 살펴보고 있었던 것 같다. 그녀의 눈을 확실히 볼 수 없다는 것이 참 아쉬웠다. 그녀의 깊은 숨소리가 들려왔다.

"어쩌려고 이런 데 들어서게 된 거야?" 나는 이미 어떤 권력을 행사하는 것 같은 태도로 말을 시작했다.

"뭐, 그냥…."

"그래도 부모 집에 사는 게 참 좋은 건데! 따뜻하고 맘 편하고.

자기 둥지잖아."

"만일에 거기가 여기보다 더 나쁘다면요?"

'적절한 논조를 찾아야겠군.' 이런 생각이 내 머릿속에 반짝였다. '감상적으로만 나가면 건질 게 많지 않겠어.'

여하튼 이건 그냥 스쳐가는 생각이었을 뿐이다. 맹세컨대, 그녀는 정말로 나의 흥미를 자극했다. 게다가 나는 어쩐지 몸이 느슨해지고 마음은 분위기에 흔들리는 상태가 되어 있었다. 장난기라는 건 원래 감정 상태와 아주 쉽게 어울려서 영향 받지 않는가.

"누가 알겠어!" 나는 서둘러 대답했다. "세상엔 온갖 일이 다 생기는 법이니까. 하지만 내가 확신하는 건, 누군가 너를 모욕했을 것이고, 그 문제의 잘못은 너보다는 그들에게 있을 것이라는 점이야. 사실 나야 네가 살아온 이야기는 모르지만, 너 같은 아가씨가 좋아서 이런 데로 떨어졌을 리는 없겠지…."

"내가 어떤 아가씨 같은데요?" 그녀가 들릴락 말락 소곤거렸지만 나는 알아들었다.

'젠장, 내가 아부를 하고 있는 거군. 이건 추악한 짓이야. 아니, 어쩌면 이게 좋을 수도….' 그녀는 아무 말 없었다.

"들어봐, 리자. 내 자신에 대한 얘기를 해줄게! 내게 어렸을 적부터 가족이 있었다면 지금과 같은 인간이 되진 않았을 거야. 자주 이 생각을 하지. 가정에 아무리 좋지 못한 일들이 있다 해도 어쨌든 아버지와 어머니란 말이야, 적이나 남이 아니잖아. 1년에 한 번이라도 사랑을 보여줄 때가 있는 법이지. 그럼 어쨌든지 넌 자기 집에 있다는 걸 알게 되는 것이고. 그런데 난 가족도 없이 자랐어. 그것 때문에 이런… 무감각한 인간이 된 게 분명해."

나는 또다시 답을 기다렸다.

'무슨 소리인지 잘 이해가 안 되는 모양이군.' 나는 생각했다. '게다가 나도 참 웃기는군, 이런 식으로 교훈을 주려하다니.'

"만약 내가 아버지이고 내게 딸이 있다면 아마 아들 녀석들보다 딸을 더 사랑했을 것 같아. 정말이야." 나는 그녀의 생각을 딴 데로 돌리기 위해 전혀 다른 이야기를 하는 것처럼 에둘러서 말을 꺼냈다. 솔직히 말해서, 그러면서 난 얼굴이 빨개졌다.

"그건 왜죠?" 그녀가 물었다.

아, 그녀가 듣고 있었다는 뜻이다!

"그냥 그럴 것 같아. 이유는 모르겠어, 리자. 그런데 이런 경우가 있었어. 어떤 아버지를 알고 지냈는데, 그는 엄하고 무서운 사람이었지. 그런데 그가 딸 앞에서는 무릎을 꿇고 손발에 입을 맞춰댔고 딸을 아무리 바라보아도 싫증을 낼 줄 모르더란 거야. 정말이야. 딸이 파티에서 춤을 추고 있으면 다섯 시간이나 한 자리에 서서 딸에게서 눈을 떼지 않더라고. 딸한테 미쳐버린 거지. 나도 그 마음이 이해가 돼. 딸이 밤에 지쳐 잠이 들면, 자신은 깨어나서 딸에게 키스해주고 성호를 그어주러 가는 거야. 자신은 기름때가 묻은 프록코트 나부랭이를 입고 다니면서 누구한테나 구두쇠 노릇을 하지만, 딸한테는 마지막 한 푼까지 털어서라도 뭔가를 사주고 값비싼 선물도 선사하는 거지. 그 선물이 딸 마음에 들기라도 하면 그게 그에겐 최고의 기쁨인 거야. 어머니보다는 아버지가 딸들을 더 사랑하는 법이지. 집에 사는 게 참 즐거운 처녀들도 있을 거야! 나라면 딸을 결혼시키지도 않을 것 같아."

"아니, 어떻게 그래요?"

"질투를 하게 될 것이기 때문이지. 정말 그럴 것 같아. 아니, 내 딸이 어떻게 다른 놈한테 입을 맞출 수가 있지? 나도 모르는 놈을 나보다 더 사랑하다고? 상상만 해도 괴로운 일이지. 물론 이건 다 헛소리야. 결국에 가서는 다들 이성을 되찾게 되니까 말이야. 하지만 나라면 아마 시집보내기 전에 한 가지 걱정 때문에라도 힘들어 죽을 것 같은 상태가 될 것 같아. 신랑감들을 놓고 어떤 놈에게 어떤 흠이 있는지 죄다 가려내야 할 게 아니겠냐고. 하지만 결국엔 그 애 자신이 사랑하는 녀석한테 시집보내는 것으로 끝맺게 되겠지. 그런데 딸이 사랑하는 사람이 아버지 눈엔 늘 제일 못난 놈으로 보이는 법이야. 항상 그렇다니까. 이 문제 때문에 가정에 불행한 일들이 일어나는 경우가 꽤 많아."

"어떤 사람들은 딸을 명예롭게 시집보내지 않고 오히려 기꺼이 팔아먹기도 해요."

아! 바로 이거였군!

"리자, 그런 건 하나님도 없고 사랑도 없는 저주스러운 가정에서 일어나는 일이야." 내가 열을 올리며 말을 받았다. "사랑이 없는 곳엔 이성적 판단도 없는 법이니까. 실제로 그런 가정도 있기는 해. 하지만 난 지금 그런 가정에 대해 얘기하는 건 아니야. 그런데 그렇게 말하는 걸 보니 너도 가정에서 좋은 모습은 보지 못한 모양이구나. 그렇다면 너도 진짜로 불행한 어떤 여자들 중의 하나인 거야. 음…. 그런 일은 모두 대부분 가난 때문에 생기지."

"그럼 높으신 분들 댁은 나은가요, 그래요? 정직한 사람들은 가난 속에서도 행복하게 산단 말이에요."

"음… 그렇지. 그럴 수도 있어. 하지만 그 경우엔 또 이런 문제가 있어. 인간은 자신의 슬픔을 세는 것만 좋아하고 자신의 행복을 세는 것은 안 해. 만일 올바르게 세기만 한다면, 둘 중 어떤 운명이 될지에 대한 가능성은 각각 충분히 쌓여져 있다는 것을 알게 될 텐데 말이야. 가정에서 모든 일이 다 잘 풀리고, 신의 은총이 내리고, 남편은 너를 사랑하고 예뻐해주고 네 곁을 떠나지 않는 훌륭한 사람이라면 어떨까! 그런 가정에서 사는 건 좋은 일이지! 간혹 슬픈 일이 절반쯤 생기는 가운데 살더라도 그래도 좋은 거지. 아니, 슬픈 일이 없는 곳도 있을까? 결혼을 하면 아마 너 자신이 알게 될 거야. 네가 사랑하는 사람과 결혼한 후 처음 얼마간 시기만이라도 예로 들어보자. 가끔씩 행복이란 녀석이, 그야말로 커다란 행복이란 녀석이 찾아오겠지! 매일 매일 계속해서 찾아올 수도 있어. 처음 얼마간은 남편과의 말다툼도 평화롭게 끝나. 남편을 더 많이 사랑하게 될수록 남편과의 말다툼 역시 더 많이 벌이는 여자도 있어. 맞아, 내가 아는 한 여자도 그랬어. '당신을 너무나 사랑해. 그래서 사랑 때문에 당신을 괴롭히는 거니까 당신도 그 점을 느껴야만 해.' 이런 식이었지. 이해가 되니? 사랑 때문에 사람을 일부러 괴롭힐 수도 있단 말이야. 여자들이 훨씬 더 심한 편이지. 그러면서도 속으론 이렇게 생각하는 거야. '대신에 나중에 무척 사랑하고 귀여워해줄 테니 지금 좀 괴롭히는 건 죄가 아니야.' 집안사람들도 다들 너희들의 그런 모습을 보고 기뻐할 테니, 어쨌든 훌륭하고 명랑하고 평화롭고 정직한 분위기가 되는 거지….

 질투심이 강한 사람들도 있긴 하지. 나도 그런 사람을 하나 알고 있었는데, 그녀는 남편이 어디 좀 나가면 그만 참지 못하고 한밤중에라도 뛰쳐나가서는 몰래 살펴보러 돌아다니는 거야. 혹시 저기 있는 건 아닐까, 혹시 저 집에 있는 건 아닐까, 혹시 그 여자와 같이 있는 건 아닐까, 이렇게 생각하면서 말이지. 이쯤 되면 참 나쁜 거긴 해. 그 여자 본인도 이게 나쁜 일이라는 걸 알아. 심장은 멎을 것 같고 자신을 질책하는 마음도 생겨. 하지만 여전히 사랑하지. 모든 게 다 사랑 때문이야. 말다툼 후에 화해를 하고 남편한테 자기 잘못을 인정하든가, 아니면 남편을 용서해주든가 하는 건 얼마나 좋은 일일까! 그러면 양쪽 모두 갑자기 얼마나 좋은 기분이 될까. 마치 새롭게 만난 것 같은, 새롭게 결혼식을 올린 것 같은, 새로운 사랑이 그들 사이에 시작된 것 같은, 그런 기분이 되는 거야.

 그리고 남편과 아내가 사랑한다면 그들 사이에 일어나는 일은 아무도, 그 누구도 알아선 안 돼. 그들 사이에 그 어떤 다툼이 생기더라도 각자의 어머니를 재판관으로 불러서 서로 상대방에 대한 얘기를 늘어놓으면 안 돼. 그들 자신이 재판관이 되어야 한다는 말이지. 사랑이란 성스러운 비밀이니까, 그것과 관련해 무슨 일이 생기더라도, 남들의 눈에 띄지 않도록 감춰져야만 해. 이래야지만 사랑은 더 성스러워지고 더 훌륭해진다는 말이지. 또한 이렇게 해야 남편과 아내는 더욱 서로를 존경하게 되는데, 이 존경심이야말로 많은 것의 근본이라고 할 수 있어.

일단 사랑이 있었다면, 사랑해서 결혼한 것이라면, 어째서 사랑이 사라져야 하겠어! 그 사랑을 유지하는 것이 정말 불가능할까? 유지 불가능한 경우가 오히려 드물어. 남편으로서 선량하고 정직한 남자를 만날 수 있게 된다면, 어떻게 사랑이 사라져 버리겠어? 사실 신혼 시절의 사랑이야 사라지기 마련이지만, 그 후엔 더 좋은 사랑이 찾아올 거야. 그때는 서로의 영혼이 합치해서 모든 일들을 함께 결정하게 될 테니, 서로 간의 비밀이란 없어지게 되는 거지.

그리고 자식이 생기게 되면 모든 것이, 가장 힘든 시간들까지 포함한 모든 것이 행복으로 느껴질 거야. 사랑과 용기만 있으면 그렇게 될 수 있어. 그렇게 되면 하는 일도 즐거워질 것이고, 그렇게 되면 간혹 자식들을 위해 자기가 먹을 빵을 안 먹고 남겨둬도, 그것 역시 즐거운 일이 되는 거야. 그렇게 한 보답으로 훗날 자식들이 너를 사랑해줄 테니까, 결국 자기 자신을 위해 저축을 한 셈이 되는 거지. 자식들이 자라나는 동안 너는 네가 그들의 본보기이자 기둥이라고 느끼게 돼. 또한 네가 죽더라도 자식들은 너로부터 물려받은 너의 감정과 생각을 평생 동안 간직할 것이며, 너의 형상과 모양을[37] 띠고 있을 것이라는 느낌도 받게 될 거야.

---

[37] 이 부분에서 자식의 의미에 대한 웅변에 열중한 주인공은, 인간의 창조와 관련된 성경 창세기 1장 26절의 일부 단어들과 문장 스타일을 사용하면서 말하고 있다. "하나님이 가라사대 우리의 형상을 따라 우리의 모양대로 사람을 만들고…(И сказал Бог: сотворим человека по образу Нашему по подобию Нашему…)."(창세기 1장 26절)

이렇게 봤을 때, 이건 위대한 의무야. 그러니 아버지와 어머니가 더 긴밀하게 합치되지 않을 수가 있겠어? 자식을 가지는 건 힘든 일이라는 말도 있지? 누가 그런 말을 하는 걸까? 이건 하늘이 준 행복이야. 리자, 넌 꼬마아이들을 좋아하니? 난 엄청나게 좋아해. 이런 걸 생각해 봐. 장밋빛 아기가 너의 젖을 빨고 있는데, 이렇게 아내가 자기 아이와 함께 있는 모습을 보면서 아내한테 마음이 끌리지 않을 남편이 누가 있을까? 토실토실 살이 오른 장밋빛의 아기가 팔다리를 쭉 펴며 응석을 부리고, 통통하고 앙증맞은 손과 발이며 깨끗한 손발톱은 너무 작아서 보기만 해도 웃음이 나오고, 두 눈은 벌써 모든 것을 이해하는 듯하지. 젖을 빨 땐 그 작은 손으로 너의 젖을 만지작거리며 장난을 치지. 아빠가 다가오면 젖에서 떨어져 나와 온몸을 뒤로 젖힌 다음 아빠를 바라보며 무엇이 그리도 재미있는지 까르르 웃기 시작하겠지. 그러고는 또 다시 젖을 빨기 시작할 거야. 그런가 하면 앞니가 돋아 나올 때가 되면 갑자기 엄마의 젖을 깨물고는 자기 자신은 "보세요, 내가 깨물었다고요!"라고 말하려는 듯 작은 두 눈으로 엄마를 곁눈질하지. 남편과 아내, 아기, 이렇게 셋이 함께 있으면 그것만으로도 모든 게 다 행복이지 않을까! 이런 순간들을 위해서라면 많은 것을 용서할 수 있을 거야. 뭐가 잘못된 건지 알겠지, 리자? 우선 자기 자신부터 세상살이를 배우고 난 다음에야 비로소 다른 이들을 비난할 수 있는 거야!"

'이런 장면들, 바로 이런 장면들로 너를 잡아야 해!' 진짜로 내 감정을 담아 이야기를 해주었지만 속으론 이런 생각이 들었고,

그래서 내 얼굴이 갑자기 빨개졌다. '그런데 이 여자가 갑자기 깔깔 웃어대면, 그땐 난 어디로 기어들어가야 하나?' 이런 생각이 날 격앙시켰다. 얘기가 끝날 때쯤 실제로 나는 많이 흥분했었고, 그래서 이제는 왠지 자존심에 상처를 입은 느낌까지 들었다. 침묵이 지속되었다. 그녀를 툭툭 쳐보고 싶은 마음까지 들었다.

"당신은 왠지…." 그녀가 갑자기 말문을 열었다가 그냥 멈춰버렸다.

하지만 나는 이미 모든 것을 이해했다. 그녀의 목소리에는 이미 뭔가 다른 떨림이 담겨 있었는데, 그것은 아까처럼 날카롭고도 거칠며 반항적인 것이 아니라 무언가 부드럽고도 수줍은 것, 나 자신마저도 그녀 앞에서 갑자기 부끄럽고 죄스럽게 느끼게 할 만큼 수줍은 것이었다.

"내가 뭐?" 부드럽게 호기심을 보이며 내가 물었다.

"당신은 말이죠…."

"어떻다는 거야?"

"당신은 왠지… 책에 씌어 있는 대로 말하는 것 같아요." 이렇게 말한 그녀의 음성에서는 뭔가 비웃는 기색이 또다시 묻어나오는 것 같았다.

그녀의 지적에 나는 뭔가에 쿡 찔리는 듯한 아픔을 느꼈다. 이런 걸 예상한 건 아니었는데.

그때 나는 그녀가 일부러 비웃음이란 가면을 썼음을 알지 못했다. 또한 그것은 수줍음 많고 마음이 순결한 사람들이 흔히 쓰는 최후의 책략이라는 점도 몰랐다. 이런 사람들은 타인이 거칠고

집요하게 자기 영혼을 파고들려 해도 자존심 때문에 최후의 순간까지 굴복하지 않으며, 타인 앞에서 자신의 감정을 드러내보이는 것도 꺼려한다. 나는 이런 점을 추측해낼 수 있어야 했다. 냉소적인 말을 할지 몇 차례나 주저하다가 끝에 가서야 겨우 그것을 입 밖에 낼 결심을 할 정도로 수줍어하는 그녀의 모습을 보았으니, 당연히 추측해낼 수 있어야 했다. 하지만 나는 추측을 해내지 못했기에, 이제 사악한 감정이 나를 사로잡았다.

'잠시만 기다려라!' 나는 이렇게 생각했다.

7.

"에이, 리자, 됐어. 아무리 남 일이라도 나 역시 듣기가 역겨웠는데, 책에 쓰여 있는 대로 너한테 말한다는 게 있을 수 있겠니? 그리고 사실 남의 일이라고 할 수도 없어. 내가 한 모든 말은 지금 내 자신의 영혼 속에서 깨어난 것이기도 하니까 말이야…. 넌 정말로, 정말로 이런 데 있는 게 역겹지 않니? 아니, 습관이란 참 많은 것을 의미하는 모양이군! 습관이 사람을 어떻게 만들어 버릴지 누가 알 수 있을까? 넌 설마 정말로 네가 절대 늙지 않고 영원히 예쁠 것이며 이곳 사람들이 언제까지나 영원토록 너를 여기에 있도록 놔둘 것이라고 생각하니? 그렇다고 여기가 추악하지 않다고 말하는 건 아니야….

여하튼 너한테 이거 하나는 말을 해줘야겠다. 여기서의 너의 삶에 대해서 말이야. 지금이야 너도 젊고 곱고 활력이 있고 영혼과 감정도 잘 갖추고 있지. 저, 그런데 말이야, 아까 정신이 들자마자 난 이런 데서 너랑 같이 있다는 것이 역겨워졌어! 사실 술에 취해야지만 이런 데 올 수 있는 거잖아. 만일 네가 다른 데서 여느 착한 사람들처럼 살고 있었다면 난 아마 너의 뒤꽁무니를 쫓아다니는 것 정도가 아니라 너한테 그냥 반했을 것이고, 말은 나누지 못하더라도 그냥 나를 한 번 쳐다봐주는 것만으로도 기뻐했겠지. 대문 옆에서 네가 나오길 몰래 기다렸다가 네 앞에 무릎이라도 꿇었을 거야. 너를 내 약혼녀인 것처럼 바라보았을 테고, 또 그걸 영광으로 생각했을 거야. 너에 대해 뭔가 불순한 생각을 품는다는 건 엄두도 못 냈을 거야.

하지만 여기서는, 나도 이미 알고 있듯이, 내가 휘파람만 불어도 넌 싫든 좋든 나를 따라와야 하는 것이고, 상대방의 의사를 물어야 하는 건 항상 내가 아니라 너일 뿐이지. 막일꾼으로 고용되어 일하는 아무리 별 볼일 없는 사내라도 자기 자신을 완전히 노예로 내다 파는 건 아니야. 또한 그 노동에는 일정한 기한이 있다는 것도 알고 있지. 하지만 너한텐 무슨 기한이 있니? 생각 좀 해보라고, 넌 대체 여기서 뭘 내주고 있는 거니? 넌 무엇을 노예가 되도록 만들고 있지? 바로 너의 영혼이야! 네가 네 마음대로 할 수도 없고, 너 스스로 자신의 육체와 함께 노예로 만들어 버리고 있는 너의 영혼 말이야! 너는 자신의 사랑이 모독을 받도록 온갖 술꾼들에게 내어주고 있단 말이야! 사랑을 말이야! 이것, 이 사랑이란 것이야말로 모든 것이자 다이아몬드이자 처녀의 보물인 데도 말이야! 이 사랑이란 것을 얻기 위해 어떤 이는 영혼을 내려놓을, 죽음을 불사할 준비가 되어 있지. 그런데 너의 사랑은 지금 얼마만큼의 가치가 있지? 너는 전부 내다팔린 여자야, 전부 통째로 말이야. 결국 사랑 없이도 모든 게 가능하게 되었으니, 네가 사랑을 얻으려 애써야 할 이유가 뭐가 있겠어? 사실 처녀에게 이보다 더 심한 모욕은 없겠지, 알아듣겠니?

내가 들은 얘기론, 여기선 너희 같은 바보들한테도 위안거리를 제공하는데, 애인을 가질 수 있게 해준다더군. 그런데 사실 그건 장난질이고 기만이며 너희를 조롱하는 짓일 뿐인데, 너희들은 그걸 믿는다는 거야. 그가 정말로 너를 사랑한다고 보는 거야, 뭐야, 그 애인이라는 자 말이야? 난 믿지 않아. 너는 언제라도 당장 불려나갈 몸인데 그걸 알면서도 어떻게 그가 너를 사랑할 수 있을까? 그런데도 널 사랑한다고 말한다면 그 놈은 양아치 새끼일 거야! 그가 너를 눈곱만큼이라도 존경할까? 너와 그 사이에 공통점이 뭐가 있지? 그는 너를 갖고 놀면서 너를 홀랑 베껴 먹을 뿐이라고— 그게 그의 사랑의 전부야! 손찌검을 하지 않으면 그것만으로도 다행이야. 하지만 어쩌면 때릴지도 모르지. 만일 네게 이런 자가 하나 생긴다면, 너와 결혼할 건지 그에게 한 번 물어봐. 네게 침을 뱉거나 두들겨 패든지 할 걸. 그렇진 않더라도 널 똑바로 보면서 깔깔 비웃을 거야. 정작 자기 자신은 구부러진 구리 동전 두 개 값어치밖에 안 되는 놈이 말이야.

그럼, 사람들이 궁금해 할 게, 대체 뭘 위해 넌 여기서 자신의 인생을 망쳐 버린 거지? 커피를 마시게 해주고 배불리 먹여주기 때문에? 저들이 너를 먹여주는 이유를 정말 모르니? 다른 정직한 여자라면 저들이 먹여주는 목적을 알기에 빵 조각이 목구멍으로 넘어가지 않을 거야. 너는 여기에 빚이 있을 테고, 그 빚은 계속해서 남아서 끝까지, 손님들이 널 보고 질색을 할 바로 그때까지 계속 갈 거야. 그 끝이란 것도 머지않아 올 테니까, 젊음에 기대를 거는 짓은 하지 마. 사실 여기서 이 모든 것은 순식간에 지나가게 되어 있어. 그때가 되면 너는 쫓겨나게 되겠지. 하지만 그냥 쫓겨나지도 못할 거야. 그러기 오래 전부터 일단 너한테 트집을 잡고 꾸중하고 욕설을 해대기 시작할 거야. 여주인한테 건강을 바치고 젊음과 영혼을 그녀를 위해 부질없이 파멸시킨 건 너인데, 그게 아니라 마치 오히려 네 쪽에서 그녀를 파산시켜 거지꼴로 만들고 다 베껴 먹은 것처럼 말할 거란 말이지. 누군가 도와줄 거란 생각은 하지도 마. 이곳에 있는 너의 친구들 역시 모두들 노예 상태에서 양심이나 동정 같은 건 오래 전에 잃었기 때문에, 여주인의 비위를 맞추려고 너를 물어뜯어대기만 할 거야. 그들은 극히 추잡한 존재가 되었기에 그들의 입에서 나오는 욕설보다 더 천박하고 비열하고 모욕적인 것은 이 세상에 없을 거야.

  그런데도 넌 여기다 아무 기약 없이 건강과 젊음과 아름다움과 희망까지 바칠 테니, 스물두 살만 돼도 서른다섯 살 먹은 것처럼 보일 거야. 그러니 그때 가서 다행히 병에라도 걸리지 않는다면 하나님께 감사해야 할 일이겠지. 십중팔구 너는 지금 딱히 할 일도 없이 흥청망청 놀고먹고 있다는 기분이겠지. 아니야, 세상에 이보다 더 고역이고 징역살이 같은 일은 없고 예전에도 없었어.

그때가 되면 눈물 때문에 심장이 다 녹아 없어지는 느낌이 들 거야. 여기서 쫓겨날 땐 한 마디는커녕 반 마디도 할 용기도 못 내고 마치 죄지은 여자처럼 떠나겠지. 다른 곳으로 옮겨갔다가 그 다음엔 또 다른 데로 그 다음엔 또 어딘가로, 그러다가 결국은 센나야 광장 지하에까지 가게 되겠지.

거기 가면 별일도 아닌 것 가지고 일단 두들겨 맞기 시작할 거야. 거기선 따뜻한 마음을 그렇게 표현하거든. 거길 찾아오는 손님들 역시 일단 두들겨 패지 않고선 애무도 할 줄 몰라. 거기가 그토록 혐오스럽다는 게 믿기지가 않지? 언제 한 번 가서 보면, 아마 네 눈으로 직접 보게 될 거야. 나도 언젠가 새해 첫 날 거기서 문 옆에 있던 한 여자를 본 적이 있어. 그 여자가 너무 울부짖으니까 동료들이 밖에서 좀 떨어보라고 조롱 삼아 쫓아내고는 문을 잠가 버린 거지. 아침 아홉 시였는데 이미 꼭뒤까지 취했고 머리는 헝클어지고 옷은 반쯤 벗은 상태였는데, 온몸에 마구 맞은 자국이 있더군. 얼굴은 흰 분칠을 했지만 눈 주위에는 검은 멍 자국이 있었고, 코와 이 사이로부터 피가 흘러나오고 있더라고. 어떤 마부 녀석이 방금 손을 좀 본 거지. 그녀는 검은 돌계단에 앉아 있었는데 손에는 무슨 소금에 절인 생선 같은 게 들려 있더군. 그녀는 울부짖으면서 한편으로는 자신의 불행한 팔자에 대해 넋두리를 하고 있었는데, 그러면서 돌계단을 생선으로 내리치더라고. 층계참 옆에는 마부들과 술 취한 군인들이 모여들어 그녀를 놀려주고 있었어. 너도 똑같은 꼴이 될 거라는 게 믿기지 않지? 내가 너라도 믿고 싶지는 않을 거야. 하지만 어찌 알겠니.

어쩌면 바로 이 여자, 생선을 손에 든 이 여자도 십 년이나 팔 년 전쯤에는 날개달린 천사처럼 신선하고도 순결하며 깨끗한 몸이었는데, 어딘가에서 그곳으로 굴러들어왔을지 몰라. 악한 것이라곤 알지도 못하고 어떤 말만 들어도 얼굴을 붉히는 사람이었을지도 모르지. 어쩌면 너처럼 그녀도 다른 사람들과는 달리 자존심이 강하고 작은 모욕에도 민감한 성격이었을지도 몰라. 외모도 공주처럼 보여서 자기를 사랑해주고 자기한테 사랑받을 남자에게는 완벽한 행복이 기다리고 있을 것이라 생각했을지도 몰라.

그런데 어떻게 끝났지? 술에 취해 머리를 헝클인 채로 저 생선으로 더러운 계단을 내리치던 순간, 바로 그 순간에, 부모 집에 살던 모든 지난날의 순결했던 기억, 아직 학창 시절 옆집 아들이 길에서 몰래 그녀를 기다리고 있다가 한평생 그녀를 사랑할 거라고, 자신의 운명을 그녀에게 바칠 거라고 굳게 다짐했던 기억, 어른이 되기만 하면 영원히 서로 사랑하고 결혼하자고 함께 맹세하던 기억이 떠오른다면, 그건 어찌해야 할까? 아니야, 리자, 아까 그 여자처럼 저기 어딘가 구석진 곳, 지하실에서 폐결핵에 걸려 빨리 죽을 수 있다면 그게 너에겐 더 행복일 거야. 병원에 가면 된다고 말하고 싶은 거니? 데려다준다면 다행이지만, 그 상황에서도 여주인이 여전히 너를 필요로 한다면? 폐결핵은 그런 병이야. 열병과는 다르다고. 폐결핵에 걸려도 사람은 최후의 순간까지 희망을 가진 상태에서 자신은 건강하다고 말해. 자기 자신을 위로하는 거지. 그런데 이런 모습이 여주인에게는 이익이 된다는 거야. 괴로워할 건 없어, 세상 일이 원래 이렇거든. 그러니까 무슨 말이냐면, '이 애가 내게 영혼을 팔았고 빚도 졌으니 이 상황에 대해 불평할 생각은 하지도 못하겠지'라고 여주인이 생각을 할 거란 뜻이야.

그리고 죽을 때가 되면 모두가 너를 팽개치고 등을 돌릴 거야. 그때쯤 되면 너한테서 얻어낼 수 있는 게 뭐가 있겠니? 그뿐만이 아니야. 빨리 죽지는 않고 쓸데없이 자리만 차지하고 있다고 구박을 해대겠지. 물이라도 좀 가져다 달라고 부탁하면, "이 더러운 것아, 넌 언제 뒈질 거냐? 네 앓는 소리 때문에 잠자는 데도 방해되고 손님들도 싫어하잖아!"라는 욕설을 들어야만 겨우 한 잔 얻어 마실 수 있을 거야. 이건 사실이고, 나 자신도 이런 얘기를 슬쩍 들어본 적이 있어. 저들은 뒈져가고 있는 너를 지하실 안에서도 가장 악취가 나는 어둡고 축축한 골방에 처넣을 거야. 거기 혼자 누워서 너는 무슨 생각을 곰곰이 하게 될까?

네가 죽으면 낯선 손들이 급히 달려들어 투덜거리고 조바심을 내면서 너의 시체를 싸겠지. 어떻게 하면 너의 시체를 한시라도 빨리 어깨에서 휙 던져 버릴 수 있을까 하는 마음만 있을 뿐, 너를 애도하거나 너의 죽음에 한숨을 쉬는 자는 아무도 없을 거야. 허접한 관을 하나 사다가 오늘 내가 본 그 불쌍한 여자처럼 너의 시체를 내가겠지. 내간 후엔 추모를 한다는 구실로 술집으로 가겠지. 무덤 속은 진창에다 잡다한 쓰레기투성이고 축축한 눈까지 내리겠지만— 사실 너를 위해 격식까지 갖출 필요는 없지 않겠니? "바뉴하, 그 애를 내려놔. 이런, 이 년 팔자가 기구해서 여기 와서도 다리를 위로 하고 떨어지네, 그렇고 그런 년이. 밧줄을 좀 잡아당겨, 이 망할 놈아." "이대로도 괜찮은데." "뭐가 괜찮아? 봐, 옆으로 누워 있잖아. 얘도 사람이었는데, 안 그래? 뭐, 이제 괜찮군. 흙을 뿌려." 그러니까 너 때문에 오래 욕설 주고받는 것도 귀찮다는 거야. 서둘러서 축축한 푸른 색 진흙을 뿌리고는 다들 술집으로 가겠지….

너에 대한 지상에서의 기억은 이것으로 끝나는 거야. 다른 사람들 같으면 자식이나 아버지나 남편이 무덤을 찾아오겠지만, 너한테는 눈물 흘려주는 이도, 한숨 쉬어주는 이도, 명복을 빌어주는 이도 없을 것이고, 온 세상을 통틀어 너를 찾아오는 사람 역시 아무도, 정말 아무도 없을 거야. 너의 이름은 너란 사람이 전혀 존재하지 않았고 태어나지도 않았던 것처럼 이 세상에서 완전히 사라져 버리게 되는 거야!

무덤에서 망자들이 깨어나는 밤마다 네가 관 뚜껑을 두드리며 "선량한 이들이여, 내가 잠시라도 이 세상에 살 수 있도록 내보내줘요! 나는 살았지만 삶이란 걸 보지 못했어요. 나의 삶은 걸레쪽처럼 던져져서 센나야 광장의 선술집에서 술로 파멸해 버렸어요. 선량한 이들이여, 잠시라도 한 번만 더 이 세상에 살게 나를 내보내줘요…!"라고 외친다 해도, 네 주위엔 그저 진창과 늪뿐이야."

내 자신이 엄청난 비애감에 빠졌기에 목구멍에 경련이 일 것 같은 느낌마저 들었다. 그런데… 그 순간 난 갑자기 말을 멈추고 경악하며 몸을 일으킨 뒤, 두려움 속에 고개를 숙이고는 심장이 뛰는 가운데 귀를 기울이기 시작했다. 내가 당혹한 것에는 이유가 있었다.

아까부터 이미 나는 내가 그녀의 영혼 전체를 뒤집어 버렸고 가슴을 찢어놓았다는 예감이 들었다. 내가 이 점을 더욱 강하게 확신하게 되면 될수록 더 빨리, 그리고 가능한 더욱 강렬하게 목표를 성취할 수 있기를 바랐었다. 놀이, 이 놀이가 나를 매혹했던 것이다. 하긴 그게 꼭 놀이였다고만 할 수는 없지만….

내 말이 뻣뻣하고 꾸며낸 듯하고 심지어 책에 씌어 있는 스타일이었다는 것은 나도 알고 있었지만, 한 마디로 말해, '책에 씌어 있는 것처럼'이 아니고는 달리 어떻게 해낼 방법이 없었던 것이다. 하지만 이것 때문에 당혹한 것은 아니었다. 사실 나는 내 말이 이해가 될 것이라는 사실과, 그 과정에서 바로 이렇듯 책을 읽듯 말하는 것이 더욱 도움이 될 것이라는 사실을 알았으며 또한 예감했다. 하지만 막상 이렇게 효과를 거두자 나는 갑자기 겁이 났다. 그때까지 한 번도 그런 절망의 광경을 목격한 적이 없었기 때문이다! 그녀는 두 손으로 베개를 움켜쥐고 얼굴을 거기에 푹 파묻은 채 엎드려 있었다. 가슴이 찢어지는 듯 했으리라. 그녀의 젊은 육체가 경련이라도 일으킨 듯 온통 부들부들 떨리고 있었다. 가슴속에 억눌려 있던 흐느낌이 그녀를 옥죄이며 찢어놓다가 갑자기 통곡과 비명이 되어 밖으로 터져 나왔다. 그러자 그녀는 더욱 강하게 베개에 얼굴을 파묻었다. 여기에 있는 누구든, 단 하나의 살아 있는 영혼이라도, 그녀의 고통과 눈물에 대해 아는 것이 싫었던 것이다. 그녀는 베개를 씹고 있다가 자기 손을 피가 나도록 깨물었으며(나는 그것을 나중에 보았다), 한편으로는 헝클어진 머리채를 손가락으로 부여잡은 채 이를 악물고 숨을 죽여 가며 힘겹게 잠잠해져 갔다.

　나는 그녀에게 무슨 말을 해서 진정하라고 부탁할까 했으나, 내가 감히 그러지 못할 것이라는 느낌이 들자 갑자기 온몸에 거의 공포심이나 다름없는 오한이 혹 끼쳐 왔다. 그래서 난 어쨌든 속히 그곳을 나갈 채비를 하기 위해 손으로 더듬더듬 옷을 찾기 시작했다. 깜깜했기 때문에 아무리 애를 써도 그 일을 빨리 끝낼 수가 없었다. 갑자기 성냥갑과 쓰지 않은 새 양초가 온전히 꽂혀 있는 촛대가 만져졌다. 빛이 방을 밝히자마자 리자가 갑자기 벌떡 일어나 앉았다. 그녀는 왠지 일그러진 얼굴에 반쯤 미친 것 같은 미소를 지으며 거의 정신이 나간 듯한 시선으로 나를 바라보았다. 나는 그녀 곁에 앉아 그녀의 두 손을 잡았다. 그녀는 퍼뜩 제정신이 돌아와서 나에게 달려들었는데, 나를 껴안고 싶은 듯했으나 용기를 내지 못하고 내 앞에서 조용히 고개만 숙였다.

　"내 친구, 리자, 내가 공연한 말을…. 용서해줘." 나는 이렇게 말을 시작하려 했지만, 그녀가 내 두 손을 아주 꽉 움켜쥐는 바람에 내가 괜한 말을 하고 있다는 것을 깨닫고 스스로 말을 멈추었다.

　"자, 이게 내 주소야, 리자, 나한테 한 번 찾아와."

　"그럴 게요…." 여전히 고개를 들지 않은 채 그녀가 단호하게 속삭였다.

　"난 이만 갈게, 잘 있어…. 안녕."

　내가 일어나자 그녀도 일어났다. 그러더니 갑자기 온통 얼굴을 붉히며 몸을 부르르 떨더니 의자 위에 놓여 있던 숄을 집어 들어 어깨에 두르고는 턱까지 감쌌다. 그리고 나선 또다시 어떤 병적인 미소를 짓고 얼굴을 붉히더니 이상한 눈길로 나를 바라보았다. 나는 마음이 아팠다. 나는 얼른 떠나려, 사라져 버리려 서둘렀다. "잠깐만 기다려줘요." 그녀가 갑자기 말했다. 이미 현관의 문 바로 앞까지 온 상태였지만 그녀는 손으로 내 외투를 잡아 나를 멈추게 한 뒤 급하게 촛불을 세워놓고는 뛰어갔다. 뭔가가 생각났거나, 아니면 나한테 보여주려 가져오고 싶은 게 있는 모양이었다. 달려갈 때 그녀의 얼굴은 온통 빨개졌고 눈은 반짝였으며 입술에 미소가 떠올랐다. 대체 뭘까? 나는 어쩔 수 없이 기다렸다. 그녀는 1분 후에 되돌아왔는데, 마치 뭔가에 대해 용서를 구하는 듯한 시선이었다. 대체로 그것은 이미 아까와 같은 얼굴이 아니었고, 아까와 같이 음울하고 의심 많으며 집요한 시선도 아니었다. 이제 그녀의 시선은 뭔가를 간청하는 듯하면서도 부드러운, 그리고 그와 동시에 신뢰감을 담은 상냥하고도 수줍은 시선이었다. 자신이 매우 좋아하는 사람한테 뭔가를 부탁할 때 아이들이 보여주는 그런 시선 말이다. 그녀의 눈은 밝은 갈색에 아름다운 눈이었는데, 사랑과 음울한 증오를 모두 담아낼 수 있을 만큼 생기가 있었다.

그녀는 아무런 설명도 없이—마치 내가 어떤 고차원적인 존재라서 모든 것을 설명 없이도 틀림없이 알 수 있을 것이라는 듯이—내게 종잇조각 하나를 내밀었다. 그 순간 그녀의 얼굴은 온통 극히 순진한, 거의 어린 아이와 같은 승리감으로 확실하게 반짝였다. 나는 종잇조각을 펼쳐보았다. 그것은 어떤 의대생이나, 혹은 그런 부류의 학생이 그녀에게 보내 온 편지였는데, 꽤 과장되고 화려한 문체이긴 했지만 극히 정중하기도 한 사랑의 고백이었다. 지금은 그 표현들이 잘 떠오르진 않지만, 고양된 문체 사이로 꾸며낼 수 없는 진실한 감정이 들여다보였다는 것은 아주 잘 기억난다. 편지를 다 읽었을 때 나는 뜨겁고도 호기심 어린, 그리고 어린 아이처럼 조바심을 내는 그녀의 시선이 내게 쏟아지는 것을 보았다. 그녀는 눈을 내 얼굴에 고정한 채 내가 무슨 말을 해줄지 초조하게 기다렸다. 몇 마디를 하면서 그녀는 급히, 하지만 어쩐지 기쁨에 들떠 자랑스러운 듯, 어딘가 아주 선량하고 가정적인 사람들의 집에서 열린 저녁 무도회에 다녀왔다고 설명을 했다. 그들은 자기에 대해선 아직 아무것도, 전혀 아무것도 모르는데, 그건 자기가 여기 온 지 얼마 안 되었고, 그것도 그냥 그렇게 되었을 뿐이며… 여기 남을지 아직은 전혀 결심도 안 섰고 빚만 갚으면 꼭 여길 뜰 테니까… 등의 이유 때문이라고 했다.

'그러니까 거기에 이 대학생이 왔는데, 저녁 내내 함께 춤추고 이야기를 나누었다. 알고 보니 그는 아직 리가에 있었던 어린 시절부터 그녀와 아는 사이였고 함께 놀기도 했다. 아주 오래 전의 일이긴 하더라도 그는 그녀의 부모님까지 기억하는데, 하지만 '이 문제'에 대해서는 그는 아직 아무것도—아무것도—아무것도 모르고 의심하지도 않는다! 자, 그리고 무도회 다음 날(즉 사흘 전에) 그녀와 무도회에 같이 갔던 그녀의 친구를 통해 그가 이 편지를 보내왔고… 그리고… 뭐, 이게 전부다'라는 것이었다.

애기를 끝마쳤을 때 그녀는 반짝이던 눈을 왠지 수줍게 내리깔았다.

가엾은 그녀는 이 대학생의 편지를 보물처럼 간직하고 있었는데, 자기를 이토록 정직하고 진실하게 사랑해주는 사람, 자기와 이토록 정중하게 이야기를 나눠주는 사람이 있다는 점을 내가 알지 못하고 떠나는 것을 바라지 않았기에 이 유일한 보물을 가지러 뛰어갔다 온 것이었다. 분명히 이 편지는 아무런 결과도 맺지 못한 채 보석함 속에 남아 있는 운명이 되었을 것이다. 하지만 무슨 상관이 있겠는가. 나는 그녀가 이 편지를 한평생 보물로, 자존심과 자기정당화의 상징으로서 간직할 것이라고 확신한다. 자, 지금도 그녀는 이 편지를 떠올려서 내게 가져 왔다. 내 앞에서 순진하게 자랑도 하고 싶고, 내 눈에 비친 자신의 모습도 회복해 보고 싶고, 내가 본 후에 칭찬도 해주길 바라면서 말이다. 나는 아무 말 하지 않고 그녀의 손을 쥐어준 뒤 밖으로 나왔다. 어서 떠나고 싶은 마음이었다…. 진눈깨비가 여전히 펑펑 쏟아지고 있었지만 나는 십까지 내내 걸어갔다. 나는 기진맥진했고 짓눌려 있었고 의혹 속에 있었다. 하지만 그 의혹 너머로부터 이미 진실이 반짝이고 있었다. 추악한 진실이!

8.

하지만 내가 그 진실을 인정하는 데 동의한 것은 다소 시간이 흐른 뒤였다.

몇 시간 동안 깊게 푹 잔 뒤 아침에 깨어나 곧바로 어제 일

모두를 생각해보니, 어제 리자에게 보였던 감상적 태도와 어제의 그 모든 '공포와 연민'에 깜짝 놀라고 말았다. '여자들한테서나 나타나는 그런 신경성 발작을 일으키다니, 제기랄!' 나는 이렇게 체념을 해 버렸다. '그리고 뭐하려고 그녀에게 나의 주소를 찔러 넣어줬을까? 그런데 그녀가 정말 오면 어쩌지? 하긴 뭐 어때, 온다면 오라고 해, 아무 문제 없으니까…' 하지만 지금 가장 중요한 문제는 분명히 그게 아니었다. 즈베르꼬프와 시모노프의 눈앞에서 구겨진 나의 체면을 무슨 일이 있더라도 서둘러 회복해야 했다. 이게 중요한 일이었다. 그날 아침엔 너무 분주해서 리자에 대해선 완전히 잊어버렸다.

무엇보다 먼저 어제 시모노프에게서 빌린 돈을 속히 갚아야 했다. 나는 필사적인 수단을 쓰기로 결단을 내렸다. 안똔 안또노비치에게서 15루블을 통째로 꾸는 것이었다. 일부러라도 그렇게 된 듯 그는 이 날 아침 기분이 더할 나위 없이 좋았기 때문에 부탁을 하자마자 바로 돈을 내주었다. 나는 이게 너무 기뻐서 차용증을 쓰면서도 왠지 으스대는 표정을 지으며 '어제 친구들과 Hôtel de Paris에서 좀 마시면서 놀았죠. 어릴 적 친구라고도 할 수 있는 친구를 환송하는 자리였는데, 이 녀석은 응석받이로 자랐고 대단히 방탕하게 노는 놈입니다. 뭐, 당연히 좋은 집안 출신에 재산도 상당하고 경력도 화려하며, 재치도 있고 사랑스러운 성격이라 부인들과 염문도 뿌리고 다닙죠, 대략 이해가 되시죠. 여섯 병을 더 시켜서 다 마시지도 못했고, 그 다음엔…'라는 식으로 태연하게 얘기를 늘어놓았다. 그러고는 아무 문제없이 끝났다. 이 모든 말이 쉽고도 편안한 태도로, 그리고 빼기는 투까지 풍기며 흘러나왔다.

  집에 돌아온 뒤 나는 곧장 시모노프에게 편지를 썼다.

  이 편지의 진정으로 신사적이고 호의적이며 솔직한 어조에 대해 회상할 때면 지금까지도 감탄을 금할 수 없다. 능란하면서도 고상하게, 무엇보다도 쓸데없는 말은 전혀 하지 않고 모든 점에서 나 자신을 책망했다. '만일 내가 아직 변명을 할 수 있도록 허락된다면'이라고 시작하여, Hôtel de Paris에서 다섯 시부터 여섯 시까지 그들을 기다리며 그들이 오기 전에 한 잔을 마셨는데 술에 익숙하지 않았던 탓에 그만 첫 잔에 취해 버렸다고 변명을 했다. 사과는 주로 시모노프에게 했다. 시모노프에겐 나의 해명을 다른 모든 사람들에게, 특히 즈베르꼬프에게 전달해 달라고 부탁까지 했는데, '꿈에서 본 듯 희마하게 기억나지만', 그를 모욕한 것 같다고 썼다. 뿜소 모두를 찾아갔으며 하지만 머리도 아프고 무엇보다도 양심상 부끄럽다고도 덧붙였다.

  나는 거의 '태연함'(그렇지만 품위는 상당히 있었다)이라고까지 할 수 있는 이러한 '모종의 가벼운 태도'에 특히 만족했다. 다른 어떤 해명보다도 이런 식의 가벼운 태도를 편지 속에 갑자기 표현하는 것이 '어제의 그 모든 추잡한 일'에 대해 내가 상당히 독자적인 생각을 가지고 있다는 점을 그들에게 당장 납득시키는 데 더 효과적이었다. '나는 자네들이 생각하는 것처럼 현장에서 일격에 뭉개진 게 절대로 아니며, 오히려 자신을 존중하는 신사가 의당 그래야 하듯이, 나 역시 이 문제를 침착하게 바라보고 있다'는 것이 그 독자적인 생각의 골자였다. 젊을 때 있었던 일은 따지지 않는다는 말도 있지 않은가.

"이건 후작(侯爵) 정도는 돼야 나올 수 있는 말장난 기술 아닌가?" 나는 편지를 다시 읽어보면서 감탄했다. "이것도 다 내가 성숙하고 교양이 있는 인간이기 때문에 가능한 거야! 다른 사람들이 내 처지였다면 어떻게 빠져나가야 할지도 몰랐겠지만, 나는 이렇게 빠져나와 다시 재미를 보고 있으니, 이 모든 건 내가 '우리 시대의 교양 있고 성숙한 인간'이기 때문이지. 그리고 실제로 어제 일도 모두 술 때문에 발생한 일이야. 음… 아니야, 술 때문이 아니야. 다섯 시부터 여섯 시까지 그들을 기다리면서 보드카라곤 입에도 대지 않았어. 시모노프한테는 거짓말을 한 거야. 부끄러움도 모르고 거짓말을 했어. 하지만 지금도 양심에 찔리는 건 없는 걸…."

어쨌든 뭔 상관이야! 중요한 건 이 일을 털어버렸다는 것이다.

나는 6루블을 편지 속에 넣어 봉한 다음 아뽈론에게 그것을 시모노프 집에 가져다주라고 부탁했다. 편지 속에 돈이 들어 있음을 알자 아뽈론은 좀 더 공손한 태도를 취했고, 다녀오는 데도 동의했다. 저녁 무렵에 나는 산책을 나갔다. 아직도 머리가 아팠고 어제부터는 현기증도 났다. 하지만 저녁이 한층 다가와 황혼이 짙어질수록 내가 받은 인상들과 그 뒤를 이은 상념들도 점점 더 변하면서 서로 섞여 버렸다. 뭔가가 나의 내부, 마음과 양심의 깊은 곳에서 죽지 않고 있었고, 죽는 것도 거부했다. 대신 그것은 불타는 비애(悲哀)가 되어 나타났다. 나는 가장 사람이 붐비는 상가 지역인 메샨스까야 거리, 싸도바야 거리, 유수뽀프 공원 등을 어슬렁거렸다. 나는 황혼이 내릴 무렵 이 거리들을 거니는 걸 항상 좋아했는데, 그때쯤이면 낮 동안의 일을 끝낸 온갖 행인들, 상인들, 수공업자들이 무리를 지어 쏟아진 후, 악에 받쳤다고 할 만큼 근심스러운 얼굴 표정으로 각자의 집으로 흩어져 갔다. 바로 이렇듯 별 것도 아닌 걸 가지고 수선을 떠는 모습들, 뻔뻔스럽다 할 정도의 이 진부한 모습들이 내 마음에 들었던 것이다.

그런데 그 날은 길거리의 이런 혼잡이 더욱 나를 짜증나게 만들었다. 나는 내 마음을 전혀 다스릴 수가 없었고 실마리를 발견할 수도 없었다. 무엇인가가 영혼 속에서 통증과 함께 끊임없이 솟구쳐 올라왔는데, 가라앉을 기미가 보이지 않았다. 나는 기분을 완전히 망친 상태에서 집으로 돌아왔다. 내 영혼 속에 무슨 범죄라도 들어와 있는 것 같았다.

리자가 찾아올 것이라는 생각이 계속 나를 괴롭혔다. 내가 이상하게 느꼈던 것은, 전날의 그 모든 추억들 중에서 리자에 대한 추억만이 왠지 특별하게, 또 왠지 완전히 별개로 나를 괴롭히고 있다는 점이었다. 다른 건 모두 저녁때쯤엔 완전히 잊을 수 있었기에 그냥 한 손을 휙 젓는 것으로 끝을 봤고 시모노프에게 보낸 편지에도 여전히 매우 만족한 상태였다. 하지만 이 문제에 관해서는 무슨 이유에선지 딱히 만족스럽지가 않았다. 마치 내가 오직 리자 때문에 괴로워하고 있다는 느낌마저 들었다.

'그녀가 찾아오면 어쩌지?' 나는 끊임없이 생각했다. '뭐 어쩌겠어, 괜찮아. 올 테면 오라지. 음. 다만 한 가지 끔찍한 건, 그녀가 내가 사는 모습을 볼 수도 있다는 건데. 어제 난 그녀 앞에서 상당한… 영웅으로 보였을 텐데…. 그런데 지금은, 음! 그러고 보니 내가 이렇게 막 살게 된 것도 끔찍한 일이다. 집 안은 그야말로 가난한 티가 확 난다. 어제는 어떻게 저런 옷을 입고 식사 자리에 가려고 마음먹었던 것일까! 방수포를 깔아 놓은 저 소파는 스펀지가 삐져나와 있군! 이 실내복으론 몸뚱이가 제대로 가려지지도 않아! 누더기나 다름없다고…. 이 모든 걸 그녀가 보게 되겠지. 그녀는 아뽈론도 보게 될 것이다. 그 짐승 같은 놈은 틀림없이 그녀를 모욕할 것이고, 나한테 버릇없이 굴 건수를 마련하기 위해 괜히 그녀에게 트집을 잡을 것이다. 나는, 늘 그래 왔던 것처럼, 겁을 집어먹고 그녀 앞에서 종종걸음을 치기 시작할 것이고, 실내복 앞섬을 여미는가 하면, 미소를 지으며 거짓말을 늘어놓기 시작할 것이다. 우후, 이건 정말 추악한 짓이다! 그런데 가장 중요하게 추악한 짓은 이게 아니다! 뭔가 더 중요하고 더 혐오스럽고 더 야비한 게 또 있다! 그래, 더 야비한 것 말이야! 다시, 또 다시 저 수치스러운 거짓의 가면을 써야 하는 것 말이다…!'

여기까지 생각이 미치자 나는 갑자기 화가 치밀어 올랐다.

'왜 수치스럽다는 거지? 뭐가 수치스럽다는 거야? 어제 난 진심을 다해 말했어. 기억이 난다고, 내 내부에도 참된 감정이 있었단 말이야. 내가 바랐던 건 그녀의 내면에 고결한 감정을 불러일으키는 것이었어…. 그녀가 울었다면 그것으로 잘 된 거고, 그게 앞으로 좋은 작용을 하게 될 거야….'

하지만 어쨌든 난 도무지 진정이 되지 않았다.

2부 진눈깨비에 관하여　185

집에 돌아왔을 때는 이미 아홉 시가 넘었으므로 계산상 리자가 찾아올 리는 없는 시간이었다. 하지만 그 시간 이후로 저녁 내내 나의 눈앞에는 리자가 어른거렸는데, 중요한 건, 계속 똑같은 모습으로만 떠올랐다는 점이다. 어제 있었던 모든 일들 중에서 어떤 한순간이 유난히 뚜렷하게 머리에 그려졌다. 그것은 내가 성냥불로 방을 밝히자 수난자와 같은 시선을 담은 창백하고도 일그러진 그녀의 얼굴이 보였을 때였다. 그 순간 그녀의 미소는 얼마나 불쌍하고 얼마나 부자연스럽고 얼마나 일그러져 있었던가! 하지만 그때만 해도 난 아직 몰랐다. 내가 15년이 지난 후에도 리자를 바로 그 불쌍하고도 일그러지고 불필요한 미소를 띤 모습으로 떠올리게 될 것을 말이다.

하지만 다음 날 나는 이미 또다시 이 모든 것을 신경의 팽창에서 비롯된 헛소리이며, 무엇보다도, 과장된 것이라고 치부할 준비가 되어 있었다. 나는 나의 이런 나약한 면들을 항상 의식해 왔고 또 가끔은 그것에 대해 매우 두려운 마음이 생기곤 했다. '난 모든 걸 과장하는 습성이 있고, 또 그래서 인생이 꼬이는 거야.' 나는 매 시간 내 자신에게 이렇게 반복했다.

하지만 그렇다 해도, '그래도 어쨌든 리자가 찾아올 것 같다.' 그때의 내 추론들은 이렇게 후렴구처럼 반복되는 문장으로 귀결되었다. 걱정이 너무 많이 되어서 간혹은 광기 어린 상태가 되곤 했다. "올 거다! 꼭 올 거야!" 방안을 이리저리 뛰어다니면서 나는 외쳤다. "오늘이 아니라면 내일이라도 올 것이다. 그리고 나를 찾아낼 거다! 그렇듯 순결한 영혼을 가진 이들의 그 빌어먹을 낭만주의라는 게 원래 그렇거든! 이 썩어 빠진 감상적 영혼들의 추잡함, 어리석음, 편협함이란! 이해가 되고도 남는다. 정말로 어찌 이해가 안 되겠는가…?" 하지만 이 지점에서 나는 멈추곤 했고 큰 당혹감에 휩싸이기도 했다.

'인간의 영혼 전체를 즉시 나의 방식대로 돌려놓는 데는 불과 몇 마디의 말과 약간의 전원시(그것도 내가 지어낸 가짜의, 딱딱하기 그지없는 전원시였다)만 필요하지 않았던가. 이런 게 바로 처녀와 같은 순결함이야! 이런 게 바로 대지의 신선함이지!' 이런 생각이 들기도 했다.

가끔은 그녀를 직접 찾아가 모든 걸 얘기한 후 나를 찾아오지 말아 달라고 부탁해볼까 하는 생각도 들었다. 하지만 이런 생각이 들 때면 나의 내면에서 악의가 심하게 솟구쳐 올라왔기에, 만일 그녀가 내 옆에 있었다면 이 망할 년을 짓밟고 모욕한 다음 침을 뱉고 내쫓은 후에 한 대 후려갈겼을 것 같은 심정까지 되었다!

하지만 하루, 이틀, 사흘이 지나도 그녀는 오지 않았고, 그래서 나는 마음을 놓기 시작했다. 특히 저녁 아홉 시가 지나면 기운이 나고 신도 났으며 가끔은 상당히 달콤한 다음과 같은 몽상에 빠지기까지 했다.

'가령, 리자가 내 집을 오가고 나는 그녀에게 어떤 말을 해줌으로써 그녀를 구원하는 거야…. 나는 그녀를 발전시키고 교육한다. 마침내 그녀가 나를 사랑하고 있음을, 열렬히 사랑하고 있음을 알아챈다. 하지만 난 모르는 척하고 있다(하지만 뭘 위해 모르는 척 하는 것인지는 나도 모른다. 아마 그냥 그렇게 하는 것이 모양새가 더 좋아서겠지). 마침내 그녀가 온통 당혹한 상태에서 아름다운 자태로 떨고 흐느끼다가 내 발 아래 몸을 던지고는, 내가 그녀의 구원자이고 자기는 세상의 무엇보다도 나를 더 사랑한다고 말한다. 나는 깜짝 놀라지만… 이렇게 말한다. "리자, 내가 너의 사랑을 눈치 채지 못했다고 정말 생각하는 거니? 난 모든 것을 보았고 짐작했지만 감히 너의 마음을 가지겠다고 먼저 말할 용기는 없었어. 그 이유는, 내가 너에게 영향을 주었기에 네가 그 고마움을 갚는다는 생각으로 일부러 나의 사랑에 호응할까 봐, 어쩌면 있지도 않은 감정을 너의 내면에서 억지로 불러일으키려고 할까 봐 염려했기 때문이야. 난 그런 것은 원하지 않았어. 그건… 압제이니까…. 그건 세련되지 못한 짓이니까(뭐, 한 마디로 말해, 나는 이 대목에서 무슨 유럽식, 조르주 상드38) 풍의 형언할 수 없을 만큼 고결하고 세련된 스타일로 헛소리를 잔뜩 지껄일 것이다). 하지만 지금, 이제 너는 내 거야. 너는 나의 창조물이야. 너는 순결하고 아름다워. 너는 나의 아름다운 아내야.

    이제 완전한 여주인으로서 내 집에

    용기를 가지고 자유롭게 들어오라!39)

그런 다음 우리는 행복하게 살면서 외국에도 다니고 그 외 등

---

38) 프랑스의 여성 작가 조르주 상드(George Sand, 1804~1876)는 그녀가 보여 주었던 사회적, 인도주의적 관심사로 인해 1840년대 러시아에서 각광을 받았다.
39) 앞서 2부의 에프그라프에서 인용했던 네끄라소프 시(詩)의 마지막 두 행이다.

등, 그 외 등등.'

한 마디로 말해서, 이런 몽상은 내 자신에게도 비열해보였던 나머지, 결국 혀를 쑥 내밀어 내 자신을 조롱하는 것으로 끝내고 말았다.

'하긴 거기선 그녀를, 그 '추잡한 것'을 내보내주지도 않을 거야!' 나는 생각했다. '그런 애들은 외출도 잘 내보내주지 않는 거 같고, 저녁 땐 특히 더 그렇지(그런데 왠지 그녀가 틀림없이 저녁 때, 그것도 꼭 일곱 시에 올 것 같다는 확실한 느낌이 들었다). 하지만 그녀는 자기가 아직 그곳에 완전히 매인 것은 아니고 어떤 특별한 권리가 있다고 말을 하던데, 그렇다면, 음! 젠장, 오겠군. 틀림없이 오겠어!'

다행인 건, 그때 아뽈론이 무례한 짓을 해서 나의 주의를 딴 데로 돌렸다는 것이다. 그 놈은 내 마지막 남은 인내심마저 바닥나게 만들었다!

그 놈은 나의 암 덩어리요, 신의 섭리로 나에게 보내진 채찍이었다. 나는 그 놈과 몇 년째 계속 티격태격해 왔던 터라 그 놈을 증오하고 있었다. 오, 하나님, 내가 그 놈을 얼마나 증오했던가! 평생 동안 그 놈만큼 증오했던 사람은 없는 것 같은데, 특히 어떤 순간들에는 더욱 증오했다. 그 놈은 나이도 늘그막에 접어들어 거만하게 폼을 잡던 인간이었는데, 재봉일도 간혹 하고 있었다. 왠지 모르겠으나 그 놈은 그 어떤 기준을 놓고 보더라도 그 이상으로 나를 경멸했고 참을 수 없을 만큼 나를 깔보았다. 하긴 그 놈은 누구나 깔보긴 했다. 매끈하게 빗어 넘긴 하얀 머리칼들, 식물성 기름을 발라 이마 위로 말아 올린 앞머리, 언제나 삼각형 형태로 비쭉하게 꾹 다문 저 입모양 등을 보기만 해도, 그가 자신에 대해 한 번도 의심을 품어본 적이 없는 존재라는 것을 느낄 것이다. 그 놈은 최고의 현학자(衒學者), 지금까지 내가 지상에서 만나본 사람들 중에 가장 거대한 현학자였다. 게다가 마케도니아의 알렉산더 대왕에게나 어울릴 정도의 자존심까지 가지고 있었다. 그는 자신의 모든 단추, 모든 손톱에 애정을 가지고 있었는데, 그가 절대적인 애정을 가지고 있었다는 점은 확연히 드러났다! 나를 대하는 태도는 완전히 폭군과 같아서 나에게 말을 거는 경우는 극히 드물었으며, 나를 바라볼 일이 생기면 확고하면서도 당당하게 자신감에 가득 찬, 그리고 항상 비웃는 듯한 시선으로 바라보았는데, 그것이 간혹 나를 미칠 듯 분노하게 만들기도 했다. 자신의 의무를 행할 때도 마치 내게 대단한 자비라도 베푸는 듯한 태도를 취했다. 하지만 그가 나를 위해 해주는 일은 실제적으로는 거의 없었으며, 자기가 날 위해 무언가를 해야 할 의무가 있다는 생각조차 전혀 하지 않았다.

그 놈이 나를 온 세상에서 가장 어리석은 인간이라고 생각한다는 것에는 의심의 여지가 있을 수 없었으며, '그가 나를 자기 곁에 데리고 있었다면' 그건 나로부터 매달 월급을 받을 수 있다는 오직 그 한 가지 이유 때문이었다. 내 집에서 7루블의 월급을 받는 대가를 그 놈은 '아무것도 하지 않는 것'으로 갚는 셈이었다. 그런 놈을 데리고 있었으니 나도 많은 죄를 용서받을 것이다. 가끔은 그 놈이 너무 미워져서, 그 놈이 걷는 소리만 들어도 온몸에 경련이 일어날 것 같았다. 하지만 특히나 역겨웠던 것은 그 놈의 불완전한 발음 소리였다. 그 놈은 혀가 보통보다 좀 더 길거나, 아니면 그 비슷한 어떤 문제가 있어서, 항상 '스'와 '쉬' 그리고 '즈'와 '쥐'를 서로 교대하면서 이상하게 발음하곤 했다. 그런데 그 놈은 이것 때문에 자신에게 엄청난 권위가 생긴다고 상상했는지, 이 습관을 아주 자랑스러워하는 것 같았다. 말을 할 때는 뒷짐을 지고 눈을 내리깐 채 조용하고도 한결같은 속도로 천천히 말했다. 특히나 그 놈이 칸막이 너머 자기 방에서 성경의 시편을 읽을 때면 나는 미쳐 버릴 것 같았다. 그 낭독 때문에 내가 얼마나 많은 전투를 치러야 했던가. 하지만 그 놈은 저녁마다 마치 망자를 애도하는 듯한 조용하고도 고른 목소리로 노래하듯 낭독하는 것을 끔찍이도 좋아했다. 재미있는 건, 그 놈이 결국 그런 일로 끝을 보게 되었다는 점이다. 그는 지금은 고인의 명복을 빌기 위해 시편을 읽어주는 일을 하고 있고, 한편으로는 쥐를 잡고 구두약을 만드는 일도 하고 있다고 한다.

하지만 난 그때 그 놈을 쫓아내지 못했는데, 그건 꼭 그 놈이 나라는 존재와 화학적으로 결합되어 있는 듯한 느낌이 들었기 때문이다. 게다가 그 놈 자신 역시 무슨 일이 있어도 내 집에서 나가려 들지 않았을 것이다. 나는 '가구가 비치된 셋방'[40] 같은

---

40) 원문에서는 프랑스어 'chambres-garnies'를 러시아어로 음차한 '샴브르-가르니(шамбр-гарни)'로 써있다. 당시 이것은 일정한 가구를 딸려 내주는 셋방을 의미했는데 이 안에서 먹고 입는 것을 해결하면 하인을 두는 경비를 줄일 수도

데선 살 수 없었다. 나의 이 집은 나만의 독립된 장소였고 나의 껍질이었으며 내가 모든 인류로부터 몸을 피해 숨어든 상자였다. 그리고 아뽈론은, 그 이유는 도무지 모르겠으나, 이 집에 속한 존재처럼 느껴졌기에 나는 7년간이나 그를 쫓아낼 수 없었다.

가령, 그의 월급을 이삼일이라도 지체하는 것은 불가능했다. 그는 엄청난 소동을 일으켰을 것이고 그럼 나는 어디로 숨어야 할지 모르는 지경이 되는 것이다. 하지만 그 즈음 나는 누구에게나 몹시 화가 나 있었기 때문에, 무엇 때문인지, 무엇을 위해서인지 여하튼 아뽈론을 벌하기로, 즉 그에게 월급 지급을 2주간 미루기로 마음먹었다. 나는 이미 그 이전 오래 전부터, 한 2년쯤 전부터, 이렇게 하기로 생각하고 있었는데, 그건 오로지 그 놈이 감히 나한테 그토록 거드름을 피울 수는 없다는 것을, 그리고 내가 원하기만 하면 언제든 그 놈에게 월급을 지급하지 않을 수 있다는 것을 승냥해보이기 위해시였다. 니는 그 놈이 자존심을 꺾고 그로 하여금 먼저 월급에 대한 이야기를 꺼내도록 만들기 위해, 이 문제를 입 밖에 내지 않고 일부러 입을 다물리라 결심했다. 때가 되면 나는 서랍에서 7루블을 모두 꺼낸 다음 내게 이 정도 돈은 있지만 따로 치워 놓았다는 것을 보여주리라. 또한 '하지만 난 너에게 월급을 주기 싫다, 그냥 싫다. 싫은 이유는, 그냥 싫기 때문이다. 내가 주인인 이상 내 뜻대로 할 수 있고, 네 놈이 너무

있었다. 그러나 이러한 형태에서는 대개 다른 방에 세든 세입자들과 공동 주거를 해야 했기에 개인의 독립성이 보장되지는 못했다.

불손하고 무뢰한인 것도 이유이다'라는 점을 알게 해줄 것이다. 하지만 그 놈이 공손하게 부탁을 한다면 나는 아마 기분이 좀 풀려서 돈을 줄 것이다. 그러지 않는다면 2주, 3주, 아니 꼬박 한 달은 기다려야 할 것이다.

하지만 내가 아무리 악에 받쳐 있었다 할지라도 어쨌거나 그 놈이 이기고야 말았다. 나는 나흘도 견디지 못했다. 그 놈은 이와 비슷한 경우에 늘 시작하던 방식으로 시작을 했다. 그 전에도 비슷한 경우들이 이미 있어서 그 방식을 시도해봤기 때문이다(말해두겠는데, 나는 그 모든 것을 미리 알고 있었다. 나는 그 놈의 비열한 전술을 훤히 꿰고 있었던 것이다). 그게 어떤 것이냐 하면, 그 놈은 아주 엄한 시선으로 나를 뚫어지게 바라보는 것으로 시작해 몇 분 동안 계속해서 내게서 눈을 떼지 않았다. 특히 나를 맞이하거나 집에서 나가는 나를 배웅할 때는 더욱 그러했다. 만일 내가 그 시선을 견뎌 내거나 알아채지 못한 척 하면 그 놈은 예전처럼 조용히 그 다음 단계의 고문에 착수했다. 내가 방안에서 서성거리거나 책을 읽고 있을 때 갑자기 뜬금없이 미끄러지듯 조용히 방으로 들어와 문 옆에 멈춰 서서는 한 손은 뒷짐 지고 한 쪽 발은 뒤로 뺀 채 이젠 엄하다기보다는 완전히 경멸하는 시선으로 나를 뚫어지게 바라보는 것이었다. 내가 갑자기 그 놈한테 무슨 볼일이냐고 물으면 아무 대답도 하지 않고 몇 초간 더 나를 응시한 다음에, 왠지 특별나게 입술을 꾹 다물고는 의미심장한 표정을 지으며 그 자리에서 천천히 몸을 돌려 천천히 자기 방으로 돌아갔다. 두 시간쯤 지나면 또다시 자기 방을 나와 아까와 똑같은 방식으로 또다시 내 앞에 나타난다. 가끔은 화가 치밀어 올라 더 이상 그 놈에게 무슨 볼일이냐고 묻지 않고 날카롭고 강압적으로 고개를 쳐들어 나 역시 그 놈을 뚫어지게 바라보는 적도 있었다. 그렇게 우리는 상대를 2분쯤 바라보곤 했다. 그러다 결국 그가 몸을 돌려 천천히 거드름을 피우며 자기 방으로 가버리면 두 시간쯤은 또 잠잠했다.

이렇게 하고도 내가 정신을 못 차리고 계속 저항하면 그 놈은 갑자기 나를 바라보며 한숨을 쉬기 시작했는데, 마치 한숨 한 번을 쉴 때마다 내 정신적 타락의 전체 깊이를 측정하려는 듯했다. 물론, 결국에는 그 놈의 완벽한 승리로 끝나곤 했다. 나는 미친 듯 화를 내며 고함을 쳐댔지만, 문제의 발단이었던 그 일을 어쨌든 실행하지 않으면 안 되었다.

하지만 이번엔 그 놈이 평소 하던 '엄한 시선' 전술이 시작되자마자 내가 바로 이성을 잃고 미친 듯이 격분하여 그 놈에게 덤벼들었다. 그 일이 아니더라도 나는 이미 너무나 짜증이 나 있었기 때문이다.

"거기 서!" 그가 한 손을 뒷짐 지고 자기 방으로 돌아가려고 말없이 천천히 몸을 돌렸을 때 내가 미친 듯 격앙되어 소리쳤다. "거기 서! 돌아와, 돌아오라고, 내 말 안 들려!" 틀림없이 내가 부자연스럽다 할 정도로 고래고래 소리를 질렀기 때문인지, 그 놈은 몸을 돌렸고 다소 놀라워하는 표정까지 지으며 나를 뜯어보기 시작했다. 하지만 여전히 입도 뻥긋하지 않았기에 그 사실이 나를 더 미치도록 화나게 만들었다.

"어떻게 자네는 감히 내 허락도 없이 방에 들어와 그런 눈으로 날 쳐다볼 생각을 한 건가? 대답해 봐!"

하지만 그 놈은 30초 정도 태연하게 나를 바라보더니 다시 몸을 돌리려 했다.

"거기 서!" 나는 그 놈한테로 달려가면서 울부짖기 시작했다. "꼼짝 마! 그렇지. 이제 대답해보게, 대체 여기 들락거리면서 뭘 보겠다는 건가?"

"만일 나리가 지금 제게 뭘 지시할 게 있으면 그걸 수행하는 게 제 일이니까요." 그 놈은 또다시 잠깐 침묵했다가 천천히 눈썹을 치켜 올리고 머리를 침착하게 한 쪽 어깨에서 다른 쪽 어깨로 기울인 다음, 조용하고도 한결같은 속도로 천천히 예의 그 '스, 즈' 발음을 하며 이렇게 대답했다. 그 모든 것이 무서우리만큼 침착했다.

"그게 아니야, 그런 걸 묻는 게 아니잖아, 이 망나니 같은 놈아!" 나는 성질이 뻗쳐 몸을 부르르 떨면서 소리쳤다. "이 망나니 같은 놈아, 네가 뭣 때문에 여길 들락거리는지 내가 말해주지. 네 놈은 내가 월급을 주지 않으리라는 것을 알면서도 그 놈의 자존심 때문에 나한테 머리를 숙여 부탁하기가 싫은 거야. 그래서 그 바보 같은 눈초리로 나를 벌주고 괴롭히기 위해서 오는 거라고. 이 망나니 같은 놈아, 그러면서도 넌 이게 얼마나 어리석은 짓인가는 생각도 안 해보지. 어리석어, 어리석어, 어리석어, 어리석다고!"

그 놈은 또다시 말없이 돌아서려 했지만 내가 그를 붙잡았다.

"내 말 들어!" 내가 그 놈한테 소리쳤다. "자 여기 돈이 있다. 보이지, 여기 있다고!(나는 돈을 책상에서 꺼냈다) 7루를 전부 다 있다. 하지만 네 놈은 받지 못할 거다. 공손하게 와서 머리를 조아리고 용서를 빌기 전까지는 절대 받-지-못-해. 알겠지!"

"그럴 수는 없습니다!" 그 놈은 왠지 부자연스러울 만큼 자신만만하게 대답했다.

"그렇게 될 거다!" 내가 소리쳤다. "내가 맹세한다, 꼭 그렇게 될 거라고!"

"나리께 용서를 빌 일이 전혀 없는데요." 내가 소리 지르는 것은 전혀 귀에도 안 들어오는 듯 그 놈은 자기 할 말을 계속했다. "오히려 저를 망나니라고 부르셨으니 언제든 경찰서에 가서 나리를 모욕죄로 고발할 수 있습니다."

"가! 고발해봐!" 내가 울부짖기 시작했다. "지금 가, 당장 가라고, 당장 가란 말이야! 그래도 어쨌든 넌 망나니야! 망나니! 망나니!" 하지만 그 놈은 나를 쓱 쳐다본 후 몸을 돌렸을 뿐이고, 내가 부르는 고함 소리에는 이미 귀도 기울이지 않은 채 뒤도 돌아보지 않고 태연하게 자기 방으로 가버렸다.

'리자만 아니었어도 이런 일은 결코 없었을 텐데!' 나는 속으로 이렇게 결론지었다. 그 다음엔 1분쯤 서 있다가 위엄 있고도 의기양양한 태도로, 하지만 심장은 느리면서도 강하게 쿵쾅거리는 가운데, 칸막이 너머 그 놈 방으로 직접 갔다.

"아뽈론!" 나는 조용히 띄엄띄엄 말했지만 숨은 가빴다. "지금 당장 조금도 지체하지 말고 경찰서장을 부르러 가!"

그 놈은 이미 그동안에 안경을 끼고 탁자 앞에 자리 잡고 앉아 무언가 바느질감을 들려던 참이었다. 하지만 내 지시를 듣고는 갑자기 콧방귀를 뀌며 웃음을 터뜨렸다.

"지금 가, 당장 가라고! 가란 말이야, 안 그랬다가는 무슨 일이 생길지 상상도 안 될 게다!"

"나리는 정말 제정신이 아닌 거로군요." 그 놈은 고개도 들지 않고 아까처럼 천천히 '스, 즈' 발음을 하며 한 마디를 던졌다. 그러면서도 바늘에 실을 꿰는 작업은 계속하고 있었다. "아니, 자기 자신을 고발하도록 만들기 위해서 경찰서로 누군가를 보내는 사람이 세상에 어디 있나요? 혹시 나를 겁주려고 그러시는 거라면 괜히 쓸데없이 고생하시는 겁니다. 아무 소용없는 일이니까요."

"가라니까!" 나는 그 놈의 어깨를 움켜잡고 날카롭게 소리쳤다. 금방이라도 그 놈을 후려갈길 것 같은 느낌이 들었다.

하지만 이 순간, 내가 듣지 못하는 사이에, 갑자기 현관문이 조용히 천천히 열린 다음 어떤 인물이 안으로 들어와 걸음을 멈추더니 곤혹스러워하는 표정으로 우리를 뜯어보기 시작했다. 그 쪽을 본 후 나는 부끄러움 때문에 졸도할 지경이 되어 내 방으로 달려갔다. 거기서 두 손으로 머리카락을 움켜쥔 채 벽에다 머리를 기대고는 그 자세로 얼어붙어 버렸다.

2분쯤 뒤에 아뽈론의 느릿느릿한 발걸음 소리가 들려왔다.

"저기 어떤 여자가 나리를 찾아왔는데요." 그는 유달리 엄격한 시선으로 나를 바라보며 이렇게 말한 후, 옆으로 비켜서서 리자를 안으로 들여보냈다. 그는 물러갈 생각은 하지 않고 비웃듯이 우리를 뜯어보았다.

"물러가! 물러가라고!" 나는 당혹한 상태에서 이렇게 명령했다. 그 순간 나의 시계는 바싹 긴장하더니 쉬쉬 소리를 내며 일곱 시를 쳤다.

9.

이제 완전한 여주인으로서 내 집에
용기를 가지고 자유롭게 들어오라
―앞과 동일한 시

절망하고 창피당하고 끔찍할 정도로 당혹한 상태에서 나는 그녀 앞에 서 있었다. 너덜너덜해진, 솜으로 누빈 실내복의 앞섶을 여미려고 온 힘을 다해 끙끙거리면서도 한편으로는 미소를 지었던 것 같다. 상황은 얼마 전에 낙담한 상태에서 상상해보았던 것과 완전히 똑같았다. 아뽈론은 2분 정도 우리를 지켜보다가 물러갔지만 나는 마음이 가벼워지지가 않았다. 무엇보다도 나빴던 것은 그녀도 내가 예상하지 못했던 정도로 당황했다는 점이었다. 물론, 나를 바라보면서 그랬다는 뜻이다.

"앉지." 기계적으로 이렇게 말한 후 탁자 옆의 의자를 그녀 쪽으로 옮겨주고 나서 나 자신은 소파에 앉았다. 그녀는 거부하지 않고 바로 의자에 앉았는데, 눈을 둥그렇게 뜨고 날 쳐다보는 것으로 봐서 나한테 뭔가를 기대하는 것이 분명했다. 이렇듯 순진하게 뭔가를 기대하는 태도가 나를 격앙시켰지만 나는 자제했다.

그런 상황에서 그녀는 마치 이런 환경에는 평소부터 익숙하다는 듯 어떤 것에도 딱히 신경을 쓰지 않는 태도를 보여야 했다. 하지만 그녀는 그러지 못하고…. 그랬기에 나는 그녀가 이 모든 것에 대한 대가를 비싸게 치르게 될 것이라는 느낌이 흐릿하게 들었다.

"내가 이상한 상황에 처해 있을 때 오게 됐군, 리자." 바로 이런 식으로 시작하는 것이야말로 가장 좋지 않다는 걸 알면서도 어쨌든 나는 더듬거리며 말문을 열었다.

"아니, 아니, 그렇다고 뭐 다른 건 생각하지 마!" 그녀가 갑자기 얼굴을 붉히는 것을 보고 내가 소리쳤다. "나는 가난이 부끄럽지는 않아…. 오히려 나는 가난을 자부심을 가지고 바라보고 있어. 나는 가난하지만, 대신 고결하거든…. 가난하면서도 고결한 건 가능해." 내가 중얼거렸다. "근데… 차 한 잔 할래?"

"아니요…." 그녀가 말문을 열고자 했다.

"잠깐 기다려!"

나는 벌떡 일어나 아뽈론에게로 뛰어갔다. 어디로든 일단 피해 나가야 했던 것이다.

"아뽈론." 나는 계속 주먹에 쥔 채 가지고 있던 7루블을 그 놈 앞에 내던지며 열병에라도 걸린 듯 빠른 말투로 속삭였다. "자, 자네 월급이야. 보다시피 이제 지급하는 거니까, 대신 자네가 날 좀 구해줘야 하겠어. 빨리 음식점에 가서 차와 말린 빵 조각 열 개만 사다 줘. 가고 싶지가 않다면 자넨 한 인간을 불행하게 만들게 될 거야! 자넨 저 사람이 어떤 여자인지 모르겠지…. 아, 그만두자! 자넨 뭔가 또 이상한 걸 생각할지도 모르겠지만…. 어쨌든 자넨 저 사람이 어떤 여자인지 정말 모른단 말이야…!"

아뽈론은 이미 일에 착수해 안경까지 낀 상태였기에 처음엔 바늘을 내려놓지도 않고 말없이 돈만 힐끗 쳐다보았다. 그 다음엔 나한테 눈길 한 번 안 주고 아무 대답도 않은 채 계속 바늘에 실을 꿰느라 씨름을 해댔다. 나는 a la Napoleon(나폴레옹 식으로) 팔짱을 끼고 그 놈 앞에 서서 3분쯤 기다렸다. 나의 관자놀이는 땀에 젖었고, 얼굴은 창백해졌다는 느낌이 들었다. 하지만 다행히도, 나를 쳐다보다가 그 놈도 분명히 내가 딱하다는 느낌이 들었던 것 같다. 바늘에 실을 다 꿰고 나서 그 놈은 천천히 자리에서 일어나 천천히 의자를 옆으로 밀어놓더니 천천히 안경을 벗고 천천히 돈을 셌다. 그러더니 마침내는 분량을 충분히 채워 사올지를 어깨 너머로 물어보고는 천천히 방을 나갔다. 리자에게로 돌아가는 도중 내 머릿속에는 '나중에 무슨 일이 생기든, 실내복만 입은 이 상태로 그냥 아무 데로나 도망쳐 버릴까'라는 생각이 떠올랐다.

나는 다시 자리를 잡고 앉았다. 그녀는 염려하는 눈길로 나를 쳐다보았다. 우리는 몇 분간 말이 없었다.

"저 놈을 죽여 버릴 거야!" 나는 주먹으로 탁자를 세게 내리치며 소리를 질렀고, 그로 인해 잉크병에서 잉크가 확 튀어 나왔다.

"어머, 왜 그러세요!" 그녀가 몸을 부르르 떨며 소리쳤다.

"죽이겠어, 죽여 버릴 거라고!" 나는 완전히 광란 상태에서 탁자를 쳐대며 찢어질 듯이 고함을 질렀는데, 한편으로는 이렇게 광란을 부리는 것이 얼마나 바보 같은 짓인지도 아주 잘 알고 있었다.

"리자, 저 망나니 놈이 나한테 대체 뭣 같은 존재인지 넌 모를 거야. 저 놈 때문에 내가 죽을 것 같단 말이야…. 지금은 말린 빵조각을 사러 갔지만, 저 놈은…."

그러다가 나는 갑자기 울음을 터뜨렸다. 그건 발작이었다. 흐느끼는 도중에 참으로 부끄러웠지만, 난 이미 억제할 수 있는 상태가 아니었다. 리자는 경악을 했다.

"왜 그러세요! 이게 대체 무슨 일이에요!" 내 주위에서 발을 동동 구르며 그녀가 날카롭게 외쳤다.

"물, 물 좀 갖다 줘, 저기 있어!" 내가 힘 빠진 목소리로 중얼거렸는데, 사실은 물이 없어도 아무 문제가 없고 이렇게 힘 빠진 목소리로 중얼거릴 필요도 없다는 점을 나 자신이 속으로 의식하고 있었다. 하지만, 비록 발작은 진짜였지만, 나는 체면을 유지하기 위해 흔히 말하듯 연기를 한 것이다.

그녀는 어쩔 줄 몰라 하는 표정으로 나를 쳐다보며 물을 가져다 주었다. 그 순간 아뽈론이 차를 가져 왔다. 아까 있었던 모든 일 뒤에 이렇듯 평범하고도 구태의연하게 차 대접을 하게 되니, 갑자기 그것이 끔찍이도 격이 떨어지고 초라해보여서 나는 얼굴이 붉어졌다. 리자는 깜짝 놀란 표정까지 지으며 아뽈론을 쳐다보았다. 그는 우리를 한 번 쳐다보지도 않고 나가버렸다.

"리자, 넌 나를 경멸하고 있는 거지?" 나는 그녀를 뚫어지게 바라보며 이렇게 말했는데, 그녀가 무슨 생각을 하는지 알고 싶은 초조함 때문에 몸이 떨려왔다.

그녀는 당황했는지 아무 대답도 하지 못했다.

"차나 마셔!" 나는 표독스럽게 말했다. 나 자신한테 화가 난 것이었지만, 그것을 감당해내는 건 물론 그녀일 수밖에 없었다. 갑자기 그녀를 향한 무서운 앙심이 내 마음속에서 끓어올랐다. 그냥 그대로 그녀를 죽여 버릴 수도 있을 것 같은 느낌이었다. 그녀에게 복수하기 위해 계속 단 한 마디도 나누지 않겠다고 속으로 맹세했다. '이 여자가 모든 것의 원인이야.' 나는 이렇게 생각했다.

우리의 침묵이 벌써 5분 정도 지속되고 있었다. 탁자 위에 차가 놓여 있었지만 우리는 손도 대지 않았다. 그녀에게 더욱 부담을 주기 위해 나는 차를 마실 마음이 없는 것처럼 굴기까지 했다. 그러니 그녀 역시 차에 손을 대기가 불편한 모양이었다. 그녀는 슬픔과 의혹이 함께 어린 표정으로 몇 번이나 나를 힐끗힐끗 쳐다보았다. 나는 고집스럽게 침묵을 지켰다. 악에 받친 상태에서 나오는 나의 어리석은 행동이 끔찍하리만큼 저열하다는 사실을 완전히 인식하면서도 한편으로는 그것을 도저히 억제하지 못했기에, 결국 가장 큰 수난자는 물론 나 자신이었다.

"나 거기서… 완전히… 나오고 싶어요." 어떻게든 침묵을 깨보려고 그녀가 이렇게 말문을 열어보긴 했지만, 불쌍한 것! 그런 얘기를 하필이면 이토록 멍청한 순간에 꺼내다니, 게다가 안 그래도 멍청한 나 같은 작자에게 꺼내다니, 그러지 말았어야 했다. 그녀의 서투름과 쓸데없는 솔직함에 연민이 느껴져 나는 가슴마저 아파 왔다. 하지만 그 즉시로 무언가 추한 것이 내 안의 모든 연민을 눌러버렸을 뿐만 아니라 심지어 나쁜 쪽으로 나를 더욱 자극하기까지 했다. 될 대로 되라지 뭐! 5분이 더 흘러갔다.

"아마 내가 방해가 됐나 보군요?" 그녀는 들릴락 말락 소심하게 입을 열며 자리에서 일어나기 시작했다.

하지만 그녀의 모욕 받은 자존심이 이처럼 처음으로 확 타오르는 것을 보게 되자, 나는 화가 나 몸을 떨다가 바로 폭발해 버렸다.

"넌 뭣 때문에 날 찾아온 거지, 말 좀 해 봐?" 나는 숨이 차 헐떡이며 논리적인 말 순서조차 생각지 못하고 말을 시작했다. 모든 것을 단숨에, 한꺼번에 털어 놓고 싶었던 것이다. 무슨 말부터 시작해야 될지도 신경 쓰지 않았다.

"왜 왔어? 대답해 봐! 어서 대답하라고!" 나는 거의 정신이 나간 것처럼 소리를 질러댔다.

"이봐, 착한 아가씨, 네가 왜 왔는지 내가 얘기해주겠어. 네가 온 건 내가 그때 너를 동정해주는 말을 해줬기 때문이야. 그래서 감상적인 기분이 들다보니까 또 이렇게 동정해주는 말을 듣고 싶어진 거지. 그렇다면 이건 알아둬, 알아두란 말이야. 난 그때 널 조롱했던 거야. 지금도 마찬가지고. 왜 떠는 거니? 그래, 조롱했단 거라고! 그 일이 있기 전에 난 식사 자리에서 모욕을 당했어. 나보다 앞서 거기 갔던 놈들한테 당했지. 내가 그 집에 간 건 그 놈들 중 하나인 장교 녀석을 두들겨 패주기 위해서였어.

하지만 갔더니 없어서 성공은 못했지. 그래서 내가 당한 모욕에 대해 누군가에게 분풀이를 하고 자존심을 되찾아야 했던 참에 네가 나타난 거야. 그래서 난 너한테 내 앙심을 다 쏟아 부었던 거고 너를 실컷 조롱했던 거야. 업신여김을 받았으니 나도 누군가를 업신여기고 싶었던 거라고. 나를 찢어서 걸레조각을 만들어 놓았으니, 나도 권력을 보여주고 싶었던 거지…. 이게 진실인데, 너는 그때 내가 너를 구원하기 위해 일부러 온 거라고 생각했겠지, 그렇지 않나? 그렇게 생각했지? 그렇게 생각한 게 맞지?"

나는 아마도 그녀가 혼란을 겪게 될 것이기에 내 말의 세부적인 내용까지는 이해하지 못할 것이라고 생각했다. 하지만 그녀가 그 본질만큼은 아주 잘 이해할 것이라는 점도 역시 알고 있었다. 실제로도 그런 모습이 나타났다. 그녀는 백지장처럼 창백해졌고 뭔가 말을 하고 싶은 듯 입술이 병적으로 일그러졌다. 하지만 그녀는 마치 도끼로 얻어맞은 것처럼 이내 의자에 풀썩 주저앉았다. 그러고 나서는 줄곧 입을 벌리고 눈을 둥그렇게 뜬 채 끔찍한 공포로 몸을 떨며 내 말을 들었다. 냉소주의, 내 말에 담긴 냉소주의가 그녀를 짓눌렀던 것이다….

"구원이라!" 나는 의자에서 벌떡 일어나 그녀 앞에서 방을 앞뒤로 분주하게 오가며 말을 계속했다. "무엇으로부터 구원한다는 거야! 어쩌면 내가 너보다 더 못난 인간일 수도 있어! 지난번에 내가 너한테 지루한 설교를 늘어놓을 때 왜 넌 내 낯짝에 대고 '그럼 당신은 왜 이런 곳에 들른 거지? 훈계를 하려는 거야, 뭐야?'라고 내뱉지 않았지? 그때 나는 권력이 필요했고, 놀이가 필요했고, 너의 눈물과 굴욕과 히스테리를 일으켜 획득할 필요가 있었던 거야— 바로 이런 걸 난 그때 필요로 했던 거라고! 사실 나도 참 변변치 못한 인간이라서 그때 그 상황을 견디질 못하고 결국 겁을 잔뜩 먹은 나머지 도대체 무슨 이유에서인지 너한테 주소를 알려주고 말았지 뭐겠니. 그러고 나서는 그 놈의 주소 알려준 것 때문에 집에 도착하기 전부터 너를 향해 온갖 욕을 퍼부었어. 그때 난 이미 너를 증오하고 있었다고, 내가 너한테 거짓말을 했다는 사실 때문에 말이야. 난 그저 말장난이나 하고 머릿속으로 몽상에 젖는 인간이긴 하지만, 실제로 내게 필요한 건 뭔지 알아? 너희들 모두가 다 꺼져 버리는 거야, 바로 이거라고! 나는 안정을 필요로 하는 사람이야. 사람들 때문에 짜증나는 일이 없게 하기 위해서라면 난 지금이라도 온 세상을 단돈 1꼬뻬이까에 팔아넘기겠어. 세상이 꺼져 버려야 할까? 아니면, 내가 차를 못 마시게 되어야 할까? 말해주지. 세상이 꺼져 버리든 말든 난 항상 차를 마셔야 한단 말이야. 내가 이럴 줄 알았니, 아님 몰랐니? 뭐, 보다시피, 난 내가 악당에다 비열한 놈이요, 이기주의자에다 게으름뱅이라는 사실을 알고 있어. 요 사흘간 난 네가 올까 봐 무서워서 벌벌 떨었어. 사흘 내내 내가 특히나 걱정한 게 뭔지 알아? 그땐 내가 네 앞에서 대단한 영웅이라도 되는 것처럼 비쳐졌는데, 이젠 이렇게 너덜너덜한 잠옷이나 걸치고 있는 거지같이 추접스런 꼴을 갑자기 보이게 될 것이라는 사실이었어. 난 아까 가난한 게 부끄럽지 않다고 너한테 말했지. 그렇다면 이젠 꼭 알아둬. 난 가난한 게 부끄러워, 무엇보다도 더 부끄럽다고. 무엇보다 더 두렵기도 해. 도둑질을 했다 해도 이보다 더 두려울 수는 없을 거야. 마치 누군가 내 피부를 벗겨냈기에 바람만 불어도 그 상처가 쓰라린 것처럼, 나는 그 정도로 허영심이 강한 사람이기 때문이야. 내가 이런 실내복을 걸치고 사나운 개처럼 아뽈론에게 달려들었을 때 마침 네가 찾아왔지. 그런데 바로 그 점 때문에 난 너를 결코 용서하지 못할 거라는 사실을 넌 정말 아직도 이해 못하는 거니? 너를 부활시킨 자, 예전엔 영웅이었던 자가 옴이 오른 털북숭이 똥개처럼 자기 하인한테 달려들고, 그 하인 놈은 주인을 비웃는 장면이라니! 그리고 난 아까 창피당한 아낙네처럼 네 앞에서 눈물을 억제하지 못했는데, 그것 때문에도 절대 너를 용서할 수가 없어! 또 지금 너한테 고백하고 있는 이 말들 때문에 라도 역시 절대 너를 용서할 수가 없어! 그래— 너, 바로 너 혼자만이 이 모든 일에 책임을 져야 해. 네가 이딴 식으로 나타났으니까, 나는 쓰레기 같은 놈이니까, 세상의 모든 벌레들 중에서 가장 추접스럽고 가장 우스꽝스럽고 가장 좀스럽고 가장 어리석고 가장 질투심이 강한 벌레니까. 그 벌레 같은 놈들은 나보다 나은 건 아무것도 없으면서도 대체 뭔 이유 때문인지 결코 당황하는 일이 없지만, 난 평생 동안 온갖 비열한 놈들로부터 모욕을 당하게 되겠지— 이게 나의 특성이야! 네가 내 말을 전혀 이해 못한다 해도 난 관심 없어! 그리고 내가 너란 사람과 대체 무슨 상관이 있어, 무슨 상관이 있냐고? 그리고 네가 거기서 죽어 가고 있든 말든 그게 나랑 무슨 상관이냐고? 내가 지금 너한테 이런 얘길 털어놓고도, 정작 네가 여기 와서 내 말을 들었다는 이유로 너를 증오하게 되리라는 게 정말 이해가 되니? 사실 사람은 평생에 딱 한 번만 이렇게 속을 털어놓는 법인데, 그것도 히스테리 상태에서나 그렇게 한다고…. 나한테 뭘 더 바라니? 이꼴 저꼴 다 봤으면서 대체 왜 아직도 내 앞에서 얼쩡거리며 날 괴롭히는 거니? 왜 안 가는 거야?"

하지만 여기서 갑자기 이상한 상황이 발생했다.

나는 모든 것을 책에 따라 생각하고 상상하는 것에, 그리고 모든 것을 내 자신이 이전에 몽상 속에서 지어낸 대로 그려보는 것에 너무나 익숙해져 있었기 때문에, 그때는 그 이상한 상황을 즉시 이해하지도 못했다. 무슨 일이었냐면, 나한테 모욕 받고 짓눌려진 리자가 내가 상상했던 것보다 훨씬 더 많은 것을 이해했다는 것이다. 진심으로 누군가를 사랑하는 사람이라면 항상 제일 먼저 깨닫게 될 것을, 그녀 역시 자신이 보고 들은 모든 것을 통해 깨달았던 것이다. 그것이 뭐냐면, 나야말로 불행한 사람이라는 사실이었다.

그녀의 얼굴에 나타났던 경악과 모욕의 감정은 비통한 놀라움으로 바뀌었다. 내가 자신을 비열한 놈이자 쓰레기 같은 놈이라고 부르며 눈물을 쏟았을 때(나는 이 넋두리를 하는 내내 눈물을 흘렸다) 그녀의 얼굴은 온통 무슨 경련이라도 일어난 듯 일그러졌다. 그녀는 나를 제지하기 위해 일어서려 했다. 내가 말을 끝마쳤을 때 그녀는 "넌 왜 여기 있는 거야! 왜 가지 않는 거야!"라는 나의 말은 접어두고 나로선 그 모든 얘기를 하는 게 틀림없이 매우 힘들었을 것이라는 점에만 마음을 썼다. 더욱이 그녀는 너무나

학대받고 불쌍한 여자였기에, 자신을 나보다 무한히 낮은 존재로 여겼다. 그러한 그녀가 나에게 어찌 화를 내거나 모욕감을 느낄 수가 있었겠는가? 갑자기 그녀가 어떤 억제할 수 없는 충동에 자극받아 의자에서 벌떡 일어났다. 그녀는 온몸을 던져 내게 다가오려 했지만, 여전히 주저주저하며 제자리에서 움직이지 못하다가 내 쪽으로 두 손을 뻗었다…. 그 장면에서 내 심장도 정말로 뒤집어지는 듯했다. 그때 그녀가 갑자기 나에게로 달려들어 두 손으로 내 목을 껴안고 울기 시작했다. 나 또한 참지 못하고 그때까지 한 번도 그랬던 적이 없을 정도로 흐느끼기 시작했다….

"사람들은 나에게 기회를 주지 않아…. 그래서 난 선한 인간이… 될 수가 없어!" 나는 간신히 이렇게 말한 다음 소파까지 갔고, 거기 엎어져 15분 정도 진짜 히스테리에 휩싸여 흐느꼈다. 그녀는 나에게 달라붙어 나를 껴안았는데, 그렇게 포옹한 상태에서 꼼짝을 하지 않았다.

하지만 참 괴상한 건 히스테리란 놈 역시 반드시 지나가 버리게 되어 있다는 사실이다. 어떻게 됐냐면(사실 난 참 혐오스러운 진실을 쓰고 있다), 소파에 찰싹 엎드려 형편없는 가죽 쿠션에 얼굴을 파묻고 있던 상황에서 이제 와서 고개를 들고 리자의 눈을 똑바로 쳐다보면 거북할 것이라는 느낌이 서서히 들기 시작했다는 것이다. 그 느낌은 멀리서부터 오는 듯한 부지불식간의 억제할 수 없는 느낌이었다. 나는 무엇이 부끄러웠던 것일까? 그건 모르겠지만 어쨌든 부끄러웠다. 잔뜩 혼란해진 내 머릿속으로 다른 생각도 떠올랐다. 이제는 역할이 완전히 뒤바뀌었다. 이제는 그녀가 영웅이고 반면에 나는 나흘 전 그날 밤 내 앞에서의 그녀처럼 굴욕을 당하고 짓뭉개진 존재나 마찬가지란 생각이었다…. 그리고 사실 이 모든 생각은 내가 소파에 엎드려 있던 그 순간부터 이미 들기 시작했던 것이다….

맙소사! 그렇다면 그 순간 그녀를 부러워하는 마음이 내게 생겼다는 건가? 그게 정말 말이나 되는가?

모르겠다. 지금까지도 이 질문에 답을 얻지는 못했다. 물론 그때는 나의 감정 상태에 대해 지금보다도 더 이해하지 못했다. 사실 나는 누군가에게 권력을 행사하지 못하거나 횡포를 부리지 못하면 살아갈 수 없는 인간이다…. 하지만… 하지만… 이성적 판단으로는 이와 관련된 그 어떤 것도 설명할 수 없는 법이니, 따라서 이성적으로 판단해볼 대상 자체가 전혀 없는 것이다.

그럼에도 불구하고 나는 자신을 극복하고 고개를 들었다. 언젠가는 당연히 들었어야 하니까…. 그러자, 지금까지도 확신하는 바인데, 그녀를 쳐다보기가 부끄럽다는 바로 그 이유 때문에 내 마음속에선 갑자기 또 다른 감정이 불붙어 확 타올랐다…. 그건 지배욕과 소유욕이었다. 내 눈은 욕정으로 번쩍였고, 나는 그녀의 두 손을 꽉 잡았다. 그 순간 나는 그녀를 얼마나 증오했던가, 그러면서도 그녀에게 얼마나 끌렸던가! 두 개의 감정이 서로를 더욱 강하게 만들어 갔다. 그건 거의 복수나 마찬가지의 행위였다…! 처음에 그녀의 얼굴에는 마치 공포와도 비슷한 의혹의 표정이 나타났지만, 그건 한순간뿐이었다. 그녀는 환희에 차서 나를 뜨겁게 껴안았다.

10.

　15분이 지난 뒤 나는 미칠 듯이 초조한 상태에서 방안을 앞뒤로 오가며, 계속적으로 칸막이 쪽으로 다가가 틈새로 리자를 몰래 들여다보았다. 그녀는 침대에 머리를 기댄 채 바닥에 앉아 있었는데, 분명히 울고 있는 것 같았다. 하지만 돌아갈 생각은 없는 듯했는데, 이것이 또 나를 짜증나게 만들었다. 이제는 그녀도 모든 것을 깨달았다. 나는 그녀를 철저히 모욕한 것이었다. 하지만… 더 얘기해서 무엇 하랴. 그녀는 나의 욕정의 분출이 다름 아닌 복수였음을, 자신에게 새로운 굴욕이었음을, 그리고 아까까지 내가 가지고 있던 특정 대상이 없는 증오에 이제는 그녀를 질투하는 나의 개인적인 증오까지 덧붙여졌음을 깨달았던 것이다…. 하긴 난 그녀가 이 모든 것을 명확히 이해했을 거라고 주장하는 것은 아니다. 그렇다고 해도 그녀는 내가 추악한 인간이라는 점, 그리고 무엇보다도 중요한 건, 그녀를 사랑할 수 있는 상태가 아니라는 점은 완전히 이해했을 것이다.
　이건 말도 안 되는 짓이며 나처럼 사악하고 어리석게 되는 것 역시 말도 안 된다는 비판을 들을 거라는 점을 알고 있다. 그녀를 사랑하게 되지 않거나 최소한 그 사랑을 존중하지 않는다는 것도 말이 안 된다고 덧붙일 사람들도 아마 있을 것이다. 하지만 이게 왜 말이 안 된다는 건가? 첫째로, 나는 이미 사랑을 할 수 없는 사람이었는데, 그 이유는, 반복하지만, 내게 사랑이란 누군가를 압제하며 정신적으로 우월한 위치를 점하는 것을 의미했기 때문이다. 나는 평생 동안 이와 다른 형태의 사랑은 떠올릴 수도 없었고, 그래서 지금은 사랑이란 상대방이 내게 자발적으로 선사한, 내가 그를 압제할 수 있는 권리라고 생각하기에 이르렀다. 나는 이 지하에서의 몽상 속에서도 사랑을 오직 투쟁으로만 생각해왔다. 때문에 나는 사랑을 항상 증오에서 시작하여 정신적인 정복으로 끝냈고, 그 후에 내가 정복한 대상에 대해 어떤 행동을 해야 할지에 대해서는 전혀 상상하지 못하고 있었던 것이다. 동정의 말을 듣기 위해 찾아온 거냐며 그녀를 힐난하고 창피를 줄 생각까지 할 정도로 내가 그토록 자신을 정신적으로 타락시켰고 '살아 있는 삶'으로부터 멀어졌으니, 내 말과 행동이 믿어지지 않을 게 뭐가 있다는 말인가. 그녀가 온 것은 동정해주는 말을 듣기 위해서가 결코 아니며 나를 사랑하기 위해서라는 사실, 여자에게는 사랑 속에 부활 전체, 그 어떤 종류의 파멸이든 파멸로부터의 구원, 그리고 갱생 전체가 있으며 이 모든 것들은 사랑을 제외한 다른 어떤 방식으로도 나타날 수 없다는 사실을 나는 전혀 깨닫지 못했던 것이다.

하지만 방안을 종종거리며 다니다가 문틈을 통해 칸막이 뒤를 흘끗거릴 때만 해도 그녀를 이렇게까지 미워하지는 않았다. 그녀가 여기 있다는 사실이 참을 수 없이 힘겨웠을 따름이다. 나는 그녀가 사라져주길 바랐다. '안정'을 바랐고 지하에 혼자 남을 수 있기를 바랐다. 익숙하지 못했던 탓에 '살아 있는 삶'은 숨쉬기가 힘들 정도로 나를 짓눌렀다.

하지만 몇 분이 더 지나도 그녀는 여전히 일어날 생각을 안

했고 마치 정신이 나간 것 같은 상태로 앉아 있었다. 부끄러운 줄도 모르고 나는 칸막이를 톡톡 두드렸다. 상기를 시켜 주기 위해서였다…. 그녀는 몸을 부르르 떨더니 자리에서 몸을 솟구쳐 일어나고는, 흡사 나를 피해 어디론가 도망가려는 듯 숄과 모자, 모피외투 등을 황급히 찾았다…. 2분 뒤 그녀는 천천히 칸막이 뒤에서 나와 힘겨워하는 시선으로 날 바라보았다. 나는 예의라도 갖춰볼 생각으로 심술궂은 미소를 억지로 한 번 던지고는 그녀의 시선을 피해 몸을 돌렸다.

"안녕히 계세요." 문 쪽을 향해 가며 그녀가 말했다.

나는 갑자기 그녀에게로 달려가 그녀의 손을 잡고 펼친 다음 그 안에 뭔가를 놓아 주었다…. 그러곤 다시 손을 오므려주었다. 그러고는, 그 다음에 있을 일을 보고 싶지 않아서, 곧바로 몸을 돌려 다른 쪽 구석으로 서둘러 휙 가버렸다….

나는 지금 이 순간 거짓말이라도 해서 쓰고 싶은 심정이다. 그건 내가 무심코, 정신이 산란한 상태에서 당황한 중에 바보같이 저지른 짓이라고 말이다. 하지만 거짓말을 하긴 싫으니 솔직히 말해보자면, 내가 그녀의 손을 펼치고 뭔가를 놓아준 것은… 악에 받쳐 있었기 때문이었다. 내가 방안에서 앞뒤로 뛰어다니고 그녀가 칸막이 너머에 있을 때부터, 이런 짓을 해야겠다는 생각이 떠올랐다. 하지만 이건 확실히 말할 수 있다. 내가 이런 잔인한 짓을 의도적으로 한 건 맞지만, 그건 나의 마음이 아니라 저질스러운 머리에서부터 나온 것이었다고 말이다. 이 잔인함은 그야말로 일부러 머릿속에서 꾸며낸 듯 부자연스럽고 거짓된 것이었기 때문에, 나 자신이 그 순간을 참아내지 못하고 보지 않기 위해 구석으로 휙 갔던 것이다. 하지만 그 다음에 나는 수치심과 절망감에 휩싸여 리자의 뒤를 쫓아 달려갔다. 나는 현관문을 열고 귀를 기울였다.

"리자! 리자!" 나는 계단을 향해 이렇게 소리쳤지만, 주저하듯 반쯤 힘이 빠진 목소리였다….

대답은 없었으나, 아래 쪽 계단쯤에서 그녀의 발걸음 소리가 들린 것 같기는 했다.

"리자!" 나는 더 크게 소리쳤다.

역시 대답이 없었다. 하지만 그 순간 아래쪽에서 길로 나 있는 뻑뻑한 외부 유리문이 끼익 소리를 내며 힘겹게 열렸다가 역시 뻑뻑하게 쿵 하며 닫히는 소리를 들었다. 둔탁한 진동이 계단을 따라 올라왔다.

그녀는 떠났다. 나는 생각에 잠겨 방으로 돌아왔다. 마음이 끔찍이 무거웠다.

나는 그녀가 앉아 있던 의자 옆의 책상 가에 멈춰 서서 아무 생각 없이 앞쪽을 바라보았다. 1분쯤 지났을 때 갑자기 흠칫 몸이 떨려왔다. 내 앞 책상 위에 뭔가가 보였는데…. 한 마디로 말해, 조금 아까 그녀의 손에 쥐어주었던 구겨진 5루블짜리 푸른 색 지폐가 보였던 것이다. 바로 그 지폐였다. 다른 지폐일 리는 없었다. 그것 말고 다른 지폐는 집에 있지도 않았으니까. 그렇다면, 그녀는 내가 다른 쪽 구석으로 간 그 순간에 그것을 탁자 위로 던져 버렸던 것이다.

이게 뭐 별일이라도 되나? 그녀가 이렇게 하리라는 것은 나도 예상할 수 있었다. 예상할 수 있었다고? 아니다. 나는 너무나 이기주의자였기에, 그리고 실제로도 사람들을 너무도 존중하기 않았기에, 그녀 또한 이런 짓을 할 거라곤 상상하지도 못했다. 나는 참을 수가 없었다. 잠시 후 나는 미친 사람처럼 부리나케 아무 옷이나 걸쳐 입고 쏜살같이 그녀의 뒤를 쫓아 달려 나갔다. 내가 밖으로 뛰쳐나왔을 때, 그녀는 아직 2백 걸음도 가지 못한 상태였을 것이다.

적막한 가운데 펑펑 쏟아지고 있던 눈은 거의 직각으로 떨어져 내리면서 보도와 인적 없는 거리에 마치 쿠션처럼 쌓여 가고 있었다. 통행인들은 전혀 없었고 아무 소리도 들리지 않았다. 가로등들은 음산하게 부질없이 빛나고 있었다. 나는 교차로까지 200 걸음쯤을 달려간 뒤 멈춰 섰다.

'어디로 갔을까? 그리고 난 뭘 위해서 그녀 뒤를 쫓아가는 것일까? 대체 뭘 위해서? 그녀의 발 앞에 쓰러져 후회의 감정 속에 흐느껴 울고 그녀의 발에 키스하며 용서를 빌기 위해서다! 사실 나도 그걸 원하지 않았던가. 내 가슴이 온통 갈기갈기 찢어진 이 순간을 나는 훗날 절대로, 결코 무심한 마음으로 회상할 수 없을 것이다. 하지만, 뭘 위해서 지금 난…?' 나는 이런 생각이 들었다.

'오늘 그녀의 발에 키스했다는 이유 때문에 내일 당장 그녀를 증오하게 되는 건 아닐까? 내가 정말 그녀에게 행복을 줄 수 있을까? 오늘 또다시, 백 번째로, 내 자신의 값어치가 얼마쯤 되는지 알게 되지 않았단 말인가? 정말이지 내가 그녀를 괴롭히게 되지

않겠는가!'

 나는 흐릿한 어둠 속을 들여다보며 눈 위에 서서 이런 생각을 했다.

 나중에 집에 돌아와서도 나는 마음속의 생생한 고통을 누그러뜨리면서 공상에 잠겼다.

 '그녀가 이 모욕을 영원히 간직하는 게 차라리 더 낫지 않을까? 더 낫지 않을까, 더 낫지 않겠는가 말이다. 모욕, 사실 이건 사람을 정화시키는 것이다. 그것은 가장 신랄하고도 고통스러운 의식이니까! 당장 내일이라도 나는 그녀의 영혼을 더럽히고 그녀의 마음을 피로하게 만들 것이다. 하지만 이제부터 모욕감은 그녀의 내부에서 결코 잠잠해지지 않을 것이며, 아무리 추악한 쓰레기가 그녀를 기다리고 있다 할지라도, 그녀를 고양시키고 정화시켜 줄 것이다…. 증오를 통해… 음… 어쩌면 용서를 통해서도…. 그런데 이렇게 된다고 해서 그녀의 마음이 가벼워지기는 하는 것일까?'

 그런데 실제로도 이와 같은 질문이 유효할까? 자, 내가 한가한 질문 한 개를 던져본다. 값싼 행복과 숭고한 고뇌 중 어느 것이 더 나을까? 자, 뭐가 더 낫겠냐고!

 그날 밤 영혼의 고통으로 인해 정신이 왔다 갔다 하는 상태로 집에 앉아 있으면서도 내겐 이런 생각이 어른거렸다. 나는 이같이 큰 고뇌와 후회를 겪어본 적이 전혀 없었다. 하지만 집에서 달려 나가면서, 내가 도중에 돌아오게 될 것이라는 생각은 조금도 하지 않았다고 과연 말할 수 있을까? 그 후 나는 리자를 만난 적도, 그녀에 대한 소식을 들어본 적도 없다. 당시 나는 우울한 감정으로 인해 병이 날 지경이었음에도 불구하고, 모욕과 증오의 효용에 관한 문구에 대해선 오랫동안 만족스러워했다.

　많은 세월이 흐른 지금조차도 그때의 이 모든 일을 회상해볼 때면 왠지 기분이 참 좋지 않다. 돌이켜 볼 때 기분이 좋지 않은 일은 이외에도 많았다. 하지만…『수기』는 여기서 끝내야 되지 않을까? 내가 보기엔, 이런 것을 쓰기 시작한 것 자체가 실수였다. 적어도, 나는 이 이야기를 쓰는 동안 계속 부끄러움을 느꼈다. 따라서 이것은 문학이 아니라 사람을 바로잡기 위한 형벌이었다고 할 수 있다. 사실 지하 구석방에 처박힌 상태에서 정신적인 타락, 궁핍한 환경, 생생한 삶으로부터의 이탈, 허영심 가득한 원한 등으로 자신의 인생을 등한시한 것에 대해 긴 이야기를 늘어놓는 것은, 확실히 재미없는 일이다. 소설에는 주인공이 필요한데, 여기에는 일부러 반(反)주인공에 맞는 특성들만 산뜩 모아놓았다. 그리고 중요한 건, 이 모든 것이 아주 불쾌한 인상을 줄 것이라는 점인데, 우리는 누구나 삶으로부터 이탈되어 있고 정도의 차이는 있을지언정 모두들 절뚝거리고 있기 때문이다. 너무나 많이 이탈되어서 진실로 '생생한 삶'에 대해서는 가끔 어떤 혐오감을 느끼고, 때문에 누군가 이 생생한 삶에 대해 상기시키면 참을 수 없어지는 지경까지 되는 경우도 있다. 사실 우리는 진실로 생생한 삶을 거의 노동, 혹은 업무와 마찬가지로 간주하는 지경에까지 이르렀기에, 다들 속으로는 책에 씌어 있는 대로 사는 것이 더 낫다고 동의한다.

우리는 왜 간혹 소란을 피우며, 왜 변덕을 부리며, 또한 그러면서 뭘 바라는 걸까? 우리 자신도 그 이유를 모른다. 만일 우리의 변덕스러운 요청을 들어준다면 우리의 삶은 오히려 더 나빠질 것이다. 자, 해보라. 가령 우리에게 더 많은 독립성을 부여하고, 우리 중 아무나의 속박을 풀어주고, 활동 범위를 넓혀주고, 좀 덜 보호 관리해보라. 확언하건대, 그렇게 되면 우리는 곧바로 다시 우리를 보호 관리 대상으로 삼아달라고 부탁할 것이다. 내가 이렇게 말하고 나면 아마 당신들은 나에게 화를 내고 소리를 지르고 발을 굴러대면서 "당신 자신에 대한 얘기와 당신의 초라한 지하 생활에 대한 얘기만 하고, 감히 '우리 모두'라는 말을 쓰지는 마시오!"라고 말할 것이라는 점을 나는 잘 안다.

죄송하지만, 여러분, 이 '모두'라는 단어로 내가 내 자신의 말을 정당화하려는 건 결코 아니다. 나에 관해서만 말해보자면, 나는 여러분이 절반까지 밀고 나갈 용기도 내지 못한 것을 내 삶에서 극단까지 밀고 나갔을 뿐이다. 게다가 당신들은 비겁함을 분별력이라 생각하고는 그것으로 자신을 기만하며 위안을 얻지 않았던가. 그러므로 내가 결국엔 당신들보다는 아마 '더 생기가 있는' 사람인 것이다. 좀 더 집중해서 바라보라! 우리는 생기 있는 삶이라는 것이 지금 어디에 있으며, 그것이 어떤 것인지, 또 그것의 이름은 무엇인지에 대해 알지도 못한다. 우리에게 책을 주지 말고 홀로 남겨둬 보라. 그럼 우리는 당장에 혼란을 겪고 얼이 빠질 것이며, 어디로 합류해야 하고 무엇을 견지해 나가야 할지, 무엇을 사랑하고 무엇을 증오해야 할지, 무엇을 존경하고 무엇을 경멸해야 할지 모르게 될 것이다. 심지어 우리는 자신이 인간이라는 점조차, 자신만의 진짜 육체와 피를 가진 인간이라는 점조차 부담스러워한다. 이것을 부끄러워하고 또한 치욕스럽게 여긴 나머지, 지금껏 존재한 적도 없는 무슨 '보편적 인간'이라는 것이 되려고 계속 기회를 엿본다. 우리는 죽은 채로 태어난 사산아들이다. 또한 이미 오래 전부터 우리는 죽은 아버지에게서 태어나고 있는데, 이 점이 갈수록 더욱 더 우리의 마음에 들고 있다. 그것에 취향을 맞춰 가고 있는 모양이다. 조만간 우리는 관념으로부터 태어날 방법까지 생각해낼 것이다. 하지만 됐다. '지하로부터' 탄생한 것을 쓰는 일은 더 이상 하고 싶지 않다….

그런데 이 역설가의 수기가 이 지점에서 끝났던 것은 아니다. 그는 참아내지 못하고 계속 써나갔기 때문이다. 하지만 우리는 여기서 끝내도 될 것 같다.

작품 해설

1. 작품의 창작 배경

『지하로부터의 수기(Записки из подполья)』는 도스토예프스키가 43세 되던 1864년에 자신의 형이 운영하던 문예지 『세기』의 3월과 4월호에 게재한 작품이다. 이 작품은 흔히 그 이전 도스토예프스키 문학 세계의 종합이자 그 이후 문학 세계의 출발점이라고 해석된다. 도스토예프스키에 대한 저명한 비평가 모출스끼는 이 작품을 그의 창작 활동의 '전환점'이라고 평가했으며, 이에 더해 그의 방대한 다섯 개의 장편 소설, 즉 『죄와 벌』, 『백치』, 『악령』, 『미성년』, 『까라마조프가의 형제들』에 붙여지는 철학적 서문이자 위대한 통찰이라고도 평가한 바 있다. 이러한 평가에서 드러나듯이, 이 작품은 난해한 내용 가운데서도 '인간이란 과연 무엇인가?'라는 근원적인 질문에 대한 작가의 천착을 여실히 보여주고 있다.

처녀작 『가난한 사람들』(1845)의 폭발적인 성공과 함께 문단의 큰 주목을 받으며 등단한 도스토예프스키에게 그 후 몇 년간은 후속 작품들의 실패와 사회주의 사상에 대한 점차적인 경도로 이어져간 시기였다. 봉건 전제군주 체제 하의 러시아의 후진성을 깨달은 정의감 넘친 젊은 작가 도스토예프스키는 사회주의 토론

서클에 참여하게 되면서 '합리적인 인간 사회' 창출을 위한 지식과 경험을 쌓아갔지만, 이를 포착한 당국의 감시를 받다가 결국 1849년 중반에 체포되어 다음 해 1월 시베리아로 유형을 떠나게 된다.

그런데 4년간의 수용소 생활과 그 후 4년간 더 이어진 사병으로서의 강제 군 복무는 한편으로는 시련이었지만, 다른 한편으로는 그의 문학이 질적 발전을 이루는 획기적인 전기가 된다. 인텔리 지식인이자 유력한 문인(文人)으로서 자신이 민중을 인도하여 새로운 사회건설로 이끌 수 있다고 믿었던 자부심은 수용소에서 보았던 다양한 인간 군상의 모습으로 인해 무참히 깨어진다. 극도의 야만성과 거친 태도의 한편에 경건한 신앙과 순박한 정신세계를 동시에 가지고 있던 수용소 농민들의 모습은 인간이 과연 하나의 기준으로 이해될 수 있는가에 대한 심각한 의문을 가지게 만들었다. 상식적으로는 전혀 이해할 수 없는 이유로 사람을 죽인 끔찍한 범죄자가 오히려 작가 자신보다 더 경건한 정신세계를 가질 수 있다는 '신비한 모순'은 인간의 본질에 대한 근본적인 의문을 일깨웠던 것이다.

1859년 뻬쩨르부르그로 귀환한 이후 그는 이러한 의문을 작품화하여 발표하기 시작했으며 그 최초는 수용소에서의 경험을 토대로 하여 1860년~1862년의 기간 동안 발표한 자전적 소설 『죽음의 집의 기록』이었다. 여기서 더 나아가 1864년에 발표한 이 작품 『지하로부터의 수기』는 이러한 의문을 좀 더 확실하게 형상화한 후 더욱 치열하고도 솔직한 형태로 표현한 작품이다.

이 작품의 기본적 틀은, 당대와 후세의 비평가들이 모두 인정하듯이, 그가 한때 경도되었던 사회주의의 합리적 유물론 사회에 대한 반발을 표현한 것이다. 이 작품보다 1년 앞서 발표된 소설 『무엇을 할 것인가?』에서 당대의 급진적 사회주의자 체르늬솁스끼는 사회주의 미래의 합리적 유토피아를 그렸는데, 이 작품에서 체르늬솁스끼는 이성과 과학의 발달에 힘입어 이제 인간은 사회주의를 충분히 건설할 수 있는 이성과 합리성을 획득하게 되었다고 주장했다. 도스토예프스키는 바로 이 지점에서 체르늬솁스끼의 논리에 정면으로 반발했으며, 그 출발은 앞서 말했듯이 시베리아 유형 기간을 통해 쌓여진 인간의 다면성에 대한 이해에 기반을 두고 있었다.

'불가해한 인간 본성'과 그것을 구원의 길로 인도할 수 있는 '종교의 힘'이라는 것에 점차 다가서고 있던 도스토예프스키에게, 인간의 본성을 인간 자신이 인위적으로 체계화시켜 놓은 '이성(理性)'과 '합리성(合理性)'이라는 틀 속에서만 파악하려는 시도는 이미 그 토대부터가 잘못된 것으로 여겨졌다. 이와 관련해 도스토예프스키가 자신의 논의를 전개시킨 출발점은 바로 그 '불가해한 인간 본성'이 인간 내부에 어떤 방식으로 내재해 있는지에 대한 진솔한 관찰이었다. 〈지하〉라는 상징적 명칭을 통해 느껴지듯이, 이 작품의 1부는 이렇듯 이성과 합리라는 상식적 판단의 너머에 있는, 따라서 일반적으로는 비정상의 상태라 보일 수 있는, 인간 정신의 가장 심원하고도 모순적인 부분을 다루고 있다.

2. 인간 본성의 문제: 수정궁과 자유의지

다소 난해하게 서술된 이 작품의 1부 〈지하〉는 서술 내용 자체가 인간의 비합리적 본성을 다루고 있기에 필연적으로 독서의 어려움을 동반할 수밖에 없다. 그럼에도 불구하고 이 부분은 분명한 나름의 체계를 가지고 있으므로 그것을 파악할 수만 있다면 좌충우돌하는 내용 속에서도 작가가 말하고자 하는 바에 비교적 수월하게 다가갈 수 있다.

이 부분에서 주인공이자 화자인 인물이 주로 사용하는 단어는 '의식'이다. 여기서의 '의식'은 '깨어 있다' 혹은 단순히 무언가를 '인식'하고 있다는 뜻이 아니라, 그 무언가를 심도 있게 의식하는 것, 혹은 때로는 과다하게 의식하는 것을 의미한다. 1부 앞머리에서 자신을 '악에 받쳐 사는 인간' 혹은 '심술궂은 관리'로 표현하는 주인공-화자는 자신이 그렇게 된 이유가 일반적인 틀에 갇혀 사는 사람들과의 충돌에 기인한다고 보고 있다. 이렇듯 일반적인 틀에 갇혀 사는 사람들을 주인공-화자는 '생각의 범위가 좁은 사람들' 혹은 '활동을 좋아하는 사람들'로 표현하고 있다. 여기에서 활동을 좋아하는 사람들이란 깊은 의식 작용 없이 몸을 먼저 움직여 무언가를 이루려하는 사람들을 총칭하며, 따라서 그것은 생각의 범위가 좁은 사람들이라는 개념과 일맥상통한다. 이러한 부류의 사람들은 삶의 목적을 이루어가는 과정이 본질적으로 어떤 의미가 있는지에 대한 스스로의 사고를 싫어하기에 누군가가 그들에게 제공해주는 확실한 틀, 즉 안심하고 의존할 수 있는 확실한 기준에 기대어 살고자 한다. 이렇게 제공되는 것이 일반적으로 가장 신뢰할 수 있다고 여겨지는 '이성'과 '합리성'이며, 그것들의 출발점은 수학을 비롯한 각종 학문이다. 이런 점에서 '2×2=4'라는 수학의 명제는 모든 인간이 감히 부정하려 들지 않는, 삶의 가장 확실한 형식적 기준을 상징한다고 볼 수 있다.

그런데 '2×2=4'라는 수학의 명제는 그 자체로서만 기능을 하는 것은 아니다. 그것은 수학을 비롯한 각종 학문으로 이루어진 당대의 물질문명을 상징하기도 하며, 이것이 가장 찬란하게 꽃핀 것이 바로 '수정궁'이다. 당대 산업혁명의 물질적 총아를 모아 놓은 만국박람회 전시장 '수정궁'은 실상 인간이 '이성'과 '합리성'에 따라 살면 어떠한 부를 이룩할 수 있는지를 보여주는 거대한 미끼이다. 또한 그것은 1부에서 여러 번 반복되어지는 인간 '이익'의 최고점이기도 하다.

주인공-화자는 바로 이 '이익'이라는 개념을 접점으로 하여 일반인들과 다른 자신의 생각을 전개한다. 그에게 있어 이익이란 인간이 최대한 효율적으로 달성해낸 달콤한 무엇인가가 될 수는 없다. 그가 생각하기에 인간에게 가장 중요한 것은 일반적인 기준에서의 이익에 좌우되어 그것을 향한 궤도 위를 맹목적으로 따라가는 것이어서는 안 된다. 인간에게 가장 중요한 것은 자신이 독자적으로 존재한다는 의식, 그리고 그러한 의식에 근거하여, 종종 자신에게 이익이 되지 않는다 하더라도 일반적인 기준과는 다른 무엇인가를 추구할 수 있는 '정신의 자유'이다. 이러한 정신의 자유가 중요한 이유는 어쨌든 인간은 인간 자체여야 하며, 계산되어 제시된 경로만을 따라가는 기계일 수는 없기 때문이다. 비록 자신에게 손해가 되는 일일지라도, 그리고 비록 충동적이라 할지라도, 그것을 추구할 수 있는 '정신의 자유'를 주인공은 '자유의지'라고도 표현하고 있다.

 1부에서 여러 번 언급되는, 주인공-화자 자신도 젊은 시절 한때 경도되었던 '아름답고 숭고한 것들'에 대한 추구 역시 당대의 인텔리라면 누구나 한 번쯤은 따랐던 지성의 기준이었다. 하지만 그에게는 이것 역시 자신을 얽어매는 틀로 작용할 수밖에 없었기에 그는 오히려 그 반대의 방향, 즉 아름답지도 않고 숭고하지도 않은 삶의 모습 쪽으로 의도적으로 탈출해 나간다. 그 과정에서 발생하는 내적 갈등에 그가 힘들어했던 것은 사실이지만, 한편으로 이것은 그가 자신만의 방식으로 세상을 살고 있다는 것을 스스로 느끼게 해주는 에너지로 작용한다. 즉, 아름다움과 숭고함이라는 틀에 얽매이지 않는 삶의 방식은 그에게는 오히려 가장 생생하고도 본질적인 삶, 다시 말해 그의 실존(實存)을 확인시켜 주는 삶의 방식이었던 것이다.

 만일 그가 자신의 내적인 동요와 상관없이 세상을 향해 얼마든지 경멸의 미소를 던질 수 있는 자신만만한 인간이었다면, 그는 자신의 세계에 흔들림 없이 정착했을 것이다. 그러나 외적인 자신만만함에도 불구하고 그에게는 상당히 연약한 일면이 내재한다. 세상을 비난하고 타인을 경멸하면서도 실제로는 그들로부터 자신에게 가해지는 무시와 차별에는 극히 민감하게 반응하는 것이 그의 연약한 속성이다. 우월한 존재로서의 자신을 오히려 무시하는 자들을 이겨내지 못하기에 그의 내면에는 계속해서 굴욕감이 쌓여간다. 이것을 이겨내기 위해 의도적으로 더욱 자신만만한 모습을 보이려 하기 때문에 결국 그의 내면은 오만함과 굴욕감이 상호 충돌하는 장이 되어 버린다. 자신을 무시하는 세상을 향해 더욱 무시해보라고 야유하듯, 그는 일부러 자신의 연약하고 추접스러운 일면들을 늘어놓는다. 말하자면 이러한 태도는 자신에 대한 절망으로 떨어지지 않기 위한 공격적인 방어인 것이다.

이렇게 볼 때 이 작품의 1부는 그가 왜 자신만의 닫힌 세계에서 앙심을 품고 살아오게 되었는지를 종합적으로 설명해주는 장이라 할 수 있다. '실존적 자유의지'가 극단화되어 세상과 충돌을 일으킬 때의 갈등을 감내해내지 못하게 되자 그는 자신만의 세계 속으로 후퇴하여 자발적인 아웃사이더가 된다. 지하에 살지 않음에도 불구하고 자신의 공간을 '지하'라고 표현하는 것에서 드러나듯이, 그는 극단적 고립감과 배타성 속에서 자신만의 철옹성을 쌓는다. 그는 그 공간 속의 자신을 '구멍으로 피해 들어간 생쥐'이자 '악에 받쳐 사는 인간', '심술궂은 인간' 등으로 적나라하게 규정한다. 이를 테면 오만함과 굴욕감의 상충 작용 속에서 그는 세상을 향해, 그리고 자기 자신을 향해서도 이를 갈고 있는 것이며 이것이 그의 가장 핵심적인 기질이 되고 있다.

하지만 여기에서 한 가지 더 중요한 것은, 이렇듯 악에 받쳐 심술궂은 생쥐가 되어 버린 그의 내면에 인간으로서의 가장 '인간적인 욕구', 즉 세상을 경멸하면서도 그러한 세상과 교류하고 싶다는 욕망이 종종 분출해 올라온다는 점이다. 출판을 하거나 독자들에게 보이기 위해 쓰는 것은 아니라고 말하면서도 실제로는 끊임없이 그들을 '여러분'과 '당신들'로 부르며 의식하는 모습을 보이고, 곳곳에서 그들과 말을 주고받는 형식으로 써내려간 1부의 형식은 이 수기가 결코 자신의 내면을 일방적으로 토로하고 싶은 마음으로 써진 것은 아니라는 점을 분명히 말해준다. 물론 그는 가상의 독자들을 향해 '말 걸기'를 하는 와중에서도 여전히 자신의 인간관과 세계관을 드러내기를 주저하지 않으며 흡사 그들로부터 쏟아질 비난과 조롱을 즐기는 듯한 인상까지 주는 것은 사실이다. 그럼에도 불구하고 1부 1장에서 서술되었듯이, 그는 자신이 무섭게 심술이 났다가도 설탕을 탄 차라도 대접받으면 이내 화가 누그러지는 사람이라는 점을 자인하고 있다. 더구나 이어지는 2부에서 그가 자신의 모순적이면서 나약한 면들을 가감 없이 고백한다는 점을 고려해본다면, 1부에서의 말 걸기 형식은 오만한 자의 우쭐거림으로만 여길 수는 없다. 오히려 그것은 한 인간으로서의 그가 세상을 향한 진지한 고백을 하기 위한 준비 단계의 형식으로 보아야 할 것이다.

   이렇게 볼 때 주인공-화자의 실제 삶의 에피소드들을 다루는 2부에서는 이성과 합리성을 뛰어넘는 그의 자유의지가 세상과 실제로 만났을 때 어떠한 결과를 초래하게 될지를 그릴 것이라고 예상할 수 있다. 그가 소유하고 있는 방식으로서의 자유의지가 오만함과 굴욕감의 충돌 속에서 어떤 방식으로 나타나는지를 살펴봄으로써, 그것이 현실 속에서는 과연 어떠한 의미를 가지는지에 대한 구체적인 접근이 가능한 것이다.

3. 인간 본성 탐구의 가치와 의미

　이 작품의 2부에서 서술되는 두 이야기는 주인공-화자가 직급 낮은 관리로서 일하던 24세 이후 몇 년 간의 일들이다. 2부는 1부에서 나타났던 주인공-화자의 강력하고도 독자적인 철옹성의 세계가 실제로는 얼마나 많은 허점을 지닌 채 열려 있는지를 보여주는 장이다. 이점은 두 가지 이야기를 통해 드러난다.
　그 첫 번째는 당구장에서 우연히 마주친 어떤 장교와의 사건이다. 길을 막는다는 이유로 아무 말도 하지 않은 채 자신을 들어 옆으로 옮겨 놓는 장교의 태도에 격분한 주인공은 그에게 어떻게 복수할지를 두고 몇날 며칠을 고민하게 되고, 그러한 고민은 무려 2년이나 이어진다. 그러다가 어느 날 그가 떠올린, 그의 표현을 빌자면 '놀랄 만한 생각'은 그 장교가 자주 다니는 네프스끼 대로에서 그와 일부러 어깨를 부딪쳐 복수해보자는 생각이었다. 그런데 부딪치는 장면에서 자신의 권위를 돋보이게 하기 위해 돈을 빌려 장갑, 모자, 외투 깃까지 새로 마련한 그는 정작 실제 상황에서는 두려움 때문에 그 계획을 실행하지 못한다. 좌절감으로 끙끙 앓으며 자포자기의 상태에 있던 그는 어느 날 그 장교와 문득 마주친 상태에서 '눈을 질끈 감고' 어깨를 부딪친다.
　이 갑작스러운 장면 후 그는 자신이 목적을 달성했고 그럼으로써 자신의 '긍지를 지켰다'는 점에서 환희에 젖는다. 1부에서 그는 '본능적인 인간들'과 '활동을 좋아하는 인간들'은 '의식이 없고 생각의 범위가 좁은 자들'이라며 비난한 바 있다. 그의 눈에 그들은 '2×2=4'와 같은 자연의 법칙, 즉 '벽' 앞에만 서면 무기력하게 항복해버리는 인간들이었다. 따라서 이 장면 후에 그가 환희에 젖는 것은 자신을 한없이 무기력하게 만들었던 거대한 체격의 장교 앞에서 기죽지 않고 그 벽을 넘어 최종적으로 자존심을 지켰다는 성취감이다. 그러나 여기서 중요한 것은 그가 어깨를 부딪치는 방식, 즉 아무 생각 없이 눈을 질끈 감고 부딪치는 방식 역시 그러한 인간들의 특성, 즉 의식이 없고 생각의 범위가 좁은 자들의 본능적인 행동 방식과 다를 바 없다는 것이다. 이것이 벽을 뛰어넘는 자유의지의 발현이었다고 평가하기에는 그 발생의 원인과 발현 방식이 치졸하다고 아니 할 수 없다.

두 번째 이야기에서 극히 오랜만에 동창생 시노모프의 집을 방문한 그는 학창 시절 좋지 못한 사이였던 다른 동창생 즈베르꼬프의 환송회에 참석하기로 충동적으로 결정한다. 그가 이러한 결정을 내린 것은 시모노프를 포함한 동창생 세 명이 자신을 무시하는 태도에 격분했기 때문이다. 상처받은 그의 자존심은 즈베르꼬프 환송연 자리에서도 여실히 드러나 그는 다음 날이면 임지로 떠나는 동창이자 장교인 즈베르꼬프, 그리고 위의 동창생 세 명과 점차로 갈등을 빚게 되고 결국에는 서로 간에 모욕적인 말을 주고받는다. 이 과정에서 그의 마음속에는 속물적 존재로서의 그들을 멸시하는 마음과 그들에게 용서를 구하며 친해지고 싶다는 마음이 서로 복잡하게 얽혀 간다.

그는 창녀촌으로 떠난 그들의 뒤를 밟아 길을 나서는데, 그가 이렇게 집요한 모습을 보이는 이유는 최후의 순간까지 그들에게 들러붙어 분풀이를 함으로써 자신의 상처받은 자존심을 회복해보겠다는 생각에서이다. 그러나 창녀촌에서 그들 일행과 재회하지 못한 주인공-화자는 오히려 그곳에서 만난 창녀 리자에게 자신의 모욕감을 투사하는데, 그 방식이 참으로 부정적이다. 그녀가 처한 환경이 얼마나 해로운지, 그 일로 인해 그녀가 얼마나 비참한 죽음을 맞이할지를 감동적인 연설로 풀어낸 그의 앞에서 리자는 폭풍 같은 눈물을 쏟아낸다. 그러나 그가 그녀의 감동을 유도한 것은, 감화력을 발휘함으로써 그것을 통해 그녀보다 우월한 존재로서의 만족감을 느껴보고 싶다는 사악한 동기에서였다. 그의 장광설 중간에 리자가 "당신은 책에 씌어 있는 대로" 말하는 것 같다고 평하는 것은 그의 의도적인 마음 상태가 그녀에게도 느껴졌기 때문이었다.

또한 그는 자신이 써준 주소대로 자신의 집으로 찾아온 리자에게 며칠 전과는 상반되는 태도를 보임으로써 그녀를 절망하게 만들기도 한다. 자신의 초라한 행색을 들키게 된 것에 대한 앙심으로 그녀에게 화를 내고 능욕하다시피 하며 또한 그 대가로 손에 돈까지 쥐어주는 그의 행위는 자유로운 의지가 '악의'나 '오만'과 같은 왜곡된 심리와 결합할 때 얼마나 부정적으로 나타날 수 있는지를 보여주는 극명한 예이다.

자신 스스로도 제어하지 못한 이러한 행동들을 그는 이 수기를 쓰는 훗날에 와서 수치스럽게 회상하지만, 그 회상 속에서도 그는 일정한 결론에 이르지는 못한다. 그는 리자에게 가한 자신의 모욕이 그녀에게 자극제가 되어 그녀의 미래의 삶을 더 나은 곳으로 이끌 것이라고 자위하기도 하지만, 한편으로는 그것이 그녀의 현실에서의 고통을 경감시켜 주었을 것인가에 대해서는 스스로 의문스러워 한다. '값싼 행복과 숭고한 고뇌 중 어느 것이 더 나을까?'라며 그가 던지는 의문은 자신의 행위가 본질적으로 어떤 의미가 있는지에 대해 그 스스로도 갈등하고 있음을 단적으로 보여준다.

지금까지 살펴본 바를 통해 알 수 있듯이, 이 작품은 잘 드러나지 않는 인간 내면의 불가해한 본성을 그린 작품으로 평가받을 수 있다. 물질문명의 혜택으로 가는 한 갈래 길, 즉 '이성'과 '합리성'에 맹목적으로 의존하는 길을 거부하고 인간정신의 독자성을 주장한 것에는 여타 인간들과 대비되는 주인공-화자의 실존적 우월성이 있다고 할 수 있다. 그러나 그러한 태도가 변덕과 오만으로 연결되어 결국 타인을 불행하게 만드는 모습을 보면, 그가 원하는 독자성의 내면에는 자신의 자존심과 우월성을 무슨 수를 써서라도 지켜내려는 치졸한 영웅주의가 큰 부분을 차지하고 있다는 지적 역시 정당하다.

결국 이 두 가지 측면을 종합적으로 고려해본다면, 이 작품은 일반적인 '수기'들과는 달리 그럴싸한 모습으로 자신을 포장해 보여주려는 욕구를 제거하고 자신의 추악한 일면을 솔직하게 드러낸 점에서 그 궁극적인 가치를 평가해야 할 것이다. 수기를 정리하는 말미에서 주인공-화자가 이 이야기를 쓰는 동안 계속 부끄러움을 느꼈으며 따라서 이것은 문학이 아니라 사람을 바로잡는 형벌과 같았다고 고백하는 부분 역시 이러한 평가를 정당화해 준다. 만일 주인공-화자가 자신이 설정한 우월한 세계 속에서의 독거에 만족했다면 이러한 수기는 탄생하지 않았거나, 혹은 탄생했다 하더라도 절대적인 내적 독백의 형식을 띠었을 것이다. 그러나 가상의 독자들의 생각을 의식하며 종종 그들과 대화를 주고받는 형식을 취한 것을 보면, 주인공-화자 또한 자신의 생각을 인간 보편의 차원에서 한 번쯤 확인받고 싶은 욕구를 가지고 있었다고 할 수 있다. 그렇기에 수기 2부의 이야기들은 자신의 문제점들을 세상 사람들에게 보다 구체적인 모습으로 드러내면서 동시에 그것과 관련해 그가 지금껏 풀지 못한 의문점들을 자기 자신에게 던지는 장이라 할 수 있다.

도스토예프스키는 이성과 합리성이라는 틀로부터 벗어난 곳에서 이 작품을 출발시키고 있다. 그러나 인간의 비합리적 자유의지를 그리려 했다 해서 그것으로부터 파생되는 인간의 모든 심리와 행동이 도덕적으로도 옳은 결과를 가져올 것이라 주장했던 것은 아니다. 오히려 그는 그 문제점들을 신랄하게 지적함으로써 인간 정신의 독자성은 올바른 방향을 설정할 때만이 진정한 가치가 있다는 점을 진지하게 보여주려 한 것이다. 이 작품이 집필되던 시기 이후 도스토예프스키는 '대지주의', 즉 러시아적인 토양에 충실한 사고 방식이 러시아 민족의 영광을 구현할 것이라는 생각을 발전시켜 나간다. 이것은 당대 러시아에 광범위하게 퍼져있던 서구적 합리주의 사상에 대한 반발이었으며, 구체적으로는 이성과 합리성에 의해 재단될 수 없는 러시아적인 '통찰'과

'직관'을 강조하는 사상이었다. 때문에 이 작품은 이러한 사상이 형성되기 시작한 최초의 단계, 즉 통찰과 직관의 최초 단계인 '불가해한 인간 본성'을 진지하게 들여다보려는 시도였다. 이렇듯 진지한 태도가 가감 없이 진솔한 내용과 결합되면서 한편으로는 인간의 양심이라는 문제를 배제하지 않았기에, 이 작품은 도스토예프스키 중기 문학의 대표작으로 꼽힐 수 있는 것이다.

작가 연보

표도르 미하일로비치 도스토예프스키
(Фёдор Михайлович Достоевский)

1821년	• 10월 30일(현재의 달력으로는 11월 11일. 이하 생존 시의 달력 기준으로 표기). 모스크바 마린스끼 자선 병원의 의사인 아버지 미하일 안드레예비치 도스토예프스키와 상인 집안 출신의 어머니 마리야 표도로브나 네차예바 사이에서 둘째 아들로 태어남.
1834년	• 10월. 형 미하일과 함께 체르마끄가 경영하는 중학 과정 기숙학교 입학. 1837년 봄까지 다님.
1837년	• 1월 29일. 존경하던 시인 뿌쉬낀이 결투에서 사망. • 2월 27일. 어머니 마리야 표도로브나 사망. • 5월. 두 사건으로부터 받은 충격과 슬픔 속에서 형 미하일과 함께 뻬쩨르부르그로 이주.
1838년	• 1월 16일. 뻬쩨르부르그의 육군 공병 학교에 입학.
1839년	• 6월 6일. 아버지 미하일 안드레예비치가 다로보예의 영지에서 농노들에게 살해당함.
1840년	• 11월. 공병학교에 다니면서 육군 하사관으로 임관. 이어 1842년 8월에는 육군 소위가 됨.
1843년	• 8월. 공병학교 졸업. 뻬쩨르부르그의 육군 공병대에서 근무.
1844년	• 2월. 재정 상태가 나빠지기 시작함. 그 일로 인하여 결국 10월에

제대.

1845년
- 5월. 그의 처녀작인 중편소설 「가난한 사람들」 완성. 당대 최고의 비평가들인 네끄라소프와 벨린스끼가 읽고 극찬함. 문학계와 대중들에게 동시에 엄청난 반향을 불러일으킴.

1846년
- 1월. 「가난한 사람들」을 『뻬쩨르부르그 선집』에 발표.
- 2월. 두 번째 작품 『분신』을 ≪조국 수기≫지에 발표.
- 10월. 「쁘로하르친 씨」를 ≪조국 수기≫지에 발표. 이 무렵부터 사회주의자들과 교류가 시작됨.

1847년
- 1월. 「아홉 통의 편지로 된 소설」을 ≪동시대인≫지에 발표.
- 7월. 뻬쩨르부르그 센나야 광장에서 처음으로 간질 발작을 일으킴.
- 10월. 「여주인」을 ≪조국 수기≫지에 발표.

1848년
- 2월. 「약한 마음」과 「뽈준꼬프」를 ≪조국 수기≫지에 발표.
- 4월. 「닳고 닳은 사람 이야기」를 ≪조국 수기≫지에 발표(12년 후인 1860년에 이 작품의 1부를 삭제하고 2부인 「정직한 도둑」만을 따로 떼어내 출판함).
- 9월. 「크리스마스 트리와 결혼식」을 ≪조국 수기≫지에 발표.
- 12월. 「백야」를 ≪조국 수기≫지에 발표.
- 1847년부터 1848년에 걸쳐 사회주의자들과의 교류가 심화되고 그들의 모임에 자주 참석하게 됨.

1849년
- 1~2월. 「네또치까 네즈바노바」를 ≪조국 수기≫지에 일부 발표(두 달 후 체포되면서 미완성으로 끝남).
- 4월 15일. 뻬뜨라셰프스끼를 위시한 사회주의자들의 문학 모임에서 벨린스끼가 고골리에게 보낸 편지를 낭독함. 그 내용은 절대 왕정을 신봉한 고골리의 경향을 비난한 것이었음.
- 4월 23일. 당국에 의해 위의 사실이 발각되어 체포됨.
- 11월 13일. 사형을 선고받음.

- 12월 22일. 사형이 집행되기 직전 황제의 은혜로 반성의 기회를 준다는 명목으로 집행을 정지함. 4년간의 시베리아 강제 노동 징역형과 그 후 사병으로 강등되어 4년간 더 복무하는 것으로 감형됨.

1850년
- 1월 23일. 시베리아 옴스크의 강제 노동 수용소에 도착. 이 후 4년간 수용소에서 복역.

1854년
- 2월. 출옥함. 세무관 이사예프의 아내 마리야 이사예바와 알게 되어 연정을 느낌.
- 3월. 사병으로 강등되어 세미빨라친스끄 주둔 부대에 배치됨.

1857년
- 2월. 미망인이 된 마리야 이사예바와 결혼.
- 4월. 복권되어 이전의 신분과 출판권을 되찾음.
- 8월. 수용소에서 구상했던 「어린 영웅」을 M.이라는 익명으로 ≪조국 수기≫지에 발표.
- 12월. 간질 증세로 인해 더 이상 군복무를 할 수 없다는 진단을 받음.

1858년
- 1월. 전역 허가 신청서와 함께 본거지로 귀환하게 허락해줄 것을 황제에게 청원. 그러나 전역 승인이 1859년 3월까지 늦어짐에 따라 당분간 뜨베리를 정착지로 택함.

1859년
- 3월. 전역 승인을 받고 하사관으로 제대함. 「아저씨의 꿈」을 ≪러시아의 말≫지에 발표.
- 11월. 뻬쩨르부르그로의 귀환과 거주를 허가 받음.
- 12월. 10년 만에 뻬쩨르부르그로 귀환.
- 11월. 중편 「스쩨빤치꼬보 마을 사람들」을 ≪조국 수기≫지에 연재 시작. 12월에 완결.

1860년
- 9월. 시베리아 강제 노동 수용소에서의 절실한 경험을 담은 『죽음의 집의 기록』의 1부를 ≪러시아 세계≫지에 발표. 발표와 동시에

큰 반향을 불러일으킴.

| 1861년 | • 1월. 형 미하일을 도와 ≪시대≫지 창간. 창간호에 『학대받고 상처받은 사람들』 연재 시작. 7월에 완결.
• 3월. 농노 해방령이 반포됨.
• 5월. 도스토예프스키의 작가적 능력을 흠모하던 젊은 여인 아뽈리나리야 수슬로바를 알게 되고, 이후 편지 교환을 통해 점차 남녀 관계로 발전됨. |

| 1862년 | • 1월. 『죽음의 집의 기록』의 2부를 ≪시대≫지에 발표.
• 6월. 처음으로 유럽 여행을 떠남. 영국, 프랑스, 독일, 스위스, 이탈리아 등을 거쳐 9월에 러시아로 귀환.
• 12월. 「추악한 이야기」를 ≪시대≫지에 발표. |

| 1863년 | • 2월. 여행 시에 접한 유럽 문명의 실태를 비판한 「여름 인상에 대해 겨울에 쓴 메모」를 ≪시대≫지에 발표.
• 5월. 폴란드 무장 봉기와 관련해 폴란드인에게 유리한 글을 실었다는 이유로 ≪시대≫지가 당국에 의해 폐간됨.
• 8월. 2차 유럽 여행을 떠남. 파리에서 아뽈리나리야 수슬로바와 만나 이후 같이 여행을 하였으나 관계가 점차 악화됨. 프랑스, 스위스, 이탈리아를 거치면서 도박열로 인해 모든 돈을 탕진함.
• 10월. 러시아로 귀환. 수슬로바는 이보다 먼저인 10월 초에 혼자 파리로 떠남. |

| 1864년 | • 3월. 전년 5월에 폐간된 ≪시대≫지를 이을 ≪세기≫라는 이름의 새 잡지를 형과 함께 창간함.
• 3월. 「지하로부터의 수기」를 ≪세기≫지에 연재 시작. 4월에 완결.
• 4월 15일. 아내 마리야 사망.
• 7월 10일. 형 미하일 사망. |

| 1865년 | • 6월. 재정난으로 ≪세기≫지 발행 중단. 이 상황을 타개하기 위해 |

- 출판업자 스쪨로프스끼와 계약을 맺음. 3천 루블을 받는 대신 그 때까지 나온 모든 작품의 출판권을 양도하고 1866년 11월 1일까지 중편 이상 분량의 새 작품을 써서 그에게 넘겨주기로 약속함.
- 7월. 3차 유럽 여행을 떠남. 10월 중순까지 독일 비스바덴에 체류하던 중 도박열이 발동해 또 다시 가진 것을 모두 탕진함. 이 와중에서도 『죄와 벌』의 구상에 착수함.
- 10월. 러시아로 귀환.
- 11월. 수슬로바에게 청혼했으나 거절당함.

1866년
- 1월. 『죄와 벌』을 ≪러시아 통보≫지에 연재 시작. 12월에 완결.
- 10월 3일. 스쪨로프스끼와의 계약을 지키기 위해 속기사 안나 그리고리예브나 스니뜨끼나를 고용하여 중편소설 「노름꾼」을 구술하기 시작함.
- 11월 1일. 「노름꾼」을 완성하여 스쪨로프스끼에게 넘겨줌.
- 11월 8일. 안나 그리고리예브나에게 청혼하여 허락을 받음.

1867년
- 2월 15일. 안나 그리고리예브나와 결혼.
- 4월. 도스토예프스키 부부가 함께 유럽으로 출국. 이후 1871년 7월까지 4년 넘게 체류함.

1868년
- 1월. 장편 『백치』를 ≪러시아 통보≫지에 연재 시작. 11월에 완결.
- 2월 22일. 딸 소피야 출생. 그러나 3개월 만에 병으로 사망.

1869년
- 9월 14일. 딸 류보피 출생.

1870년
- 1월. 「영원한 남편」을 ≪오로라≫지에 연재 시작. 2월에 완결.

1871년
- 1월. 장편 『악령』을 ≪러시아 통보≫지에 연재 시작. 1872년 12월에 완결.
- 4월. 독일 비스바덴에서 다시 도박을 하여 많은 돈을 잃음. 아내에게 편지하여 다시는 도박을 하지 않겠다고 서약하였으며 실제로

이 약속을 지킴.
- 7월. 러시아로 귀환.
- 7월 16일. 아들 표도르 출생.

1872년
- 12월. 보수 경향의 정치, 문화 분야 주간지인 ≪시민≫지의 편집장직 요청을 받고 이를 수락함. 준비 작업을 시작함.

1873년
- 1월. ≪시민≫지 첫 호 발간. 자신의 정치, 사회, 문화, 문학 분야 생각들을 발표할 수 있는 것으로서 오래 전부터 구상해 오던 ≪작가 일기≫를 이 잡지에 게재하기 시작. ≪작가 일기≫는 도스토예프스키가 편집장으로 재직하던 1873년부터 1874년 초까지의 기간 동안에만 ≪시민≫지에 게재되었으며, 그 후 1876년과 1877년에는 월간지로, 1880년과 1881년에는 비정기적인 형태로 도스토예프스키가 자체 출간함.
- 2월. 「보보크」를 ≪작가 일기≫에 집필해 2월 5일에 발간된 ≪시민≫지 6호에 게재함.

1874년
- 4월. 발행인인 메세르스끼와의 불화로 인해 ≪시민≫지 편집장 일을 그만 둠.
- 6월. 건강 악화로 인해 휴양을 위해 독일 엠스로 출국.
- 8월. 러시아로 귀환.

1875년
- 1월. 장편 『미성년』을 ≪조국 수기≫지에 연재 시작. 12월에 완결.
- 8월 10일. 아들 알렉세이 출생.

1876년
- 1월. ≪작가 일기≫를 월간지의 형태로 자체 발행하기 시작하여 큰 성공을 거둠.
- 2월. 「농부 마레이」를 ≪작가 일기≫ 2월호에 발표.
- 11월. 「온순한 여자」를 ≪작가 일기≫ 11월호에 발표.

1877년
- 4월. 「우스운 인간의 꿈」을 ≪작가 일기≫ 4월호에 발표.

• 12월. 러시아 학술원의 러시아어-문헌 분과의 회원으로 선출됨. 이로 인해 ≪작가 일기≫ 출간을 잠정 중단함.

1878년
• 5월 16일. 3세 된 아들 알렉세이가 간질 발작으로 사망.
• 6월. 러시아 정교의 본산인 옵찌나 수도원 방문을 통해 『까라마조프가의 형제들』의 영감을 얻음.
• 12월. 『까라마조프가의 형제들』의 계획을 완성하고 첫 부분 집필.

1879년
• 1월. 『까라마조프가의 형제들』을 ≪러시아 통보≫지에 연재 시작. 1880년 11월에 완결.

1880년
• 5월 23일. 뿌쉬낀 동상 제막식에 참석하기 위해 모스크바에 도착.
• 6월 8일. 동상 제막식 후에 행한 뿌쉬낀에 대한 연설을 통해 열광적인 찬사를 받음.
• 8월. ≪작가 일기≫의 1880년 판이 8월호 단일본으로 출간됨.
• 11월. 『까라마조프가의 형제들』을 ≪러시아 통보≫지를 통해 완결. 이 무렵의 한 편지에서 폐기종으로 인한 좋지 않은 건강 상태에 대해 호소함.

1881년
• 1월 26일. 각혈 후 혼절.
• 1월 28일. 저녁 8시 38분 도스토예프스키 사망.
• 1월 31일. 알렉산드르 네프스끼 수도원 묘지에 묻힘.
• 1월 31일. 작가의 사후에 마지막 ≪작가 일기≫인 1881년 1월호가 출간됨.

옮긴이 백준현

서울대학교 노어노문학과를 졸업하였으며 동 대학원에서 도스토예프스키 연구로 박사학위를 받았다. 서울대, 한국외대, 성균관대, 상명대 강사를 역임하였으며 1998년부터 상명대학교에서 교수로 재직 중이다. 주요 연구 분야는 도스토예프스키, 뿌쉬낀, 레르몬또프를 위주로 하는 19세기 러시아 소설이며, 실용 러시아어 어휘론을 비롯한 러시아어 학습서들도 저술하고 있다. 주요 논문과 저작으로「뿌쉬낀의「벨낀 이야기」에 나타난 벨낀과 역사성의 문제」,「도스토예프스키 초기작들에 나타난 인간관」,『중급러시아어: 늪가의 작은 집』(1, 2),『다양한 주제를 통해 배우는 고급 러시아어 2』(공저) 외 다수가 있으며, 역서로『러시아 현대 소설 선집』2(공역),『도스토예프스키 단편선』,『우리 시대의 영웅』외 다수가 있다.

지하로부터의 수기

ⓒ 백준현, 2017

1판 1쇄 인쇄_2017년 02월 20일
1판 1쇄 발행_2017년 02월 28일

지은이_도스토예프스키
옮긴이_백준현
펴낸이_양정섭

펴낸곳_작가와비평
　　　등록_제2010-000013호
　　　블로그_http://wekorea.tistory.com
　　　이메일_mykorea01@naver.com

공급처_(주)글로벌콘텐츠출판그룹
　　　대표_홍정표　편집디자인_김미미　기획·마케팅_노경민
　　　주소_서울특별시 강동구 천중로 196 정일빌딩 401호
　　　전화_02) 488-3280　팩스_02) 488-3281
　　　홈페이지_http://www.gcbook.co.kr

값 12,000원
ISBN 979-11-5592-196-8 03890

※ 본 역서는 2016학년도 상명대학교 연구보조비 지원으로 수행되었음.
※ 이 책은 본사와 저자의 허락 없이는 내용의 일부 또는 전체의 무단 전재나 복제, 광전자 매체 수록 등을 금합니다.
※ 잘못된 책은 구입처에서 바꾸어 드립니다.